Oetinger

Aimée Carter machte ihren Abschluss an der Universität von Michigan und schreibt leidenschaftlich gern spannende Geschichten für Kinder und Jugendliche. In Deutschland wurde sie durch die Animox-Reihe bekannt.

AIMÉE CARTER

DER FLUCH DES PHÖNIX

Deutsch
von Maren Illinger

Verlag Friedrich Oetinger · Hamburg

Von Aimée Carter bei Oetinger bereits erschienen:

Animox 1 – Das Heulen der Wölfe
Animox 2 – Das Auge der Schlange
Animox 3 – Die Stadt der Haie
Animox 4 – Der Biss der Schwarzen Witwe
Animox 5 – Der Flug des Adlers

Die Erben der Animox – Die Beute des Fuchses
Die Erben der Animox – Das Gift des Oktopus
Die Erben der Animox – Der Kampf des Elefanten

MIX
Papier aus verantwortungsvollen Quellen
FSC® C014496
www.fsc.org

1. Auflage

Published by Arrangement with Aimée Carter
Dieses Werk wurde vermittelt durch die Literarische Agentur
Thomas Schlück GmbH, 30161 Hannover.

Druck: GGP Media GmbH,
Karl-Marx-Straße 24, 07381 Pößneck, Deutschland
Printed 2022
ISBN 978-3-7512-0291-6

www.oetinger.de

Für den besten Dad der Welt.
Und für alle, die einen geliebten Menschen verloren haben. Der Schmerz wird nicht kleiner, aber das Leben wird irgendwann wieder größer.

ERSTES KAPITEL

Zac

Mit dem Drachenschwanz stimmte etwas nicht. Zac Hadley kniff die Augen zusammen, legte den Kopf schief und hielt seine Zeichnung auf Armlänge von sich. Die Einhörner im Tal sahen nicht schlecht aus, und die Schatten der Berge hatte er sogar richtig gut hinbekommen. Aber je länger er den Drachen musterte, der auf den Worten *DIE WILDLAND-SAGA* thronte, desto unförmiger kam ihm die Gestalt vor, bis sie überhaupt nicht mehr wie ein Drache aussah, sondern eher wie ein aufgeblähter Salamander mit einem übergroßen Schwanz. Es stimmte nicht. Nichts, was er malte, stimmte mehr.

Wütend schleuderte er seine Graphic Novel ans Fußende seines Betts. Vor einem Monat hätte er den Schwanz einfach wegradiert und noch mal neu angefangen. Vielleicht hätte er die Zeichnung auch seiner Mutter gezeigt und sie nach ihrer Meinung gefragt. Aber jetzt …

Sein Magen knurrte. Er warf einen Blick auf die Armbanduhr und stellte erschrocken fest, dass es schon kurz nach drei war. Er hatte das Mittagessen verpasst. Nein, nicht verpasst – sein Vater hatte ihn gar nicht zum Mittagessen nach unten gerufen.

Hungrig und verwirrt tappte Zac über die Holzdielen im Flur. Am oberen Treppenabsatz blieb er stehen und horchte nach dem Klappern der Tastatur, das meistens heraufdrang, seit sein Vater vor einem Monat angefangen hatte, von zu Hause aus zu arbeiten, aber er hörte nichts. Das Haus war still. Zu still.

»Dad?«, rief Zac. Sein Herz begann zu rasen, und seine Handflächen wurden feucht. Er rannte die Treppe hinunter und wäre dabei fast auf dem polierten Holz ausgerutscht. »Dad? Wo bist du?«

Er schoss durchs Wohnzimmer, haarscharf am Sofatisch vorbei, auf dem noch die Limodosen und die fettige Pizzaschachtel vom Vorabend standen. Die Tür zum Arbeitszimmer seines Vaters war geschlossen, und er kam schlitternd davor zum Stehen. Seine Hand zögerte Millimeter über dem Türknauf, und seine Brust zog sich zusammen.

Es würde nicht noch einmal passieren. Seinem Vater ging es gut. Vielleicht machte er ein Nickerchen oder hatte Kopfhörer auf und war ganz in die Arbeit vertieft. Es war sicher alles in Ordnung.

»Dad?«, wiederholte er mit zitternder Stimme, während er an die Tür klopfte. Ohne eine Antwort abzuwarten, stieß er sie auf, und in dieser Sekunde sah er in rascher Folge vor seinem inneren Auge, was ihn auf der anderen Seite erwarten mochte. Sein Vater lesend in seinem Bürostuhl. Oder schnarchend, mit zurückgelegtem Kopf. Oder …

Das Bild erschien, bevor er es unterdrücken konnte.

An jenem Nachmittag hatte er auch Hunger gehabt und sich gefragt, ob seine Mutter wohl schon das Essen fertig hatte. Damals hatte er noch nicht gewusst, dass man mit dem Schlimmsten rechnen sollte, wenn man ein stilles Zimmer betrat, in dem es eigentlich geräuschvoll zugehen sollte.

Er hatte erwartet, dass sie am Herd stand und in einem Topf rührte oder vielleicht die Teller aus dem Küchenschrank holte. Stattdessen hatte sie reglos am Boden gelegen.

Einen Moment lang sah Zac es genau vor sich, während er wie versteinert in der Tür zum Arbeitszimmer verharrte. Ihm wurde kalt, und seine Brust war so eng, dass er nicht mehr atmen konnte, doch das nahm er kaum wahr, während er den schlimmsten Moment seines Lebens noch einmal durchlebte. Es war jetzt einen Monat her – einen Monat und vier Tage –, doch er brachte es immer noch nicht über sich, die Küche zu betreten.

»Zac?« Die Stimme seines Vaters drang wie durch Nebel zu ihm hindurch. Zac blinzelte, und die Gegenwart um ihn herum nahm wieder Gestalt an. Die Vorhänge waren zugezogen, und sein Vater saß am Schreibtisch, das Telefon am Ohr. »Ist alles in Ordnung?«

»Ich …« Zac versuchte zu schlucken, doch seine Kehle war

zu trocken, und er konnte nicht sprechen. Sterne tanzten vor seinen Augen, und er klammerte sich am Türknauf fest, um nicht das Gleichgewicht zu verlieren.

»Merle, ich rufe dich gleich zurück«, sagte sein Vater in den Hörer. Er knallte ihn auf den Tisch, eilte zu Zac und kniete sich neben ihn. »Geht's dir gut? Brauchst du dein Asthmaspray? Wo ist es?« Er schaute sich suchend um, als erwartete er, die kleine Flasche auf einer der vollgestellten Ablageflächen zu finden, aber natürlich war sie nicht da.

Zac schüttelte den Kopf. Jetzt, wo er seinen Vater vor sich hatte und wusste, dass alles in Ordnung war, lockerte sich seine Brust schon wieder. Er würde in nächster Zeit zwar keinen Marathon laufen – oder überhaupt je in seinem Leben –, aber das war kein normaler Asthmaanfall. Diese Art Anfall hatte er in letzter Zeit öfter gehabt, und er hatte das ungute Gefühl, dass er, wenn er seinem Vater davon erzählte, demnächst noch mehr beim Arzt sitzen würde als ohnehin schon. »Ich … ich habe nur nicht gehört, dass du mich zum Essen gerufen hast«, stammelte er wenig überzeugend.

»Oh.« Sein Vater kniff kurz die Augen zusammen. Aus der Nähe konnte Zac sehen, dass sie rot und geschwollen waren. »Stimmt ja. Mittagessen. Ich dachte, es wäre noch Pizza übrig?«

»Ja, aber du musst sie mir warm machen.« Das klang selbst in seinen Ohren lächerlich. Sein Vater runzelte die Stirn.

»Du bist zwölf Jahre alt, Zac«, sagte er sanft. »Du kannst dir die Pizza selbst warm machen.«

Zac presste die Lippen zusammen. Es hatte keinen Zweck, zu widersprechen. Sie wussten beide, warum er seit einem Monat keinen Fuß mehr in die Küche gesetzt hatte. Sosehr sein Vater ihn auch drängte, er konnte es nicht. Noch nicht.

Sein Vater seufzte und stand auf. »Ich wärme sie dir auf, aber das ist das letzte Mal, klar? Ab morgen machst du dir selbst –«

»Hilfe!«

Ein ohrenbetäubender Schrei gellte durch den Flur. Im selben Moment schlug die Haustür laut gegen die Wand. »Dad – *Hilfe!*«

ZWEITES KAPITEL

Lu

Lu Hadley balancierte waghalsig über einen Ast und hatte den Blick fest auf den einäugigen, gescheckten Kater gerichtet, der mehrere Meter über ihr hockte. Der Kater starrte mit seinem einen Auge zurück, ein stilles Kräftemessen, das in Lu die Sehnsucht nach früheren Zeiten weckte, als der Kater noch nicht gelernt hatte, auf Bäume zu klettern.

»Du brauchst deine Medizin, Rufus, das weißt du doch«, murmelte sie beschwörend und krallte sich an die raue Rinde. »Mach doch nicht jeden Tag das gleiche Theater!«

Rufus wandte sich ab und putzte sich die Pfoten. Die Beine fest um den Ast geschlungen, packte Lu ihn am Nackenfell, zog ihn zu sich herunter und wickelte ihn in ihr Sweatshirt, bevor er auch nur auf die Idee kommen konnte, sie zu kratzen. »Hab dich!«

»Ich verstehe nicht, warum du dir die Mühe machst«, sagte

Lus beste Freundin Sophia Lopez viereinhalb Meter unter ihr auf dem Boden. Sie war damit beschäftigt, eine Klette aus dem Fell einer Langhaarkatze zu lösen, während der Rest der heimatlosen Katzenkolonie sich um einen Haufen Trockenfutter scharte. »Die Infektion ist doch bestimmt schon weg.«

Mit Rufus im Sweatshirt unterm Arm kletterte Lu abwärts und sprang das letzte Stück aufs Gras. »*Bestimmt* reicht aber nicht, wenn man nur noch ein Auge hat.« Sie zog ein Fläschchen aus der Hosentasche, setzte sich neben Sophia und legte Rufus auf den Rücken. Nur mit gewaltiger Anstrengung gelang es ihr, den Kater am Boden zu halten, sein verbliebenes Auge zu öffnen und einen Tropfen Medizin hineinzuträufeln. Kaum hatte sie ihn losgelassen, schoss er wieder den Baum hinauf.

Lu streckte sich im sonnenbeschienenen Gras aus und entspannte sich zum ersten Mal seit dem Frühstück. Endlich war der letzte Schultag vorbei, was eine große Erleichterung war – wenn auch nicht aus den üblichen Gründen. Die Lehrer betrachteten sie jetzt mit Mitleid statt mit stiller Verzweiflung, und das war nicht unbedingt ein Gewinn. Ihre Mitschüler gingen ihr aus dem Weg, als hätte sie eine ansteckende Krankheit. Nur Sophia hielt zu ihr. Die Aussicht, den ganzen Sommer ohne Puffer zwischen sich und ihrem Zwillingsbruder zu verbringen, gefiel Lu zwar nicht besonders, aber wenigstens würde eine Zeit lang niemand mehr fragen, wie es ihr ging.

»Ich muss los«, sagte Sophia, als sie die Klette entfernt

hatte. Die Katze sprang von ihrem Schoß und gesellte sich zu den anderen. »Mom bringt mich um, wenn ich wieder zu spät zum Training komme.«

Zögernd erhob sich auch Lu und schüttelte sich das Gras aus den dunklen, schulterlangen Haaren. »Es bleibt dabei, dass ich morgen zu euch komme, ja?«

Sophia lachte. »Mom hat gesagt, dass du den ganzen Sommer bleiben kannst, wenn du willst.«

»Wirklich?« Lu warf sich ihren Rucksack über die Schulter. Er roch immer noch nach dem Trockenfutter, das sie erst zur Schule und dann hierher geschleppt hatte. »Meinst du nicht, dass ich dir irgendwann auf die Nerven gehen würde?«

»Blödsinn. Du bist meine beste Freundin.« Sophia drückte sie fest. »Bis morgen, okay?«

Lu blickte ihr nach, und in ihr machte sich das entmutigende Gefühl breit, dass sie allein war. Aber es brachte nichts, sich runterziehen zu lassen. Sie straffte die Schultern und marschierte in die andere Richtung davon. Vielleicht würde der Sommer ja auch gar nicht so übel, wenn sie viel bei Sophia herumhängen konnte. Ihr Vater hätte bestimmt nichts dagegen, und ihr Bruder würde es kaum merken, schließlich hockte er sowieso nur noch auf seinem Zimmer. Doch sosehr sie sich selbst zu überzeugen versuchte, sie wusste, egal, wie viel Abstand sie zwischen sich und ihre Familie brachte, es würde nichts daran ändern, was vor einem Monat geschehen war.

Lu war so in Gedanken versunken, dass sie beinahe das

grau-weiße Fellbündel am Waldrand übersehen hätte. Als ihr Blick darauf fiel, japste sie leise und ging vorsichtig näher. Halb versteckt zwischen Gräsern und Wildblumen lag ein junger Waschbär mit tiefen Kratzwunden in der Flanke.

Ganz langsam kniete sie sich hin, um das arme Ding nicht zu erschrecken. Seine Brust hob und senkte sich schwerfällig, und obwohl er sie aus trüben Augen anstarrte, zuckte er nicht zurück. Lu biss sich auf die Lippe und schaute sich um. Sophia war längst hinter der Ecke verschwunden, und sonst war niemand in der ruhigen Vorstadtstraße zu sehen. Was sollte sie tun?

Es gab nur eine Antwort. Entschlossen wickelte sie den Waschbären vorsichtig in ihr Sweatshirt. Anders als Rufus war er kraftlos und wehrte sich nicht. Sie nahm das verletzte Tier sanft auf den Arm und lief so schnell, wie sie konnte, ohne es zu sehr zu schütteln. Doch je schneller sie lief, desto weiter schlossen sich seine Augen. Panik stieg in ihr auf.

Obwohl ihr Haus nur wenige Hundert Meter entfernt war, kam ihr der Weg endlos vor. Als sie es endlich erreichte, stieß sie die Tür auf und eilte hinein, den Waschbären verzweifelt an die Brust gepresst. »Hilfe!«, schrie sie, so laut sie konnte. »Dad – Hilfe!«

Schritte näherten sich vom hinteren Teil des Hauses. Gerade als sie das Sweatshirt zurückschlug, um zu sehen, wie viel Blut der Waschbär verloren hatte, kam ihr Bruder – nicht ihr Vater – auf sie zugestürzt.

»Was ist los?«, fragte Zac keuchend, die zerzausten dunklen Haare halb vor den Augen. Als er den Waschbären sah, wankte er einen Schritt zurück. »Lu, ist das …?«

Jeder Muskel in ihrem Körper spannte sich an, und sie drehte sich instinktiv um, um ihren Bruder abzuschirmen. »Was machst du denn hier unten?«, fragte sie mit wachsender Panik. »Sonst bist du doch nie hier. Ich dachte, du bist oben!«

Aber es war zu spät. Sie war von Kopf bis Fuß voller Katzenhaare, und zweifellos hatten auch Waschbären Allergene. Zac war ihr nahe gekommen – zu nahe –, und sie sah bereits, dass er nur noch mühsam atmen konnte.

»Was ist passiert?«, fragte ihr Dad, der endlich um die Ecke bog. Er sah aus, als hätte er geweint, und einen Moment lang starrte Lu ihn an und wusste nicht, was sie denken sollte. Sie hatte ihn seit der Beerdigung nicht mehr weinen sehen.

»Ich –«, begann sie, doch Zac röchelte mittlerweile, das Rasseln wurde mit jedem Atemzug lauter. »Ich habe einen Waschbären gefunden –«

»Du hast einen Waschbären ins Haus geschleppt?« Augenblicklich drehte ihr Vater sich zu Zac um, kniete sich neben ihn und griff nach seinen Schultern. »Zac, alles okay? Sieh mich an, Großer.«

»Es tut mir leid«, heulte Lu. »Aber er stirbt! Ich wusste nicht, was ich tun sollte.«

»Du weißt ganz genau, was du hättest tun sollen«, zischte ihr Vater, und sein Kopf wurde rot. »Zac, hey – Zac, schau mich an. Es ist alles in Ordnung. Wo ist dein Asthmaspray? Wo hast du es zuletzt benutzt? Ist es oben?«

Zac schüttelte den Kopf, er konnte nicht mehr sprechen. Mit rasendem Herzen machte Lu ein paar hastige Schritte Richtung Küche, doch ihr Vater ließ den Arm vorschnellen und hielt sie auf.

»Keinen Schritt weiter ins Haus mit diesem Viech!«, bellte er. Lu wollte protestieren, doch mittlerweile zitterte Zac am ganzen Körper. Sie schlüpfte durch die Tür, legte den eingewickelten Waschbären sanft auf die Veranda und eilte wieder ins Haus. Sie war wütend – aber ob sie auf sich selbst wütend war, weil sie nicht überprüft hatte, ob Zac oben war, oder auf ihren Bruder, weil er zum ersten Mal seit einem Monat sein Zimmer verlassen hatte, hätte sie selbst nicht sagen können.

Sie machte zwei Schritte um ihren Vater herum, flitzte in die Küche und riss die Tür des alten Küchenschranks auf. Dort, nach dem System ihrer Mutter geordnet, befand sich ein Haufen Medikamente für Zacharias Hadley. Ohne einen Blick auf die Etiketten werfen zu müssen, schnappte Lu sich das gelbe Asthmaspray, eine Pillendose und einen EpiPen und rannte zurück in den Flur.

»Hier.« Sie öffnete das Asthmaspray und drückte es Zac in die steifen Hände. Er hob es an den Mund, pumpte und atmete das Medikament ein. Lu beobachtete ihn mit grimmiger Miene. Als sie sicher war, dass er den EpiPen nicht brauchen würde, öffnete sie die Pillendose.

»Was ist das?«, fragte ihr Dad, und seine Stimme überschlug sich vor Sorge. »Was gibst du ihm da?«

»Das ist nur eine Benadryl, Dad«, murmelte sie, ohne ihren Bruder aus den Augen zu lassen. Endlich konnte er wieder ruhig genug atmen, um eine Tablette zu schlucken, dann ließ er sich an der Wand zu Boden sinken, keuchend, aber lebendig. »Du musst mit ihm in die Notaufnahme fahren. Da bekommt er zwar wahrscheinlich nur Sauerstoff und ein paar Steroide, aber du musst ihn trotzdem hinbringen, zur Sicherheit. Mom hat es immer gemacht.«

Ihr Dad half Zac auf die Beine. »Ich will, dass dieses Viech hier verschwindet«, sagte er scharf. »Und alle Katzenhaare. Du hättest ihn umbringen können, Lu. Du hättest …«

Seine Stimme versagte, und er rieb sich die Augen. Sein Gesicht war rot. Lu schluckte mühsam. »Ich wollte ihm nur helfen«, murmelte sie. »Es tut mir leid.«

»Das reicht nicht«, erwiderte ihr Vater barsch. »Nicht, wenn das Leben deines Bruders auf dem Spiel steht.« Er schüttelte den Kopf, und für einen Augenblick sah er so verzweifelt und verloren aus, wie Lu sich fühlte.

»Ich schaffe das nicht mehr. Ich weiß nicht, wie eure Mutter … Ich schaffe es einfach nicht.«

»Was soll das heißen? Was schaffst du nicht?«, flüsterte Lu. Ihre Angst vor der Antwort war fast zu groß, um die Frage überhaupt zu stellen.

Ihr Dad stand einen Moment wie versteinert da, eine Hand auf Zacs Schulter. »Ich werde Merles Angebot annehmen«, sagte er schließlich und senkte den Blick. »Ich habe es versucht. Ich habe es wirklich versucht. Aber … ich kann das nicht. Nicht so. Nicht jetzt. Es tut mir leid.«

»Merle? Wer ist Merle?«, fragte Lu verwirrt. Doch ihr Vater schob Zac ohne eine Antwort zum Auto, und sie konnte ihnen nur mit zugeschnürter Kehle nachblicken.

Was passierte hier eigentlich gerade?

DRITTES KAPITEL

Zac

Später am Abend, als Zac nach seinem x-ten Besuch in der Notaufnahme wieder zu Hause war, bestellte sein Vater Lu und ihn ins Wohnzimmer und enthüllte ihnen, wer Merle war.

»Die Tante eurer Mutter«, sagte er schroff und starrte auf seine Hände, die er im Schoß verschränkt hatte. »Sie lebt in England.«

»Oh«, machte Zac und schielte zu seiner Schwester hinüber, die seit ihrer Rückkehr noch kein Wort gesagt hatte. »Ich wusste gar nicht, dass Mom Verwandte hat.«

Lu schüttelte den Kopf. Sie anscheinend auch nicht.

Ihr Vater schwieg eine ganze Weile, bis die Anspannung im Wohnzimmer nahezu unerträglich war. Zac wusste zwar nicht, was er ihnen gleich sagen würde, aber er spürte, dass sich etwas verändern würde. Und zwar gewaltig.

Endlich sagte ihr Vater mit tonloser Stimme: »Tante Merle

hat euch beide für den Sommer zu sich eingeladen. Und ich habe angenommen.«

Zac starrte ihn an und wartete auf die Pointe. Denn das musste doch wohl ein Witz sein – schließlich hatten sie noch nie zuvor von dieser Tante Merle gehört, und Zacs Allergien und sein Asthma waren so schlimm, dass er nicht einmal mit Lu zur Schule gehen konnte – geschweige denn einen ganzen Sommer in einem fremden Land verbringen.

Doch der gequälte Gesichtsausdruck seines Vaters machte unmissverständlich klar, dass es kein Witz war, und Zac fühlte sich mit einem Mal ganz leer. »Aber ... was ist mit meinen Allergien?«, krächzte er heiser. »Meine Ärzte sind doch hier.«

»Ärzte und Krankenhäuser gibt es auch in England, und deine Tante weiß über deine Krankheiten Bescheid«, sagte sein Vater. »Es tut mir wirklich leid. Aber ...«

»Aber du schaffst es nicht mehr«, sagte Lu so gehässig, dass sogar Zac zusammenfuhr. »Du schaffst es nicht, dich um deine eigenen Kinder zu kümmern.«

Ihr Vater gab keine Antwort. Er verzog sich wortlos in sein Büro und überließ es Zac, ihre Wut auszuhalten. Es war nicht das erste Mal, dass er sich so aus der Affäre zog, aber Zac war zu erschüttert, um sich darüber zu ärgern.

»Mum würde uns nie so im Stich lassen!«, tobte Lu, während sie wütend durchs Wohnzimmer rannte und eine fettige Fast-Food-Tüte aus dem Weg kickte. »Wenn sie wüsste, was Dad vorhat –«

»Er kann nichts dafür«, sagte Zac angespannt. Es fühlte

sich so an, als wäre die Welt aus den Fugen geraten. »Und Mum ist nicht mehr da.«

»Glaubst du, das wüsste ich nicht?«, fauchte seine Schwester und ballte die Fäuste. »Sie war auch meine Mum, schon vergessen?«

Zacs Gesicht wurde heiß. »Ich meine ja nur … du hast ihn doch gesehen. Er weiß selbst nicht, was er tut. *Sie* hat sich ja immer um uns gekümmert, nicht er.«

»Ja, *er* hat es vorgezogen, weg zu sein«, gab Lu zurück. »Er hätte auch hier in Chicago einen Job finden können. Aber er wollte nicht. Weil er *uns* nicht wollte.«

Zacs Mund wurde trocken, und er fand keine Worte, um ihr zu widersprechen. Er hatte selbst schon lange den Verdacht gehabt, dass *er* der Grund war, warum ihr Vater fünf Tage die Woche durchs Land reiste, früh am Montagmorgen aufbrach und erst am Freitagabend zurückkehrte. Seine Mutter hatte ihm immer versichert, dass er ihr nicht zur Last falle und dass ihr die Krankenhausaufenthalte, die endlosen Arzttermine und die kleine Apotheke, die einen ganzen Küchenschrank füllte, nichts ausmachten. Aber jetzt war sie fort, und es war niemand mehr da, der Zac vor der bitteren Wahrheit beschützte, dass er nutzlos war. Nein, schlimmer als nutzlos. Er war wie ein chronischer Kopfschmerz, mit dem man irgendwie zurechtkommen musste, weiter nichts.

Und dies war der Beweis.

Am nächsten Vormittag, als ihr Vater mit neuen Reisekoffern für sie beide nach Hause kam, äußerte Zac keinen Widerspruch. Wie auch, wenn er selbst die Ursache des Problems war? Lu dagegen wütete zwei Tage lang und machte ihnen allen das Leben schwer. Doch sosehr sie auch bettelte, schluchzte und mit Hungerstreik drohte, ihr Vater blieb unerbittlich: Sie würden den Sommer in England verbringen, bei einer Tante, die sie noch nie im Leben gesehen hatten, und es gab nichts, was sie dagegen tun konnten.

So kam es, dass Zac kurz nach Mitternacht Chicagoer Zeit eingezwängt zwischen seiner schmollenden Schwester und seinem schnarchenden Vater in einem Flugzeug saß, zehntausend Meter über dem Atlantik. Die Lichter waren gedimmt, und der Großteil der Passagiere schlief. Es war unheimlich still.

Da er selbst nicht schlafen konnte, holte Zac seine Zeichensachen hervor und schlug die Titelseite seiner Graphic Novel auf. Da war er wieder, der misslungene Drachenschwanz. Zac unterdrückte ein Seufzen. Vielleicht sollte er doch lieber versuchen zu schlafen.

»Was zeichnest du?«, fragte Lu so nah an seinem Ohr, dass er zurückschreckte. Sie beugte sich über die Armlehne zwischen ihnen und musterte die Skizze.

Zac zuckte verlegen die Schultern, und seine Wangen wurden heiß. Hastig blätterte er zu einer leeren Seite. »Nichts. Nur dummes Zeug. Und es ist noch nicht fertig.«

Lu verzog beleidigt das Gesicht. »Entschuldigung, dass ich gefragt habe«, knurrte sie, drehte sich wieder zum Fenster und zog die Knie an die Brust.

Zac biss sich auf die Lippe. Er konnte sich nicht erinnern, wann sie sich das letzte Mal für seine Zeichnungen interessiert hatte. Er konnte sich auch nicht erinnern, wann sie sich das letzte Mal ganz normal unterhalten hatten, ohne zu streiten. Aber es ging ihnen beiden schlecht, und es hatte keinen Zweck, alles noch schlimmer zu machen.

Zögernd blätterte er zu der Seite zurück. Unter den Titel *DIE WILDLAND-SAGA* hatte er ein Mädchen gezeichnet, das auf einem Einhorn ritt und ein feuriges Schwert schwenkte. Das Mädchen war ziemlich gut gelungen, fand er. Vielleicht fiel Lu der Drache gar nicht auf. »Es ist eine Graphic Novel«, erklärte er. »Mum und ich haben daran gearbeitet, bevor sie …« Er schluckte. »Sie handelt von den Geschichten, die sie uns früher immer erzählt hat – die über die Wildlands, weißt du noch? Mit den Drachen und Einhörnern und Meerjungfrauen –«

»Ich erinnere mich«, unterbrach Lu ihn scharf und presste die Stirn ans Fenster. »Du bist nicht der Einzige, der Zeit mit ihr verbracht hat.«

Irgendetwas in ihm schrumpelte zusammen wie ein kaputter Luftballon, und er starrte auf den Klapptisch vor sich. Sein Leben lang hatte er Lu bei Dingen zuschauen müssen, die er nicht tun konnte. Mit den Nachbarskindern auf der Straße spielen. Hunde streicheln. Essen, was er wollte. Dieser Comic, den er gemeinsam mit ihrer Mutter entworfen hatte, war das Einzige, was er hatte und Lu nicht. Das Einzige.

»Vielleicht überlegt Dad es sich ja doch noch anders, wenn

wir bei Tante Merle sind«, sagte er leise und spielte mit seinem Bleistift.

Lu schnaubte, noch immer zum Fenster gewandt, und er konnte geradezu hören, wie sie die Augen verdrehte. »Na klar. Und dann regnet es Schokolade.«

Zac warf einen Blick über die Schulter, um sich zu vergewissern, dass ihr Vater wirklich schlief. »Es könnte doch sein, oder nicht? Wenn ich dort eine allergische Reaktion habe, kann ich nicht bleiben. Alte Frauen haben jede Menge Katzen und Blumen und Staub in ihren Häusern.«

Lu schwieg. Nach ein paar Sekunden drehte sie den Kopf und sah ihren Bruder mit großen Augen an. »Meinst du, das würde klappen?«

Er öffnete den Mund, doch es kam nichts heraus. So hatte sie ihn nicht mehr angesehen, seit sie klein gewesen waren – als wäre er ihr Verbündeter, und nicht jemand, der sie verpfeifen könnte –, und er spürte ein kleines Kribbeln im Bauch. »Ich muss einfach einen schweren Asthmaanfall bekommen, dann nimmt Dad uns wieder mit nach Hause«, flüsterte er.

Ihre Augen leuchteten auf, und sie beugte sich zu ihm und senkte ebenfalls die Stimme. »Du musst ja nicht wirklich einen Anfall haben, aber …«

»Ich könnte dafür sorgen«, sagte er langsam, und in seinem Kopf überschlugen sich die Möglichkeiten. »Wenn du willst.«

Sie zögerte. »Nicht so schlimm, dass du ins Krankenhaus musst«, sagte sie dann entschieden. »Gerade schlimm genug, um Dad zu überzeugen, dass du nicht bleiben kannst. Glaubst du, das kriegst du hin?«

Er dachte nach. Er hatte noch nie absichtlich einen Anfall bekommen, und schon der Gedanke daran fühlte sich wie ein Verrat an seiner Mutter an. Aber es war wichtig. Sie würde es verstehen, dachte er. Sie würde wollen, dass ihre Familie zusammenblieb. »Ja, ich denke, das kriege ich hin.«

Zum ersten Mal seit einem Monat sah er Lu lächeln. Oder zumindest verzogen sich ihre Mundwinkel zu einer Art Grimasse. »Dann können wir vielleicht wirklich wieder nach Hause«, sagte sie. »Es ist riskant, aber …«

»Ich schaffe das«, versprach er. Tief in seinem Inneren wusste er, dass es eine schreckliche Idee war, aber wenn es seine Schwester glücklich machte – wenn er wenigstens ein Mal Teil der Lösung statt Teil des Problems sein konnte –, war es das wert.

Sie rückte näher an ihn heran und betrachtete den Skizzenblock. »Genau so habe ich sie mir vorgestellt«, sagte sie leise. »Die Wildlands. Früher habe ich immer von den ganzen Wesen geträumt, von denen Mom uns erzählt hat.«

»Ich auch«, gestand Zac und fuhr mit der Bleistiftspitze die Drachenschnauze nach. »Ich träume immer noch davon. Ich träume, dass sie da ist und darauf wartet, dass wir sie finden.«

Lu schwieg einen Moment. »Ist das Mum?«, fragte sie schließlich und zeigte auf das Mädchen mit dem Feuerschwert.

»Das ist sie«, bestätigte er. Aus dem Augenwinkel meinte er zu sehen, dass seine Schwester sich eine Träne wegwischte.

Doch dann räusperte sie sich. »Der Drache hat einen zu großen Schwanz. Er sieht aus, als wäre er geschwollen.«

Zac presste die Lippen zusammen und starrte weiter das Mädchen auf dem Einhorn an. »Woher willst du das wissen? Hast du schon mal einen Drachen gesehen?«

»Du etwa?«, gab sie zurück, doch als er sie ansah, grinste sie. Zac nahm den Radierer und wandte sich wieder der Zeichnung zu. Er konnte nur hoffen, dass ihr Plan funktionierte und der Sommer nicht zu einer einzigen Katastrophe wurde.

VIERTES KAPITEL

Lu

Lu war aufgeregt, als das Flugzeug endlich landete. Nicht, weil sie in London waren – auch wenn sie noch nie zuvor in England gewesen war. Obwohl ihre Mutter hier geboren und aufgewachsen war, hatte sie kein Interesse daran, länger zu bleiben, als es dauern würde, das nächste Flugzeug zurück zu nehmen. Sie war aufgeregt, weil Zac und sie einen Plan hatten. Sie war aufgeregt, weil immer noch eine Chance bestand, dass sie rechtzeitig zurückkäme und Sophia ihr verzeihen würde.

Als Lu ihr gesagt hatte, dass sie den Sommer in England verbringen würde, hatten Sophia und sie den schlimmsten Streit ihrer gesamten Freundschaft gehabt. Sophia hatte ihr vorgeworfen, sie *wolle* nach England reisen, bevor sie in Tränen aufgelöst davongerannt war, und Lu hatte sich wieder so einsam und verzweifelt gefühlt wie in den Tagen nach dem Tod ihrer Mutter. Sie wollte nichts anderes, als mit Sophia reden und sich vergewissern, dass sie immer noch ihre Freundin war – denn da war sie sich nicht mehr so sicher. Sie konnte den Gedanken nicht ertragen, sich den ganzen Sommer lang fragen zu müssen, ob sie ihre beste Freundin verloren hatte.

Sie folgte ihrem Vater und ihrem Bruder durch den Flughafen von Heathrow, durch lange Gänge und die endlose Schlange am Zoll, zu abgelenkt, um das geschäftige Treiben wahrzunehmen. Damit ihr Plan funktionierte, würde sie anfangen müssen, wieder mit ihrem Vater zu reden, dem sie in den letzten Tagen die kalte Schulter gezeigt hatte. Er schien es allerdings gar nicht bemerkt zu haben. Und wenn, dann schien es ihn nicht zu kümmern.

Ihre Mum hätte es gekümmert. Sie hätte Lu zu einer Portion Eis zu sich an den Küchentisch gerufen und darauf bestanden, dass sie die Sache ausdiskutierten. Ihr Dad dagegen war bis vor einem Monat so selten da gewesen, dass sie nie zuvor wirklich sauer auf ihn gewesen war. Sie war immer einfach froh gewesen, wenn er da war.

Während sie überlegte, was genau sie sagen sollte, um ihm klarzumachen, dass sie zurück nach Chicago mussten, erreichten sie den Abholbereich, wo Reisende von Freunden und Verwandten, bisweilen sogar von einem Chauffeur, in Empfang genommen wurden. Lu wollte an ihnen vorbeisteuern, als ihr Dad plötzlich stehen blieb.

»Das muss eure Großtante Merle sein«, sagte er und schob sie auf eine kleine, rundliche Frau mit dunklen, leicht angegrauten Locken zu. Sie hielt ein Schild hoch, auf dem *Herzlich Willkommen, Zacharias und Tallulah!* stand und das mit winzigen Blumen verziert war.

Lu warf Zac einen fragenden Blick zu. Warum holte Tante Merle sie vom Flughafen ab?

»Merle?«, sagte ihr Dad. »Ich bin Cal Hadley. Und das hier sind –«

»Meine Lieben! Ich warte schon so lange darauf, euch kennenzulernen!« Merle trat flink um ihren Dad herum, um Lu und Zac mitten in der Menschenmenge in die Arme zu schließen. Lu erstarrte. Auf der Beerdigung hatten eine Menge Verwandte sie umarmt, die sie noch nie im Leben getroffen hatten, doch Tante Merle war nicht dabei gewesen.

Als Tante Merle die Zwillinge endlich losließ, griff sie sofort nach ihren Händen, als fürchtete sie, die beiden könnten sich in Luft auflösen. Zu Lus Überraschung hatte ihre Tante Tränen in den dunklen Augen. »Du bist also Tallulah«, murmelte sie. »Du hast die Nase deiner Mutter, und ihre Wangenknochen. Und du, Zacharias …« Sie schüttelte den Kopf. »Du bist ihr wie aus dem Gesicht geschnitten.«

Lu sah Zac skeptisch an und versuchte, die Züge ihrer Mutter in seinem Gesicht zu entdecken, aber sie sah einfach nur Zac. Wellige dunkle Haare, braune Augen und einen mutlosen Blick, den ihre Mutter nie gehabt hatte. Lu war es doch, die ihre Sommersprossen geerbt hatte. Und die langen Beine.

Ihr Vater räusperte sich. »Die Zwillinge haben je einen

Koffer, sie sind nicht schwer. Nur Kleidung. Alles andere haben sie im Rucksack. Du hast meine Nummer, die Liste mit Zacs Allergien, die Notfallnummern … brauchst du sonst noch etwas?«

»Nein, nein, wir werden wunderbar zurechtkommen«, zwitscherte Tante Merle und zog Lu und Zac neben sich. »Mach dir keine Sorgen. Wir werden einen herrlichen Sommer haben.«

Stopp. *Stopp!* »Kommst du denn nicht mit?«, fragte Lu erschrocken. Davon hing ihr Plan ab. »Du hast gesagt, dass du die ersten Tage bei uns bleibst.«

»Ich musste meinen Flug umbuchen«, erwiderte ihr Dad und wich ihrem Blick aus. »Sie brauchen mich bei der Arbeit.«

»Aber … wir brauchen dich auch«, sagte Zac leise. Es waren die ersten Worte, die er seit ihrem Gespräch im Flugzeug äußerte, und Lu sah ihn scharf an. Sie war überrascht, dass er klang, als wäre er den Tränen nahe.

Ihr Dad ging vor ihm in die Hocke. »Es tut mir leid, mein Großer. Ich muss zurück nach Chicago. Aber ich habe in nächster Zeit mehrere Bewerbungsgespräche«, fügte er hinzu, als wäre das eine großartige Neuigkeit. »Für Stellen, bei denen ich von zu Hause aus arbeiten kann, damit ich dir im Herbst mit der Schule helfen kann.«

Zacs Gesicht verzog sich verzweifelt, und er schlang die Arme um seinen Dad. »Ich will nicht hierbleiben«, murmelte er mit gedämpfter Stimme ins Hemd seines Vaters hinein. »Es macht mir nichts aus, allein zu Hause zu sein, wenn du und Lu unterwegs seid. Du musst dir überhaupt keine Sorgen um mich machen.«

Ihr Dad seufzte, und Lu wurde klar, dass Zacs Betteln keinen Sinn hatte. Der Kampf war verloren. Sie wusste selbst nicht, warum sie sich im Flugzeug überhaupt Hoffnungen gemacht hatte – es führte ja doch zu nichts.

»Wir werden ganz schnell wieder zusammen sein«, sagte ihr Dad, aber seine Worte klangen hohl, und sein Blick flackerte. »Und ich versuche, euch zu besuchen, wenn ich kann.«

Lu schnaubte. »Ganz bestimmt«, murmelte sie, doch er ging nicht darauf ein.

»B-bitte«, stammelte Zac. »Ich mache auch keine Probleme, i-ich schwöre.« Er schien um Atem zu ringen, und Lu öffnete automatisch die Vordertasche ihres Rucksacks und griff nach Zacs Asthmaspray, während die Wut auf ihren Dad immer größer wurde.

»Tut mir leid, mein Großer, aber du weißt, dass ich gehen muss.« Sanft löste er sich aus Zacs Umarmung, und obwohl Zac sich festklammerte, kam er nicht gegen seinen Vater an. Als ihr Bruder nach hinten stolperte, fing Lu ihn auf und drückte ihm das Asthmaspray in die Hand.

»Ruf wenigstens ab und zu mal an, damit wir wissen, dass du noch am Leben bist«, verlangte sie düster. Der Kiefer ihres Dads zuckte, und er sah zu Boden.

»Lu kennt Zacs Medikamente«, sagte er dann zu Tante Merle und ging mehrere Schritte zurück. »Wenn irgendetwas ist, ruf mich an. Ich bin manchmal schwer zu erreichen, vor allem unter der Woche, aber ich rufe zurück, so schnell ich kann.« Er zögerte, bevor er an Lu und Zac gewandt hinzufügte: »Ich hab euch lieb. Seid schön brav und macht keinen Ärger.«

Zac brachte nur einen erstickten Laut hervor, als ihr Vater sich abwandte, die Hände in die Taschen steckte und davonging. Lu drehte sich zu ihrem Bruder um und suchte nach Hinweisen auf einen Anfall. Doch obwohl sein Gesicht rot war, sein Atem mühsam ging und er Tränen in den Augen hatte, machte er keinen Gebrauch von seinem Asthmaspray. Er hatte keinen Anfall. Es kostete ihn nur alle Kraft, nicht schluchzend zusammenzubrechen.

Wütender, als sie je im Leben gewesen war, legte Lu ihrem Bruder einen Arm um die Schultern, und gemeinsam blickten sie ihrem Vater nach, der in der Menge verschwand, ohne sich auch nur ein einziges Mal zu ihnen umzudrehen.

Das war es dann also. Er ließ sie wirklich bei einer Wildfremden zurück. Am liebsten hätte sie Zac gesagt, dass ihr Dad seine Tränen nicht wert war, dass sie ohne ihn und seine Gefühlskälte besser dran waren. Doch sie umarmte ihn nur. Über seine Schulter hinweg fing sie Tante Merles besorgten Blick auf.

»Euer Vater liebt euch beide sehr«, raunte sie. »Daran hat sich nichts geändert.«

»Ach ja? Und warum will er uns dann loswerden?«, fauchte Lu.

»Er trauert«, sagte Tante Merle sanft. »Ihr alle trauert. Er hat seine Frau verloren und braucht Zeit, das ist alles. Wenn der Sommer vorbei ist, wird es euch allen besser gehen. Euch allen.« Sie strich Lu mit ihrer kühlen Hand über die Wange. »Du und Zacharias, ihr schafft das. Immerhin seid ihr zu zweit, und ihr sitzt im selben Boot. Solange ihr das nicht vergesst, wird alles gut.«

Tränen brannten in Lus Augen, doch sie würde nicht weinen. Nicht hier. Nicht so. Und schon gar nicht wegen ihres Dads. »Wir sind müde«, brachte sie mit einem Kloß im Hals heraus. »Wie lange dauert es bis zu dir nach Hause?«

»Wir werden gegen Mittag da sein, denke ich«, sagte ihre Tante. »Im Zug könnt ihr euch ausruhen.«

Merle hakte sie beide unter. Und obwohl Lu am liebsten geschrien und geweint hätte, folgte sie ihrer Tante erst zur Gepäckausgabe und dann weiter, an einen Ort, der für die nächsten drei Monate ihr Zuhause sein sollte.

FÜNFTES KAPITEL

Zac

Zac konnte nicht glauben, dass er weinte.

Doch, eigentlich schon – er hatte den Augenblick, in dem ihr Vater sie zurückließ, seit Tagen gefürchtet und vor Angst so unter Strom gestanden, dass er sich nicht mehr zusammenreißen konnte, als er ihn gehen sah. Er hatte gedacht, er würde mehr Zeit haben, um sich vorzubereiten. Wer konnte auch erwarten, dass ihr Vater bei der erstbesten Gelegenheit wie eine Rakete abzischen würde, ohne sich richtig von ihnen zu verabschieden?

Aber das Schlimmste war Lu. Dass sie ihn so bemutterte, dass sie ihn umarmte, wie sie es zuletzt getan hatte, als sie kleine Kinder gewesen waren und tatsächlich noch etwas gemeinsam hatten – dadurch fühlte er sich noch jämmerlicher als ohnehin schon.

Die Fahrt zu Tante Merles Haus war quälend lang. Nachdem sie dem beengenden Gewimmel des Flughafens entronnen waren, mussten sie mehrmals die Subway wechseln und dann drei Stunden mit dem Zug über Land fahren, bevor sie sich endlich in ein Taxi quetschten, das sie über kurvige Straßen ins Herz des Lake Districts fuhr. Doch trotz seiner Erschöpfung musste Zac sich eingestehen, dass die Aussicht auf die grünen, sonnenbeschienenen Berge, die dunklen Täler und die klaren Seen ziemlich beeindruckend war. Er hatte nicht gewusst, dass eine solche Landschaft außerhalb von Märchen existierte.

Endlich bog der Wagen in einen Waldweg ein. Anders als die Bäume, die Zac vor seinem Fenster sah, wenn sie mit dem Auto durch die Vororte von Chicago fuhren, waren diese Bäume uralt und moosbedeckt. Hunderte winzige blaue Blüten bedeckten den Boden zwischen ihren Wurzeln. Als das Taxi sich einem hohen, schmiedeeisernen Zaun näherte, öffnete sich das Tor mit einem geheimnisvollen Knarren, und Zac rückte näher ans Fenster, um besser sehen zu können.

Lu, die neben ihm saß, verzog das Gesicht. »Du sitzt gleich auf meinem Schoß«, bemerkte sie und wollte ihn wegschieben, doch er verharrte stur.

Während sie um den besseren Platz am Fenster rangelten, erschien vor ihnen am Ende der Auffahrt ein riesiges Haus. Es hatte vier Stockwerke, reihenweise Fenster, die den weitläufigen Garten überblickten, und zu beiden Seiten geschwungene Flügel. Es war so groß, dass man eigentlich gar nicht von einem Haus sprechen konnte – eher schon von einer Villa. Vielleicht sogar von einem kleinen Schloss.

»*Hier* wohnst du, Tante Merle?«, fragte Lu mit offenem Mund.

»So ist es«, erwiderte sie stolz. »Ich dachte, es könnte euch gefallen.«

Das Taxi hielt vor der steinernen Treppe, die zu einem eindrucksvollen Eingang hinaufführte, und sobald die Tür entriegelt war, sprang Lu auf den Kiesweg.

»Glaubst du, Mum war insgeheim eine Adlige?«, flüsterte Zac, der ihr folgte. »Glaubst du, *wir* sind eigentlich Adlige?«

»Wenn wir es wären, müssten wir es wissen«, erwiderte Lu, aber sie klang nicht ganz überzeugt. Außerdem hatte sie auch keine anderen Informationen als er, und das Haus war wirklich gigantisch. Die Besitzer mussten ziemlich reich sein.

Während Zac die kunstvollen Säulen des Treppengeländers musterte, ertönte hinter ihnen ein spitzer Schrei. Er fuhr herum. Ein sommersprossiges Mädchen mit rundem Gesicht und braunen Haaren rannte auf sie zu. Ihre schlammigen Gummistiefel knirschten auf dem Kies, und die Taschenlampe, die an ihrem Werkzeuggürtel befestigt war, hüpfte beim Rennen auf und ab.

Zac wich ein Stück zur Seite, als sie Lu stürmisch in die Arme schloss. »Unglaublich, dass ihr da seid!«, rief das Mädchen. Ihr melodischer Akzent klang so sehr wie der ihrer Mutter, dass sein Herzschlag kurz aussetzte.

»Finden wir auch«, sagte Lu. Zac konnte ihren Sarkasmus deutlich heraushören, aber das Mädchen schien nichts zu bemerken. Sie ließ Lu los und blickte mit einem so breiten Lächeln zwischen ihr und Zac hin und her, dass ihre Wangen wehtun mussten.

»Na, so was«, sagte sie. »Ihr seid ja so ... *amerikanisch*.«

»Wir sind ja auch aus Chicago«, murmelte Zac, noch immer überrumpelt. Ihre Mutter war der einzige Mensch mit genau diesem Akzent gewesen, und ihn wieder zu hören war so, als hörte er einen Geist.

»Zacharias, Tallulah, das ist eure Cousine Penelope«, sagte Tante Merle, während sie ihr Gepäck vor der Treppe abstellte. Auch ihr Akzent war britisch, aber er klang nicht ganz so wie der ihrer Mum. »Sie ist letzten Monat dreizehn geworden, ihr drei solltet euch also bestens verstehen. Penelope, lass sie erst mal in Ruhe ankommen, Liebling. Sie hatten eine lange Reise.«

»Ja, klar«, sagte Penelope und zögerte. »Es hat mir so leidgetan, als ich das mit Tante Josie gehört habe«, sagte sie dann. »Ich vermisse sie jeden Tag.«

»Du ... hast unsere Mutter gekannt?«, fragte Zac verblüfft.

»Natürlich«, erwiderte Penelope, ihrerseits verblüfft. »Sie hat euch doch sicher von uns erzählt?«

Das hatte sie nicht. Soweit Zac wusste, hatte sie nie irgendwelche Verwandten erwähnt – und schon gar nicht besucht. Er zuckte vage die Schultern und hoffte, sie würde nicht weiter nachfragen.

Nach einer verlegenen Pause trat Penelope nun auf Zac zu. »Es ist wirklich toll, euch kennenzulernen«, sagte sie, doch bevor sie ihn umarmen konnte, stellte Lu sich dazwischen.

»Zac hat eine Menge Allergien«, erklärte sie. »Lebensgefährliche Allergien«, fügte sie hinzu, und Zac sah, dass sie Penelopes Latzhose argwöhnisch musterte. Feine weiße Haare hafteten an dem braunen Stoff, und aus der Nähe konnte Zac den Geruch von Tieren wahrnehmen. Pferde? Kühe? Ziegen? Er hatte keine Ahnung, wie die rochen. »Du musst vorsichtig sein, wenn du in seiner Nähe bist.«

»Oh.« Penelope verschränkte die Hände schnell hinterm Rücken, als müsste sie sich daran hindern, ihn zu umarmen. »Tante Merle hat es erwähnt. Aber ich wusste nicht, dass es so schlimm ist.«

»Ziemlich schlimm«, bekräftigte Lu und richtete sich auf. »Wenn er mit irgendetwas in Berührung kommt, was sein Immunsystem nicht aushält, muss er ins Krankenhaus.«

»Ich kann auch selbst sprechen«, bemerkte Zac missmutig. Normalerweise verbrachten er und seine Schwester nicht so viel Zeit miteinander, und er war nicht gerade begeistert, dass sie es sich anscheinend zur Aufgabe gemacht hatte, seine Babysitterin zu spielen.

»Wollt ihr nicht erst mal reinkommen und euch das Haus ansehen?«, flötete Tante Merle und ging ihnen voran die Treppe hinauf. »Man kann hier jede Menge Spaß haben.«

»Vor allem im Sommer«, stimmte Penelope zu und schnappte sich die beiden Koffer. »Wandern, Radfahren, Schwimmen –«

»Zac ist gegen fünf verschiedene Pollenarten allergisch«, unterbrach Lu sie. »Und gegen Gras. Und Heu.«

»Und schwimmen kann ich auch nicht«, fügte Zac mit einem warnenden Blick auf seine Schwester hinzu, den sie geflissentlich ignorierte.

»Oh.« Penelope machte ein enttäuschtes Gesicht. »Na ja … im Haus gibt es auch viel zu entdecken. Es gibt mehrere Räume, in denen seit mindestens hundert Jahren niemand mehr war.«

»Gegen Staubmilben bin ich auch allergisch«, erwiderte er. »Gegen amerikanische *und* europäische.«

Penelope verstummte. »Ich wusste gar nicht, dass es zwei Arten gibt«, sagte sie dann.

»Man lernt eine Menge, wenn man sein halbes Leben beim Arzt verbringt«, murmelte Zac.

Als sie die Eingangshalle betraten, schaute er sich verunsichert um. Irgendetwas stimmte nicht. Einerseits war das Innere des Hauses noch hochherrschaftlicher, als er erwartet hatte, mit den hohen Decken, den Ölgemälden an den Wänden und der pompösen Treppe, die sich in die Höhe schwang. Über ihnen hing sogar ein goldener Kronleuchter, dessen Kristalle leise klirrten, als Penelope schwungvoll die breite Flügeltür schloss, und Zac bemerkte erleichtert den glänzenden Parkettboden. Teppich machte sein Asthma besonders schlimm.

Andererseits, so beeindruckend das alles war, sah es auf den zweiten Blick doch so aus, als hätte sich seit mindestens zehn Jahren niemand mehr die Mühe gemacht, irgendetwas instand zu setzen. Die Tapete war verblichen und löste sich an den Ecken, die hölzernen Stufen waren ausgetreten und schief, und zu seiner Bestürzung entdeckte Zac auf einem kleinen Tisch, auf dem eine angeschlagene Vase stand, eine dicke Staubschicht. Das Haus war zwar riesig und pompös, aber auch ziemlich verwahrlost. Die Verwandten ihrer Mutter waren wohl doch nicht so reich wie zunächst angenommen.

»Möchtet ihr euch gleich das Haus anschauen oder erst etwas ausruhen?«, fragte Tante Merle, während sie die große Treppe hinaufstiegen. Die Stufen knarzten laut, und Zac musste sich plötzlich vorstellen, wie das alte Holz unter ihnen nachgab. Hätte ihr Vater sie begleitet, hätte er gar keinen Anfall vortäuschen müssen. Ihr Dad hätte sie auch so zurück nach Chicago mitgenommen.

Wieder stieg eine Panikwelle in ihm auf. Saß ihr Vater schon im Flugzeug? War er schon über dem Atlantik? Was, wenn das Flugzeug abstürzte? Was, wenn …

»Also, ich bin ziemlich k.o.«, sagte Lu, doch Zac spürte ihren Blick im Rücken. Vielleicht war sie wirklich müde, aber er war sicher, dass sie für ihn sprach. Und er war wirklich k.o. Im Flugzeug hatte er gar nicht geschlafen, und im Zug hatte er nur vor sich hin gedöst und war bei jedem Ruckeln aufgeschreckt. Außerdem fühlte sich sein Kopf seit seinem Ausbruch am Flughafen ganz wirr an, und sein Körper war schwer wie ein Zementsack. Er wollte sich einfach nur zu Hause in seinem Bett zusammenrollen und schlafen, schlafen, schlafen.

»Penelope zeigt euch euer Zimmer, und ich hole frische Handtücher«, sagte Tante Merle fröhlich, als sie in einen langen Flur mit vielen Türen bogen, in dem es eine Menge altmodische Kerzenhalter gab, die Zac aus Computerspielen kannte. Ziemlich gruselig.

»*Unser* Zimmer?«, wiederholte Lu alarmiert. »Soll das heißen …«

»Tante Merle hielt es für das Beste, euch zusammen in dem alten Zimmer eurer Mutter unterzubringen, falls dein Bruder einen Anfall bekommt und Hilfe braucht«, erklärte Penelope nervös, während ihre Tante davoneilte. »Ist das in Ordnung? Das Zimmer ist wirklich groß. Es gibt zwei Betten, und alles ist frisch geputzt, versprochen. Wir können den Raum auch mit einem Vorhang teilen, wenn euch das lieber ist.«

Das Zimmer ihrer Mutter. Zacs Magen zog sich zusammen, und seine Brust fühlte sich schon wieder ganz eng an. »Mich stört es nicht«, sagte er schnell. Plötzlich hatte er Angst, dass Lu sich sperrte und er ein anderes Zimmer nehmen musste.

»Nicht?«, fragte Lu überrascht, und er schüttelte den Kopf.

»Hier liegt echt eine Menge Staub. Früher oder später bekomme ich garantiert einen Anfall, und dann lässt du mich sowieso keine Sekunde mehr aus den Augen. Du bleibst einfach auf deiner Seite und ich auf meiner.«

»Wir haben leider nicht so viele benutzbare Schlafzimmer, also müsstet ihr euch sonst ein Zimmer mit mir oder meinem Bruder teilen«, gestand Penelope, als sie das Ende des Gangs erreichten. »Er heißt Oliver. Er ist gerade in den Wildlands unterwegs, aber zum Essen ist er sicher zurück.«

Zac brauchte einen Moment, um zu begreifen, was er da gehört hatte. Ihn überlief ein Schauer. »*Was* hast du gesagt – *in den Wildlands*?«

Doch bevor Penelope etwas erwidern konnte, schaltete Lu sich ein. »Wie viele Leute wohnen hier überhaupt?«, fragte sie, ohne Zacs Aufregung zu bemerken. »Mum hat uns nie von ihrem Leben in England erzählt.«

Es konnte Einbildung sein, doch Zac meinte, Enttäuschung in Penelopes Gesicht zu sehen. »Also … ich, Oliver, Tante Merle, Tante Rowena und mein Vater, euer Onkel Conrad«, sagte sie und stieß die Tür auf. »Ihr werdet sie alle heute Abend beim Essen kennenlernen.«

»Das war's? Sonst wohnt hier niemand?«, fragte Lu, aber Penelope war schon in das Zimmer getreten. Zac folgte ihr. Er wollte sie noch einmal nach den Wildlands fragen, doch als er durch die Tür gegangen war, blieb er wie angewurzelt stehen.

Penelope hatte nicht zu viel versprochen. Das Zimmer war riesig, etwa dreimal so groß wie sein Zimmer zu Hause. Durch das große Fenster strömte das Nachmittagslicht herein. Die Wände waren fliederfarben gestrichen, an den beiden Seitenwänden stand je ein Bett, und dazwischen war eine Menge Platz. Allerdings hatte das Zimmer, wie Zac enttäuscht feststellte, kaum etwas Persönliches, nur über einem

Bett hing ein Spice-Girls-Poster und in einer Ecke ein Poster einer Band namens Hanson, das war alles. Zac konnte sich nicht erinnern, dass seine Mutter eine der Gruppen je erwähnt hätte.

Und doch war dies der Ort, an dem sie aufgewachsen war. Sie hatte während ihrer ganzen Kindheit in diesem Zimmer geschlafen, und wenn Zac tief einatmete, glaubte er, einen Hauch ihres Dufts riechen zu können.

»Die Kommode ist leer, da könnt ihr eure Sachen einräumen«, sagte Penelope. »Der Platz müsste für euch beide reichen –«

»Was um alles in der Welt geht hier vor?«

Penelope ließ die Koffer fallen und drehte sich mit einem hörbaren Schlucken zur Tür. Stirnrunzelnd drehte auch Zac sich um. Vor ihnen stand eine große, stämmige Frau mit stahlgrauen Haaren. Sie hatte die Arme verschränkt und blickte sie über ihre Adlernase hinweg missbilligend an. Über ihre linke Wange zog sich eine gruselige Narbe, und unter dem Kragen ihres langen Ledermantels meinte Zac, eine weitere Narbe zu erkennen.

»Tante Rowena!« Penelopes Stimme war beträchtlich höher als zuvor. »Ich kann alles erklären …«

»Du kannst erklären, was deine amerikanische Verwandtschaft hier macht?«, sagte die Frau kühl. »Dann bitte.«

Zac warf Lu einen verwirrten Blick zu, den sie mit großen Augen erwiderte. Rowena hatte offensichtlich nichts von ihrem Kommen gewusst. Sie waren gar nicht eingeladen, jedenfalls nicht von allen. »Unser Vater ist bestimmt noch am Flughafen«, warf er hastig ein. »Wenn wir ihn anrufen, kann er kommen und …«

»Das wird nicht nötig sein«, zwitscherte Tante Merle, die in diesem Moment mit einem Stapel gefalteter Handtücher ins Zimmer kam und sich um Rowena herumschlängelte. »Bitte sehr, meine Lieben. Das Badezimmer ist ein paar Türen weiter, und wenn ihr sonst noch irgendetwas –«

»Was hast du getan, Merle?«, fiel Rowena ihr ins Wort. Irgendwie brachte sie es zustande, sogar noch größer und einschüchternder zu wirken als zuvor.

»Ich habe getan, was richtig ist, und das weißt du auch«, erwiderte Merle seelenruhig, während sie ein paar Handtücher auf jedes Bett legte. »Sie gehören zur Familie. Hier ist ihr Zuhause.«

»Du weißt ganz genau, warum ich dagegen war«, zischte Rowena, als könnten Zac und Lu sie nicht hören.

»Sie werden bei mir im Laden bleiben. Dort kann ihnen nichts passieren«, entgegnete Tante Merle und winkte ab. »Was willst du machen? Ihr Vater sitzt schon wieder im Flugzeug nach Chicago, und es ist erst einen Monat her, seit Josie …«

Sie verstummte, doch Zac verstand auch so, was sie meinte: Wollte Rowena sie etwa auch noch im Stich lassen? Sie waren hier nicht auf Verwandtschaftsbesuch, wurde ihm klar. Sie waren hier, weil ihre Tante sie für einen Sozialfall hielt. Er biss die Zähne zusammen und schob die Hände in die Taschen.

»Ich bin müde«, kam er Rowenas Antwort zuvor. »Meinetwegen könnt ihr uns wieder rausschmeißen, aber vorher würde ich gerne etwas schlafen.«

»Niemand schmeißt euch raus, mein Lieber«, sagte Tante Merle, und ihre warme Stimme klang fest. »Nicht wahr, Rowena?«

Tante Rowenas Gesicht wurde dunkelrot. »Auf deine Verantwortung, Merle«, sagte sie mit gepresster Stimme. »Aber wenn ihnen irgendetwas zustößt, oder, der Himmel bewahre, wenn sie irgendwo hineingeraten, wo sie nichts zu suchen haben –«

»Werden sie nicht«, schnitt Tante Merle ihr heiter das Wort ab. »Es sind liebe Kinder, genau wie ihre Mutter. Nicht wahr?«

Zac hatte keine Ahnung, woher Tante Merle das wissen wollte, aber er war zu müde, um sich darum zu kümmern. Also zuckte er nur die Schultern. »Können wir uns jetzt ausruhen?«

»Aber natürlich«, gurrte Tante Merle und schob Penelope und Rowena auf den Flur. »Wir wecken euch zum Abendessen.«

Sobald die Tür hinter ihr ins Schloss gefallen war, war auf der anderen Seite aufgeregtes Getuschel zu hören. Während Lu das Bett unter dem Spice-Girls-Poster in Beschlag nahm, presste Zac das Ohr an das altmodische Schlüsselloch.

»... und was willst du machen, wenn sie die Wildlands finden?«, raunte eine Stimme, so rau wie Sandpapier, die nur zu Rowena gehören konnte. »Wir wissen beide, was passieren könnte …«

»Wird es nicht«, erwiderte Tante Merle besänftigend. »Es war unvermeidlich, meine Liebe. Den Kindern wird schon nichts zustoßen.«

»Da kannst du nicht sicher sein.« Rowenas Stimme wurde leiser, während sie sich über den Flur entfernten. »Wenn es so einfach wäre …«

»Kannst du mal aufhören zu lauschen?«, knurrte Lu und ließ sich auf ihr Bett fallen. »Nicht zu fassen, dass die uns einfach in ein Zimmer stecken! Wenn du schnarchst, kannst du was erleben.«

»Hast du nicht gehört, was Penelope gerade gesagt hat? Über die Wildlands?«, fragte Zac und gab seinen Lauschposten auf. Sie waren sowieso zu weit weg, um noch etwas zu hören.

»Findest du es wirklich so erstaunlich, dass Mum den Ort ihrer Geschichten nach dem Ort benannt hat, an dem sie aufgewachsen ist?«, fragte Lu gereizt. »Also ich nicht.«

Zac zögerte. Sie hatte natürlich recht. Aber so, wie Tante Merle und Rowena darüber gesprochen hatten, musste noch mehr dahinterstecken. Viel mehr.

Und das war nicht das einzige seltsame Puzzleteil, mit dem sie es hier zu tun hatten. Er versuchte es anders. »Hat Mum dir gegenüber jemals ihre Familie erwähnt? Oder … dass sie sie besucht hat?«

»Nein«, sagte Lu, und er konnte hören, dass diese Frage

sie auch beschäftigte. »Vielleicht haben sie sich in New York getroffen?«

Es waren die einzigen Male gewesen, dass ihre Mutter Zac allein gelassen hatte – einmal im Jahr war sie nach New York gereist, wo sie ihre Gemälde verkaufte. Sie war immer nur eine Woche weggeblieben, aber es waren die einsamsten Tage in Zacs Leben gewesen – zumindest bis er erfahren hatte, wie es war, ganz ohne sie zu leben. »Möglich«, murmelte er. »Trotzdem wäre es komisch. Warum hat sie nie von ihnen gesprochen? Warum hat sie so ein großes Geheimnis um sie gemacht?«

»Hat sie ja vielleicht gar nicht«, entgegnete Lu. »Vielleicht hat sie nur gedacht, dass du sowieso nicht mitkommen könntest, und hat sie deshalb nicht erwähnt. Oder vielleicht …« Sie schwieg einen Augenblick. »Du hast Rowena ja gehört. Vielleicht wollten sie uns nicht hier haben.«

»Tante Merle schon«, entgegnete Zac stirnrunzelnd. »Und Penelope –«

»Jetzt ist es sowieso zu spät«, murmelte Lu und wandte sich ab. »Mum kann es uns nicht mehr erklären, wenn sie es überhaupt je vorhatte.«

Nein, sie konnte es ihnen nicht mehr erklären. Aber vielleicht waren die Antworten ja irgendwo hier – in diesem verstaubten alten Haus oder draußen in den Wildlands, die es wirklich gab. Es gab die Wildlands *wirklich*!

Und Zac war fest entschlossen, beides zu finden – die Antworten und die Wildlands.

SECHSTES KAPITEL

Lu

Lu träumte.

Im Traum wanderte sie durch das Haus, durch die labyrinthischen Gänge mit der abblätternden Tapete und den Rissen in der Decke. Sie roch Moder und spürte einen kühlen Luftzug auf den nackten Armen, und obwohl sie wusste, dass es ein Traum war, fühlte es sich wirklicher an als alles, was in dem Monat seit dem Tod ihrer Mutter geschehen war.

Sie hatte keine Ahnung, wonach sie suchte, doch irgendetwas zog sie weiter, und ihre Füße bewegten sich wie von selbst – die große Treppe hinunter, einen weiteren Gang entlang, bis sie vor einer großen Flügeltür stand, die mit einer Kette verschlossen war. Was auch immer hinter dieser Tür lag, sollte offenbar im Verborgenen bleiben.

Mit zitternden Fingern berührte sie das Vorhängeschloss, und die Kette öffnete sich. Im Traum war sie nicht überrascht. Sie stieß die Tür auf und trat hindurch. Dahinter lag ein langer Flur, der in den Westflügel des Hauses führte. Alles wirkte hier noch älter, die Bodendielen knarzten, und vor den Fenstern hingen mottenzerfressene Vorhänge, durch deren Löcher Sonnenlicht auf tanzende Staubkörner fiel. An der Wand befand sich etwa ein Dutzend Türen, doch sie ging achtlos daran vorbei. Die Tür, zu der sie wollte, war ganz am Ende.

Sie war nicht zu verfehlen. Ein sonderbarer rötlicher Schimmer drang durch ihre Ritzen, als befände sich dahinter ein gleißendes Licht. Vorsichtig berührte Lu die Klinke, in der Erwartung, dass sie heiß war, doch sie war eiskalt. Die Tür öffnete sich mit einem Quietschen, und dahinter …

Der Raum war riesig. An einer Wand stand ein gewaltiges Bücherregal voll staubiger Bücher, die so aussahen, als wären sie seit Jahrzehnten nicht mehr angerührt worden. An einer anderen Wand hingen altmodische Waffen und allerlei Instrumente. Und darüber hingen zu Lus Entsetzen die Köpfe von toten Tieren. Doch nicht von Rehen oder Hirschen, wie Lu es kannte, sondern von Pferden. Apfelschimmel, Füchse, Rappen, und jedes von ihnen hatte ein langes Horn auf der Stirn.

Nicht Pferde. *Einhörner!*

Sie hätte fassungslos sein sollen, doch ihre Überraschung hielt sich in Grenzen. Irgendwo im Hinterkopf hatte ihr Traum-Ich damit gerechnet – sogar danach gesucht. Aber warum? Sie trat vorsichtig in den Raum. Ein seltsam geformtes Dinosaurierskelett stand auf einer Plattform in der Mitte, doch es sah anders aus als jeder Dinosaurier, den sie je gesehen hatte, mit einer seltsam flachen, langen Nase und einem gigantischen Flügelpaar, das fast die Hälfte des Raums einnahm. Es sah aus, dachte sie, wie die Drachen, die Zac in seiner Geschichte zeichnete.

Dahinter standen mehrere Vitrinen, und erst vermutete Lu, es wären Schmetterlinge darin ausgestellt. Doch als sie genauer hinsah, erkannte sie, dass die winzigen geflügelten Geschöpfe menschliche Körper hatten, und ihr Magen zog sich zusammen.

Elfen. Einhörner. Drachen. Wo war sie da nur hineingeraten?

Sie drehte sich um, sie wollte nur noch hier weg, doch die Tür war verschwunden. Dort, wo sie gewesen war, stand ein Vogel von der Größe eines Adlers mit orangeroten und purpurnen Federn. Er hatte die Flügel ausgebreitet, als wollte er sie aufhalten, doch er regte sich nicht. Lu starrte den prachtvollen Vogel an, und dessen leblose schwarze Augen starrten zurück. Auch er war eine Trophäe.

Tiefe Trauer überkam sie, dieselbe Trauer, die sie spürte, wenn sie an ihre Mutter dachte. Bevor sie irgendetwas tun konnte, verschwand der Raum vor ihren Augen, und sie erwachte.

Es war nur ein Traum, versuchte sie sich zu beruhigen, während sie im stockfinsteren Zimmer ihrer Mutter lag. Nur ein Traum. Elfen, Einhörner und Drachen gab es nicht, also gab es auch keinen Grund, dass ihr Herz raste und ihr Körper unter der leichten Decke in kalten Schweiß ausbrach.

Aber es war der realistischste Traum gewesen, den sie je gehabt hatte, und sie war sicher, wenn sie nach unten ginge, würde sie die Tür mit der Kette finden, ebenso wie den Raum voll sinnlos getöteter Geschöpfe.

Der Gedanke ließ sie bis ins Mark erschauern. Aber das konnte doch gar nicht sein – wie auch? Solche Wesen gab es nicht. Sie war einfach erschöpft, und ihr Unterbewusstsein hatte das Haus mit den Zeichnungen zusammengebracht, die Zac ihr im Flugzeug gezeigt hatte, das war alles. Ihr Gehirn spielte ihr einen Streich.

Poch, poch, poch.

Ein scharfes Klopfen an der Tür ließ sie zusammenschrecken, und sie rappelte sich auf, verhedderte sich in der Decke und fiel über die Bettkante. Sie landete hart auf dem Boden und stöhnte auf, als ihr ein stechender Schmerz durch Ellbogen und Hüfte zuckte. Na super.

»Alles in Ordnung?«, fragte eine leise Stimme, und ein Streifen Licht fiel ins Zimmer. Penelope stand in der Tür und spähte stirnrunzelnd hinein.

»Ja«, murmelte Lu und rieb sich verlegen den Ellbogen. »Wie spät ist es?«

»Kurz nach sieben«, sagte Penelope und musterte sie besorgt. »Das Abendessen ist fertig. Habt ihr Hunger?«

In dem Bett auf der anderen Seite des Zimmers setzte Zac sich auf und gähnte. Seine dunklen Haare standen in alle Richtungen ab. Lu fuhr sich mit den Fingern durch ihre eigenen Haare und hoffte, dass sie nicht ganz so wild aussahen. Sie konnte den verstörend lebhaften Traum noch immer nicht abschütteln, doch ihr Magen knurrte, und auch wenn sie nicht die geringste Lust hatte, hierzubleiben, würde sie irgendwann etwas essen müssen. Also erhob sie sich widerstrebend und machte sich fertig.

Als Penelope sie über die große Treppe ins Erdgeschoss führte, hielt Lu nach dem Flur mit der verschlossenen Tür aus ihrem Traum Ausschau. Natürlich konnte sie nicht da sein. Das war unmöglich. Und dennoch sah sie sich verstohlen um.

Das Esszimmer war ein lang gezogener, ovaler Raum mit großen Ölgemälden von Landschaften und alten Männern an den Wänden. Er erstreckte sich fast über die gesamte Breite des Hauses, und Lu dachte, dass er früher einmal beeindruckend gewesen sein musste, doch nun war er weitgehend leer.

Ihre Schritte hallten, als Zac und sie ihrer Cousine ans andere Ende des Raums folgten, wo Rowena bereits am Kopfende eines alten Eichentischs saß. Sie hatte die Nase in eine Zeitung gesteckt und blickte nur kurz auf, um ihnen einen vorwurfsvollen Blick zuzuwerfen. Lu war erleichtert – sie hatte nicht die geringste Lust, schon wieder angeschrien zu werden.

Außerdem saß dort ein schlaksiger Junge mit kastanienbraunen Haaren, der so aussah, als wäre er etwa zwei Jahre älter als sie. Er trug Kopfhörer und trommelte mit den Fingern im Rhythmus der Musik auf den Tisch. Als sie näher kamen, verfinsterte sich sein Gesicht, und er sah ihnen missmutig entgegen.

»Das ist mein Bruder Oliver«, erklärte Penelope fröhlich. »Er verträgt sich mit so gut wie niemandem, also nehmt seine Laune nicht persönlich.«

Eine Tür ging auf, und Tante Merle erschien mit einem duftenden Brathähnchen auf einer großen Platte. »Ah, ihr kommt gerade recht. Ich hoffe, ihr habt Hunger.«

»Zac verträgt kein Gluten«, erwiderte Lu automatisch. »Auch keinen Fisch, keine Nüsse und keine Milchprodukte. Und ich bin Vegetarierin.«

»War ja klar«, murmelte Oliver. Er zupfte am Saum seiner Stoffserviette und musterte sie mit unverhohlener Abneigung. Lu hatte keine Ahnung, was sie ihm getan hatte, doch bevor sie etwas erwidern konnte, legte Rowena ihre Zeitung auf den Tisch.

»Die Einschränkungen deines Bruders sind uns bekannt, Tallulah. Aber dein Vegetarismus ist wohl eine persönliche Entscheidung, daher glaube ich nicht, dass –«

»Wir lassen uns etwas einfallen«, unterbrach Tante Merle sie. »Heute Abend haben wir Bratkartoffeln und eine Menge gegrilltes Gemüse für dich, und ich bin sicher, dass wir unseren Speiseplan anpassen können. Ich koche alles selbst, also wenn du irgendwelche Fragen hast, Zacharias –«

»Zac«, murmelte er und ließ sich auf seinen Stuhl fallen. »Alle nennen mich Zac. Und alle nennen sie« – er deutete mit dem Kopf auf seine Schwester – »Lu.«

Oliver stieß ein bellendes Lachen aus. »Lu? Wer bitte findet Lu besser als Tallulah?«

»Ich«, sagte Lu. Sie kniff die Augen zusammen, und ihr Gesicht wurde heiß. »Und da es mein Name ist und nicht deiner, ist es mir ziemlich egal, was du davon hältst.«

»*Schluss jetzt!*« Rowena schlug mit der Faust auf den Tisch, dass die Teller klirrten. Alle verstummten schlagartig, und Rowena atmete scharf ein. »Es war ein langer Tag, und ich habe keine Lust, mir eure Streitereien anzuhören. Oliver, reiß dich zusammen. Tallulah, oder Lu – wenn es dir so lieber ist, dann nennen wir dich so. Das Gleiche gilt für dich, Zac.«

»Danke«, sagte Zac leise und hielt den Blick auf seinen Teller gerichtet. Eine Weile sagte niemand etwas, und dann verteilte Tante Merle das Hähnchen.

»Wo ist Conrad?«, fragte sie, während sie Zac zwei Keulen auf den Teller legte. Lu bemerkte erleichtert, dass sie nicht versuchte, ihr doch ein Stück Fleisch aufzuschwatzen.

»Er kümmert sich um Alcor, es gab einen Notfall«, erklärte Rowena. »Er wird erst nach Einbruch der Dunkelheit zurück sein.«

»Wie schade. Er hat sich so darauf gefreut, euch kennenzulernen«, sagte Tante Merle und sah Lu und Zac an.

»Dazu wird er noch genug Zeit haben«, brummte Rowena und spießte energisch eine Kartoffel auf. »Ihr zwei – ihr macht alles so, wie wir es euch sagen, ist das klar? Die Gegend hier ist gefährlich, und wenn ihr allein auf Entdeckungstour geht, könnt ihr euch ernsthaft verletzen.«

»So ist es«, sagte Oliver mit einem spöttischen Lachen und hob zum Beweis den Unterarm, auf dem drei vernarbte Kratzer zu sehen waren. »Ihr wollt schließlich nicht ein Auge verlieren. Oder Schlimmeres.«

»Stammen die Kratzer von Klauen?«, fragte Lu, deren Neugier über ihre Abneigung gegen diesen unausstehlichen Cousin siegte. »Was für Tiere züchtet ihr hier?«

»Wir *züchten* überhaupt nichts«, stellte Rowena klar und zog Olivers Ärmel nach unten, um die Narben zu verdecken. »Und wir erzählen bei Tisch auch keine beschämenden Geschichten von unseren misslungenen Heldentaten.«

Während sie an Olivers Ärmel herumzupfte, bemerkte Lu eine weitere, auffallend helle Narbe auf seiner Handfläche. Sie konnte sie zwar nicht ganz erkennen, da ein Finger davor war, doch sie kam ihr unheimlich vertraut vor – wie ein geschwungenes W. »Unsere Mum hatte auch so eine Narbe«, sagte sie verwirrt. »Gleich neben dem Daumen.«

»Ach ja?«, sagte Tante Merle, und Zac nickte. »Na, so ein Zufall. Oliver, sei so gut und gib mir den Salat.«

Während sie die Schüsseln herumreichten, wandte Lu sich an Penelope. »Wenn ihr keine Tiere züchtet, was macht ihr dann …?«

»Wir kümmern uns um die Tiere auf unserem Land«, erklärte Rowena knapp. »Aber wir züchten sie nicht.«

»Was für Tiere?«, fragte Lu eifrig. »Darf ich helfen? In Chicago kümmere ich mich um streunende Katzen. Ich bin es gewohnt, mit Tieren zu arbeiten. Ich könnte sie füttern oder –«

»Wir kümmern uns doch nicht um *Katzen*«, sagte Oliver verächtlich. »Wir kümmern uns um Tiere, die jemanden töten könnten –«

»Es reicht«, schnitt Rowena ihm das Wort ab, und Lu entging der wütende Blick nicht, den sie Oliver zuwarf. »Darüber sprechen wir jetzt nicht. Lu und Zac, ihr bleibt bei Merle im Laden, wie wir schon besprochen haben. Und dass ihr es gleich wisst«, fügte sie lauter hinzu, um Lus Protest zu übertönen, »ich dulde keine Diskussionen. Ihr bleibt im Laden oder im Haus. Basta.«

Der Rest des Abendessens verlief nicht wesentlich erfreulicher. Lu gab kaum einen Ton von sich und überließ es Zac, Tante Merles und Penelopes nicht versiegenden Fragenstrom zu beantworten. Immerhin wirkte er nicht mehr ganz so unglücklich wie zuvor. Lu beobachtete ihn verstohlen, während sich die anderen über den Nachtisch hermachten, den sie *Pudding* nannten, der aber eher an einen matschigen Kuchen erinnerte und nichts mit dem Pudding zu tun hatte, den sie kannte. Ihr Bruder schien weitgehend zu seinem grüblerischen Normalzustand zurückgekehrt zu sein, als er nach dem Essen darum bat, telefonieren zu dürfen.

»Wen um alles in der Welt willst du um diese Zeit anrufen?«, fragte Rowena, während sie sich erhob und ihren Stuhl geräuschvoll unter den Tisch schob.

»Unseren Dad«, erwiderte Zac, und Lu bemerkte ein Zittern in seiner Stimme. »Ich will nur sicher sein, dass das Flugzeug …« Er stockte. »Dass er gut angekommen ist.«

»Natürlich ist er das«, sagte Rowena verächtlich und wandte sich zum Gehen. »Es ist völlig unnötig, dafür einen teuren Anruf zu tätigen.«

»Es ist ihre erste Nacht in einem anderen Land«, schaltete Tante Merle sich ein und legte Zac einen Arm um die Schultern. »Wenn er anrufen möchte, dann lass ihn.«

»Das wird aber nicht zur Regel!«, entgegnete Rowena schroff, und ihre Stimme hallte durch den leeren Raum. »Ich werde nicht zulassen, dass er sich jeden Abend von seinem Vater eine Gutenachtgeschichte vorlesen lässt.«

Zac machte ein zerknirschtes Gesicht und sah einen Moment lang so aus, als würde er gleich weinen. In Lu stieg eine unglaubliche Wut auf. Bis jetzt hatte sie den Tod ihrer Mutter kein einziges Mal als Entschuldigung benutzt – sie hatte sogar am Tag der Beerdigung ihre Hausaufgaben gemacht –, doch nun starrte sie ihrer Großtante finster hinterher.

»Unsere Mutter ist gerade gestorben«, sagte sie scharf, »und du willst uns verbieten, unserem Vater Gute Nacht zu sagen?«

Rowena blieb stehen, wandte ihnen langsam ihr wettergegerbtes Gesicht zu und zog eine Augenbraue hoch. »Euer Vater hat unsere Telefonnummer. Wenn er mit euch sprechen will, wird er sich schon melden.«

Damit verließ sie den Raum, und Lu hatte das Gefühl, ihr Körper stände vor Wut in Flammen. Tante Merle nahm Zac in den Arm. »Wenn er sich bis morgen früh nicht gemeldet hat, rufen wir ihn an«, versprach sie. »Und jetzt geht ihr zwei am besten nach oben und putzt euch die Zähne. Ich komme dann hoch und bringe euch ins Bett.«

»Du musst uns nicht ins Bett bringen«, sagte Lu auf dem Weg in den Flur. »Wir sind doch keine Babys mehr.«

»Nein, das stimmt«, sagte Tante Merle, die ihr mit Zac folgte. »Im Oktober werdet ihr schon dreizehn, nicht wahr? Das muss ganz schön aufregend sein.«

Lu zuckte die Schultern. »Nicht wirklich.« Was sollte aufregend an einem Geburtstag sein, den sie allein feiern musste, weil sie bei ihrer Rückkehr nach Chicago keine Freundin mehr haben würde?

Tante Merle gab die Gesprächsversuche auf und trennte sich am Fuß der großen Treppe von ihnen. Während sie davoneilte, konnte Lu nicht widerstehen, einen Blick in die Richtung zu werfen, in der sie im Traum die verschlossene Tür gesehen hatte. »Ist es okay für dich, wenn du schon mal alleine nach oben gehst?«

Zac warf ihr einen gereizten Blick zu. »Wenn du nicht willst, dass Tante Merle uns wie Babys behandelt, dann hör auf, *mich* wie ein Baby zu behandeln. Das nervt.«

»Wenn du daran denken würdest, deine Medizin zu nehmen, müsste ich das nicht«, gab sie zurück. »Hast du überhaupt dein Asthmaspray zum Essen mitgenommen?«

Zac gab keine Antwort. Wütend eilte er die Treppe hoch und ließ sie allein in der Eingangshalle zurück. Sie überlegte, ob sie ihm nachlaufen sollte, aber möglicherweise war dies vorerst ihre einzige Gelegenheit, sich hier etwas umzusehen, ohne dass eine ihrer Großtanten ihr im Nacken saß. Sie huschte durch die Eingangshalle in die Richtung, die sie im Traum genommen hatte.

Obwohl sie noch nie zuvor in diesem Teil des Hauses gewesen war, sah alles genauso aus wie in ihrem Traum. Sogar das Porträt eines schnurrbärtigen Mannes, das sie gesehen hatte, war da. Wie konnte das sein? Vielleicht spielte ihr Gehirn tatsächlich verrückt, überlegte sie, während sie weiter den Gang entlanglief. Sie hatte noch nie einen Jetlag gehabt. Vielleicht war das eine Nebenwirkung?

Doch als sie um die nächste Ecke bog, war sie tatsächlich da: die mit einer Kette verschlossene Flügeltür. Lus Kinn klappte herunter, und sie blickte sich argwöhnisch in dem leeren Gang um, als erwartete sie, dass sich irgendjemand – zum Beispiel Oliver – in der Nähe versteckt hatte und über ihre Dummheit lachte.

Doch da war niemand. Sie war ganz allein – und vor ihr die Tür aus ihrem Traum.

Versuchsweise trat sie darauf zu. Die Kette war schwerer, als sie erwartet hatte, und als sie an dem altmodischen Vorhängeschloss zog, gab es nicht nach. Wer hatte den Schlüssel? Tante Rowena? Und was hielt sie dort versteckt?

Lu hatte das beklemmende Gefühl, die Antwort längst zu kennen. Doch auch wenn sie mit der Tür recht gehabt hatte, musste das nicht heißen, dass es den Raum mit den Jagdtrophäen wirklich gab. Vielleicht hatte sie ja auch alte Bilder in einem der Fotoalben ihrer Mutter gesehen. Vielleicht hatte sie einen Film gesehen, der zufällig hier gedreht worden war. Vielleicht, vielleicht, vielleicht.

Doch je länger sie versuchte, sich davon zu überzeugen, dass es eine natürliche Erklärung gab, desto verwirrter wurde sie. Sie war erschöpft, geistig und körperlich, und keine der Möglichkeiten war wirklich einleuchtend. Sie musste schlafen – *richtig* schlafen, statt ein Nickerchen voller Albträume zu machen. Was auch immer hinter der Flügeltür lag, es musste warten.

Auf dem Weg zurück hörte sie Stimmen. Sie wurden lauter, als sie an der großen Treppe ankam, und der Name ihres Bruders fiel. Jemand unterhielt sich in dem Raum neben der Eingangshalle.

»… viel zu gefährlich für Zacharias.« Das war Rowenas schroffe Stimme, und anders als vorhin machte sie nun keinen Versuch zu flüstern. »Ich weiß nicht, was ihr Vater sich dabei gedacht hat, sie hierherzuschicken.«

»Er hat sich gar nichts dabei gedacht«, erwiderte eine andere Stimme – Tante Merle. »Er trauert, und ihm ist klar geworden, dass er sich in seinem jetzigen Zustand nicht um sie kümmern kann.«

»Er hat aber die Verantwortung für die Kinder«, knurrte Rowena. »Er kann sie doch nicht einfach bei den nächstbesten Verwandten abladen.«

»Er hat sie nicht *abgeladen*. Ich habe ihm angeboten, sie zu nehmen«, sagte Tante Merle. »Er wollte sie einem Kindermädchen überlassen, Rowena. Einem Kindermädchen! Was könnte für die armen Kinder schlimmer sein als eine weitere Bezugsperson, die in dieser schweren Zeit auftaucht, nur um in einem halben Jahr wieder zu verschwinden. Die armen Lämmchen würden vollends traumatisiert werden. Sie sollten bei ihrer Familie sein – und genau da sind sie jetzt auch.«

Lu hatte keine Ahnung gehabt, dass ihr Vater ein Kindermädchen für sie suchen wollte. Der Gedanke ließ ihr sofort vor Widerwillen die Haare zu Berge stehen – und doch hätte sie das immer noch besser gefunden, als die ganzen Ferien in einem fremden Land verbringen zu müssen.

»Du kannst dir noch so viele Vorwände einfallen lassen, wir wissen doch beide, warum du sie hergeholt hast«, sagte Rowena düster. »Sie sind verloren, und das ist deine Schuld.«

»Sie sind nicht verloren«, entgegnete Tante Merle fest. »Josie wollte, dass sie kommen.«

»Josie war eine Träumerin!«, fauchte Rowena. »Sie hat überall nur Gutes gesehen, wo nichts Gutes war, und du weißt selbst, wohin es sie geführt hat.«

Tante Merle schnalzte mit der Zunge. »Ich verstehe deine Sorgen, meine Liebe, aber genau deshalb war es notwendig. Wir haben nicht mehr viel Zeit bis zu ihrem dreizehnten Geburtstag. Vielleicht stimmt die Familienlegende, vielleicht auch nicht. So oder so, solange sie hier sind, sind sie in Sicherheit.«

»In Sicherheit?«, schnaubte Rowena. »Glaubst du das wirklich? Du scheinst es nicht zu verstehen, Merle, du kannst doch nicht –«

»Wag es nicht, meine Liebe.« Tante Merles Stimme war gefährlich leise geworden – so leise, dass Lu sich näher heranschleichen musste, wobei sie sich hinter das geschwungene Treppengeländer duckte. »Wir wollen beide nur das Beste für die Kinder. Wenn sie in Chicago sind, haben wir keine Ahnung, was mit ihnen passiert. Aber hier, auf unserem Grund und Boden –«

In diesem Moment flog knallend eine Tür an der Rückseite der Eingangshalle auf, schwere Schritte polterten über die Dielen, und eine Männerstimme fluchte leise. Während Lu sich hinter dem Geländer noch kleiner machte, hörte sie etwas Schweres zu Boden fallen. »Merle? Rowena?«

»Hier drüben, Conrad«, rief Tante Merle, und als Lu aus ihrem Versteck hervorlugte, sah sie einen hageren Mann mit ausgeblichenen rotblonden Haaren durch die Tür treten. Lu meinte, dahinter einen Blick auf einen großen Schreibtisch und mehrere Stühle zu erhaschen.

»Hast du davon gewusst?«, fragte Rowena ohne Umschweife.

Es folgte eine Pause, in der der Mann sich räusperte. »Ich vermute, die Zwillinge sind angekommen?«

»Also ja«, sagte sie. »Und ihr wart beide der Meinung, ich sollte nichts davon wissen?«

»Nun ja, Merle und ich waren uns einig, dass –«

In diesem Moment spürte Lu eine harte Schuhspitze in den Rippen und quiekte leise auf. Über ihr, die Kopfhörer um den Hals baumelnd, stand Oliver.

»Bringt man euch in Amerika keine Manieren bei?«, fragte er bissig.

Lu erhob sich und starrte ihn an, doch ihr Ärger wurde durch die vielen Fragen in ihrem Kopf deutlich geschmälert. »Unhöflichkeit liegt anscheinend in der Familie«, gab sie nur zurück. »Willst du mich etwa verpetzen?«

Oliver grinste. »Wir werden sehen. Vorerst reicht es mir, dich zappeln zu lassen.«

Lu stieß einen abfälligen Laut aus, drehte sich um und rannte, immer zwei Stufen auf einmal nehmend, die Treppe hinauf. So lästig Oliver auch war, er war gerade ihre geringste Sorge.

Von welcher Familienlegende redete Tante Merle? Wovor waren sie hier in Sicherheit? Und warum glaubte Rowena, sie wären verloren?

Sie stürmte in ihr Zimmer, um Zac alles zu berichten. Doch als sie sein fleckiges, tränennasses Gesicht sah, das er schnell zur Wand drehte, presste sie die Lippen zusammen. Sie durfte es für Zac nicht noch schlimmer machen. Es war besser, wenn sie erst mal herausfand, was hier eigentlich los war.

»Ich gehe duschen«, murmelte sie, und mit gesenktem Blick schnappte sie sich ihr Handtuch und ihren Schlafanzug, verließ das Zimmer und zog die Tür hinter sich zu.

SIEBTES KAPITEL

Zac

Obwohl Zac auf der Reise nach England nur wenig geschlafen hatte, tat er in dieser ersten Nacht kaum ein Auge zu. Er lag wach im Bett, weinte leise und kämpfte gegen die Panik an, die ihn niederdrücken wollte.

Seinem Vater ging es gut, sagte er sich immer wieder, während die Stunden vergingen. Tante Merle müsste es wissen, wenn sein Flugzeug abgestürzt wäre. Es wäre in den Nachrichten gewesen, und irgendjemand hätte es ihnen mitgeteilt.

Aber was, wenn etwas anderes passiert war? Was, wenn sein Vater beim Rennen durchs Terminal einen Herzinfarkt erlitten hatte? Was, wenn es an Bord des Flugzeugs irgendein Problem gab und niemand davon wusste, weil es mitten in der Nacht war und Tante Merle und Rowena schliefen und …

Zac schluckte mühsam. In seinem Kopf drehte sich alles, und sein Herz hämmerte. Seinem Vater ging es gut. Er war sicher schon längst wieder in Chicago, saß am Computer und aß irgendein Mikrowellengericht. Es war völlig abwegig, dass seine beiden Elternteile innerhalb eines Monats starben. Die Wahrscheinlichkeit, dass das passierte, war gleich null.

Alles ist in Ordnung. Alles ist in Ordnung. Alles ist in Ordnung.

Während er sich wieder und wieder dieses Mantra vorsagte, tauchte ein seltsames Bild vor seinem inneren Auge auf – ein Wald mit moosbewachsenen Wurzeln, goldenem Licht, das durch die Zweige fiel, und riesigen, uralten Bäumen.

Er blinzelte und schüttelte den Kopf. Für einen Augenblick war seine Panik vergessen. Was war das?

Als er die Augen wieder schloss, war der Wald erneut da, diesmal noch schärfer. Er konnte den warmen Sommertag riechen und die Hitze der Sonne auf der Haut spüren, und als er an sich hinabblickte, sah er seine Turnschuhe so deutlich vor sich im Laub stehen, als wären sie wirklich da.

Das ist ja mal was ganz Neues, dachte er fast schon belustigt. Von allen Reaktionen, die sein Gehirn sich ausgedacht hatte, um ihn vor den schlimmsten Panikattacken zu schützen, war dies bei Weitem die lebhafteste. Und, dachte er, während er tief einatmete und das Gefühl genoss, an der frischen Luft zu sein, ohne den nächsten Asthmaanfall schon kommen zu sehen, sie gefiel ihm mit Abstand am besten.

Doch bevor er ergründen konnte, ob es ein Traum oder eine Wahnvorstellung war, erklang hinter ihm ein nur allzu vertrautes Lachen. Sein Herz begann zu rasen, und er wirbelte herum.

Wenige Meter vor ihm stand ein Mädchen. Sie wandte sich ihm zu, hatte den Kopf zurückgelegt und blickte an einem Baum empor, der noch größer und knorriger war als die anderen. Sie trug eine Latzhose aus Jeansstoff, ihr dunkler Zopf hing ihr über den Rücken, und obwohl sie nicht älter als achtzehn sein konnte, erkannte Zac sie sofort.

Es war seine Mutter.

»Irgendwann musst du da runterkommen«, rief sie, und ihre Stimme klang etwas höher als in seiner Erinnerung. »Schmollen bringt dir gar nichts.«

Zac hörte niemanden antworten, doch einen Moment später lachte sie wieder, und der Klang erfüllte ihn mit Wärme und Sehnsucht.

»Na schön«, sagte sie. »Zehn Minuten gebe ich dir noch. Dann kommst du mit mir, und wir machen uns einen schönen Tag.«

Sie schüttelte den Kopf genau so, wie sie es immer getan hatte, wenn Zac etwas Witziges – oder, was wohl häufiger der Fall gewesen war, etwas Lächerliches – gesagt hatte, dann wandte sie sich zu ihm um. Für den Bruchteil einer Sekunde begegneten sich ihre Blicke, und Zac war wie versteinert.

Sie *war* es. Sie war es wirklich.

Er blinzelte, und sie war fort. Der Wald verschwand, er sah nur noch die schwarzen Schatten in dem dunklen Zimmer und starrte verwirrt an die Decke. Nach einer Weile traf ihn die Sehnsucht mit voller Wucht. Er vergrub das Gesicht unterm Kissen, und sein Körper bebte vor Trauer und Schmerz.

Es war ein Traum gewesen, weiter nichts. Nur ein Traum. Doch so hatte es sich nicht angefühlt – es hatte sich *echt* angefühlt, so echt wie das Bett, in dem er lag, umgeben von Dunkelheit.

Erst nach langer Zeit, das ferne Lachen seiner Mutter im Ohr, schlief er ein.

Am nächsten Morgen erwachte Zac durch Tante Merles sachtes Klopfen an der Tür. »Euer Vater hat kurz vor Mitternacht angerufen«, sagte sie zur Begrüßung. »Er ist zurück in Chicago und schickt euch liebe Grüße.«

Zac stützte sich auf die Ellbogen. »Geht es ihm gut?«, fragte er verschlafen. Tante Merle nickte.

»Es geht ihm bestens. Er scheint nur eine Menge Arbeit zu haben. Er hat gesagt, dass er in den nächsten Tagen schwer erreichbar sein wird und ihr euch keine Sorgen machen sollt. Und jetzt raus aus den Federn, ihr beiden! Das Frühstück ist gleich fertig.«

Trotz Zacs Erleichterung, dass sein Vater gut zu Hause angekommen war, konnte er keine Begeisterung für den vor ihm liegenden Tag aufbringen. Seine Augen juckten, sein Körper war schwer wie Blei, und er konnte noch immer nicht den Traum von letzter Nacht abschütteln. Während er sich anzog, fühlte er sich wie ein Schlafwandler, dessen Sinne ganz nach innen gerichtet sind. Er wollte die Stimme seiner Mutter wieder hören. Am liebsten hätte er die Augen geschlossen und wäre in seinen Traum zurückgekehrt. Seit einem Monat war das sein größter Wunsch gewesen – sie noch ein letztes Mal zu sehen, ein letztes Mal zu hören. Und so unmöglich es auch schien, sein Wunsch war erfüllt worden.

Aber jetzt musste er in die Wirklichkeit zurückkommen, und nach einem Frühstück aus frischem Obst und Eiern, die besser schmeckten als alle Eier, die er je gegessen hatte, begaben Lu und er sich mit Tante Merle in den Laden.

Obwohl der Laden unten an der Hauptstraße lag, gleich neben der Einfahrt, die zum Haus hinaufführte, hatte Zac ihn tags zuvor nicht bemerkt. Er war allerdings auch gar nicht so leicht zu entdecken. Halb versteckt hinter hohen Wildblumen und den Wald im Rücken, der sich immer näher heranzupirschen schien, sah er eher wie ein verlassenes Ferienhäuschen aus. Beim Näherkommen entdeckte Zac ein verwittertes Schild über der Tür:

ECHTE AUSSERWELTLICHE
ARTEFAKTE UND ANDERE
KURIOSITÄTEN

Nicht gerade der einprägsamste Name für einen Laden, dachte er und blieb schnaufend stehen.

Während Tante Merle die Tür aufschloss und Lu sich zu einer Blume hinabbeugte, um einen Marienkäfer zu betrachten, kramte er in seinem Rucksack nach seinem Asthmaspray. Seine Lunge brannte, doch er konnte nicht sagen, ob es am Asthma lag oder an einer seiner Allergien. Vermutlich war es eine üble Mischung aus beidem. Es wäre wirklich das i-Tüpfelchen auf diesem ganzen Schlamassel hier, wenn er auch noch in irgendein englisches Provinzkrankenhaus fahren müsste, weit fort von den Ärzten und Schwestern, die er so gut kannte.

»Alles in Ordnung, mein Lieber?«, fragte Tante Merle, während sie mit dem widerspenstigen Schloss kämpfte.

»Mhm«, murmelte er und sog das Spray ein, das seine Lungenflügel entspannte. »Der Weg war nur ... ganz schön weit.«

»Du wirst dich daran gewöhnen«, sagte Tante Merle liebevoll. »Die Bewegung wird dir guttun. Deine Wangen könnten ein bisschen Farbe gebrauchen.«

Klar, nichts leichter als das, dachte er missmutig. Doch als sie die Tür aufstieß und er den Blick durch den schummrigen Raum schweifen ließ, in dem seine Mutter sicher viele Stunden verbracht hatte, schwand sein Groll. Die engen Gänge waren voller Krimskrams für Touristen – Schlüsselanhänger mit allen möglichen und unmöglichen Vornamen, T-Shirts und Tassen mit dem Logo der Region und vergilbte Reiseführer, die so alt aussahen, dass vermutlich schon Zacs Mutter als Kind darin geblättert hatte. Außerweltliche Artefakte und andere Kuriositäten, die das Ladenschild versprach, konnte er allerdings nicht erkennen.

Doch hinter dem Krimskrams und den Reiseführern, hinter den Snacks und dem Wanderzubehör entdeckte er eine große, gepflegte Auslage an der Rückseite des Ladens. Zu beiden Seiten der Glasregale hingen schwere tiefblaue Samtvorhänge mit silbernen Sprenkeln, die an den nächtlichen Sternenhimmel erinnerten. Der Kontrast zum Rest des Ladens war so auffallend, dass Zac nicht widerstehen konnte, sich durch die engen Gänge zu schlängeln, um sich dort umzusehen.

Auf den ersten Blick wirkten die dort ausgestellten Gegenstände ziemlich gewöhnlich. Flauschige Zierkissen, Armbänder und Halsketten aus kleinen Steinen oder Muscheln und Gemälde von Waldlandschaften reihten sich in den Regalen. Doch je genauer Zac hinsah, desto wunderlicher wurde die Sammlung. In einem handgeflochtenen Korb lagen mehrere flache, metallisch schimmernde, halbrunde Steine. Die Farben rangierten von Mitternachtsblau bis zu schimmerndem Perlmutt, doch noch interessanter war das handgeschriebene Schildchen am Korb:

Drachenschuppen
(ethische Bezugsquelle) -
£15

Zac blinzelte mehrmals, um sich zu vergewissern, dass er richtig gelesen hatte. *Drachenschuppen?* Es gab keine Drachen, und selbst wenn – wer würde so was kaufen?

»*Einhornhaar?* Soll das ein Witz sein?«

Lus Stimme ertönte wenige Zentimeter neben ihm. Zac zuckte zusammen und wäre beinahe gegen einen Ständer mit Wunderbäumen gestoßen. Seine Schwester betrachtete einen Korb voll silbrig schimmernder Fäden, und Zacs Herz begann zu hämmern, als wäre er bei etwas Verbotenem erwischt worden. Als er ihr ungläubiges Gesicht sah, atmete er erleichtert auf. Er war nicht der Einzige, der das alles für ausgemachten Blödsinn hielt.

»Seltsam, was?«, raunte er ihr zu. »Es gibt auch Drachenschuppen. Und Kissen aus Yetifell. Gemälde von Zentauren. Und Armbänder von Meerjungfrauen …«

»Die Meerjungfrauen sind wahnsinnig stolz auf ihren Schmuck«, sagte Tante Merle hinter ihnen, und diesmal zuckten Zac und Lu gleichzeitig zusammen. »Oder sie wären es, wenn es sie denn gäbe«, fügte sie schelmisch hinzu.

»Gibt es … wirklich Leute, die so was kaufen?«, fragte Zac, sobald er seine Stimme wiedergefunden hatte. »Falsche Drachenschuppen und … *Elfenblumen*?« Er zeigte auf einen Korb mit Glasblumen, die nicht größer als seine Fingerspitzen waren.

»Oh ja, dafür ist dieser Laden berühmt«, erwiderte seine Großtante freundlich. »Echte außerweltliche Artefakte und andere Kuriositäten. Aber solche mythischen Gegenstände sind natürlich äußerst selten, deshalb verkaufen wir auch praktischere Sachen. Wir führen so gut wie alles, was ein Besucher des Lake Districts brauchen könnte.«

Zac warf seiner Schwester einen belustigten Blick zu, doch die war in die Betrachtung eines Gemäldes versunken. »Aber … das ist ja grausam«, stieß sie hervor. »Ihr lasst sie für euch arbeiten. So was nennt man Sklavenarbeit!«

»Wovon sprichst du?«, fragte Zac verblüfft. »Das ist doch alles nicht echt, Lu. Das ist doch nur Quatsch!«

Lu zog die Augenbrauen hoch, und einen Moment lang stand sie ganz still. »Du hast recht«, murmelte sie schließlich beschämt. »Entschuldige. Das weiß ich ja selbst.«

»Und selbst wenn nicht«, sagte Tante Merle sanft, »würden wir niemals jemandem etwas wegnehmen. Ich muss aber gestehen, dass ich persönlich leider noch nie ein mythisches Wesen getroffen habe, so interessant ich das auch fände. Und nun«, fügte sie hinzu, »sucht euch doch einen Schokoriegel aus und erkundet den Rest des Ladens.«

Während Tante Merle sie zu einem Regal mit Süßigkeiten führte, musterte Zac seine Schwester verstohlen. Ihr Ausbruch hatte ihn beunruhigt. Lu mochte dann und wann etwas sonderlich sein, vor allem, wenn es um Tiere ging, aber sie musste doch wissen, dass keiner dieser Gegenstände echt war. Warum hatte sie so heftig reagiert?

Es dauerte eine Weile, bis er sich in dem überbordenden Süßigkeitenregal etwas ausgesucht hatte, da ihm die Sorten alle unbekannt waren. Er musste auf jeder Packung das Kleingedruckte lesen, um sicherzugehen, dass er nicht gegen die Inhaltsstoffe allergisch war, und als er endlich etwas gefunden hatte, das er essen durfte – eine Tüte Weingummi in schwer definierbaren Formen –, hatte Lu sich bereits in ein kleines Zimmer im hinteren Teil des Ladens zurückgezogen. Er murmelte seiner Großtante einen Dank zu und lief die Reihen entlang, um sich zu ihr zu gesellen.

»Alles okay bei dir?«, fragte er und ließ seinen Rucksack auf den Boden fallen. Bevor sie etwas erwidern konnte, wirbelte eine Staubwolke auf, und er musste niesen.

»Du solltest dich lieber nicht hier aufhalten«, sagte sie bedrückt. Sie saß an einem alten hölzernen Schreibtisch, fuhr mit dem Finger über einen der Karteikästen, die auf dem Tisch standen, und zeigte ihm ihre staubbedeckte Fingerspitze. Zac schüttelte den Kopf.

»Ich bleibe bestimmt nicht den ganzen Tag bei Tante Merle«, brachte er heraus, bevor er erneut niesen musste. Seine Augen tränten, und er sah ein, dass sie recht hatte. Seine Haut begann schon zu jucken. »Ich … wollte nur sichergehen, dass alles okay ist.«

»Mir geht's gut«, sagte sie verlegen. »Es liegt bestimmt am Jetlag. Und an deinen Comics und Mums Geschichten …« Sie schüttelte den Kopf. »Ich bin nur müde, das ist alles.« Sie deutete mit einem Nicken auf ein altmodisches Telefon. »Ich habe versucht, bei Sophia anzurufen. Aber ich bin nicht durchgekommen.«

Zacs Herz setzte einen Schlag aus, und er trat vor und kratzte sich am Unterarm. »Hast du versucht …«

»Ja, ich habe es auch bei Dad versucht. Hat auch nicht geklappt.« Sie wandte sich ab, aber Zac sah trotzdem, dass sie sich die Augen rieb. »Sophia war so wütend, als ich ihr gesagt habe, dass ich nach England muss. Wenn ich nicht bald mit ihr reden kann, wird sie mir nie verzeihen. Außerdem muss ich wissen, ob es dem Waschbären besser geht. Ich habe ihn zum Tierarzt gebracht, aber …« Sie machte ein trauriges Gesicht. »Und Rufus. Er muss dringend seine Medizin bekommen. Und die anderen Katzen …«

Beim letzten Satz wurde sie rot, und Zac musste daran denken, wie gemein Oliver sich am Vorabend über sie lustig gemacht hatte. Er atmete so tief ein, wie er sich inmitten all des Staubs traute, und sagte möglichst heiter: »Wenn du willst, können wir uns rausschleichen und die Tiere suchen. Irgendwo müssen sie ja sein.«

Lu sah ihn an und schien einen Augenblick ihre Sorgen zu vergessen. Doch dann verdunkelte sich ihr Gesicht wieder. »Du hast doch gehört, was Rowena gesagt hat. Wir müssen bei Tante Merle im Laden bleiben. Und außerdem …«

Sie stockte und biss sich auf die Unterlippe. Zac runzelte die Stirn. »Außerdem was?«

»Nichts«, murmelte sie. »Es ist zu gefährlich.«

Er schniefte, seine Nase war bereits zu. »Wir können ja Abstand halten. Ich darf sowieso nicht zu nah dran. Und selbst wenn sie uns erwischen, was will Rowena denn machen? Uns irgendwo einsperren?« Zac machte eine ausladende Geste. »Schlimmer als hier kann es nicht werden.«

»Schon, aber …« Lu zögerte. »Du bist quasi gegen alles da draußen allergisch.«

»Gegen alles hier drinnen auch«, gab er zurück. »Ich setze eine Atemmaske auf. Und in meinem Rucksack habe ich mein Asthmaspray und zwei EpiPens.«

Sie musterte ihn von oben bis unten, als wollte sie abwägen, ob es ihm zuzutrauen war. Zac straffte die Schultern und gab sich alle Mühe, stärker auszusehen, als er sich seit Jahren gefühlt hatte, selbst mit tränenden Augen und geröteter Haut. Schließlich seufzte Lu. »Warum machst du das? Tue ich dir so leid?«

Er schüttelte den Kopf. »Wenn es die Wildlands wirklich gibt, will ich sie finden. Aber das kann ich nur mit dir zusammen.«

Sie runzelte die Stirn, und einen furchtbaren Augenblick lang glaubte er, sie würde Nein sagen. Doch dann stand sie auf und klopfte sich den Staub von der Hose. »Wenn wir erwischt werden, haue ich ab und überlasse dich den Wölfen zum Fraß.«

Er atmete erleichtert auf. »Das wäre vermutlich das Schlaueste«, erwiderte er schulterzuckend. »Ich könnte sowieso nicht wegrennen.«

Langsam breitete sich ein Grinsen auf Lus Gesicht aus und vertrieb die Schatten unter ihren Augen. Seit ihre Mutter gestorben war, hatte sie nicht mehr so gestrahlt, und er grinste unwillkürlich zurück. Ihr Leben mochte in Scherben liegen, doch er spürte zum ersten Mal seit Jahren, dass seine Schwester seine Verbündete war.

»Also los«, sagte er. »Finden wir die Wildlands!«

ACHTES KAPITEL

Lu

Lu duckte sich hinter einen Ständer mit Regenschirmen und spähte den Mittelgang hinunter.

Tante Merle saß hinter dem Verkaufstresen und las ein ramponiertes Taschenbuch, wobei sie leise vor sich hin summte. Der Verkaufstresen befand sich direkt neben der Tür. Sie würden nicht unbemerkt an ihr vorbeikommen.

»Ich könnte sie irgendwie ablenken«, flüsterte Zac, der hinter Lu kauerte. »Ich könnte so tun, als bräuchte ich dringend mein Asthmaspray.«

Lu schüttelte den Kopf. »Die haben doch noch gar nicht kapiert, wie schlimm dein Asthma ist. Wenn du jetzt einen Anfall vortäuschst, glauben sie dir nie wieder.«

»Wenn ich blau anlaufe, schon«, murmelte er, doch Lu beachtete ihn nicht. Es musste einen Weg geben, hier herauszukommen, ohne dass ihre Großtante es merkte.

Bevor sie dazu kam, sich einen brillanten Fluchtplan zu

überlegen, bimmelte das Glöckchen an der Tür, und ein stämmiger Mann in einem Superhelden-T-Shirt, kurzer Hose und Flipflops trat ein. Er schaute sich nervös und mit großen Augen im Laden um, und Tante Merle legte ihr Buch beiseite und lächelte ihn strahlend an.

»Guten Morgen«, zwitscherte sie. »Was kann ich für Sie tun?«

»Ich, ähm … Ich habe gehört, dass Sie … einige seltene Gegenstände haben«, sagte er. Zu Lus Überraschung hatte er einen amerikanischen Akzent. »Sie wissen schon …«

»Sie meinen, echte außerweltliche Artefakte und andere Kuriositäten?«, half ihm Tante Merle auf die Sprünge, worauf der Mann nickte und sich verlegen den Bart kratzte. »Da sind Sie hier genau richtig! Wenn Sie mir bitte folgen würden.«

Sie hüpfte von ihrem Stuhl und führte ihn den Gang entlang, geradewegs auf Lu zu. Die zog schnell den Kopf ein, huschte in den nächsten Gang und konnte Zac gerade noch rechtzeitig hinter sich herziehen, bevor Tante Merle und ihr Kunde an dem Ständer mit den Regenschirmen vorbeikamen.

»Unsere Auswahl ist nicht besonders groß«, erklärte sie, während er sich über die Auslagen beugte. »Dafür garantieren wir ihre Echtheit.«

Lu schnaubte kaum hörbar und gab Zac ein Zeichen, ihr zu folgen. So leise sie konnten, krabbelten sie über den Holzboden, vorbei an Sonnenmilch und Mückenspray, und erreichten das Regal mit den Süßigkeiten.

»Drachenschuppen?«, fragte der Mann, und seine Stimme schraubte sich in die Höhe. »Und woraus bestehen die wirklich?«

»Das ist leider ein Betriebsgeheimnis«, erwiderte Tante Merle liebenswürdig. »Aber sie sind zu einhundert Prozent feuerfest.«

Zac und Lu waren nur noch Zentimeter von der Tür entfernt, als Lu innehielt und besorgt zu dem Glöckchen emporschielte, das an einer langen Schnur von der Decke hing. Wenn sie ganz vorsichtig waren, würde es vielleicht nicht bimmeln.

»Bleib dicht hinter mir«, flüsterte Lu und öffnete langsam – *sehr* langsam – die Tür. Die Angeln quietschten leise, doch zu ihrer Erleichterung stellte der Mann gerade in diesem Moment eine Frage zum Einhornhaar.

Den Blick nach oben gerichtet, gelang es ihr, die Tür gerade so weit zu öffnen, dass sie sich hindurchquetschen konnten, ohne das Glöckchen zu berühren. Sobald auch Zac draußen war, zog sie die Tür sachte hinter sich zu und atmete erleichtert auf, als sie sich mit einem kaum hörbaren Klicken schloss.

Gemeinsam eilten sie den Kiesweg hinauf. Lu sprach erst wieder, als der Laden außer Sichtweite war. »Unglaublich, dass es wirklich Leute gibt, die diesen Mist kaufen!«

»Der Laden scheint ja zu laufen«, sagte Zac schulterzuckend. Lu verzog das Gesicht.

»Ich hätte eher vermutet, dass die grauenhaften Sonnenhüte der Verkaufsschlager sind. Glaubst du, sie merkt, dass wir weg sind?«

»Bestimmt nicht sofort. Ich habe die Tür zum Hinterzimmer geschlossen. Wahrscheinlich denkt sie, dass wir da drin sind.«

Beruhigt – und beeindruckt, obwohl sie das nie zugegeben hätte – lief Lu auf das schmiedeeiserne Tor zu, das Tante Merle offen gelassen hatte. Als das Haus in Sicht kam, begann Zac zu keuchen, und sie verlangsamte ihren Schritt. »Was glaubst du, was die Wildlands sind?«

»Keine Ahnung«, schnaufte er. »Und hör auf, Rücksicht auf mich zu nehmen. Ich kann genauso schnell laufen wie du.«

Daran hatte sie zwar ihre Zweifel, doch sie nahm wortlos ihr normales Tempo wieder auf und lief abseits des Wegs im Wald weiter, damit sie vom Haus aus nicht gesehen wurden. Zac schaffte es tatsächlich, mit ihr Schritt zu halten. Erst als sie das Haus hinter sich gelassen hatten und tiefer in den von Sonnenlicht gesprenkelten, smaragdgrünen Wald hinter dem verwilderten Garten vordrangen, musste er stehen bleiben und sich eine Atemmaske aufsetzen, die ihn vor Keimen und Allergenen schützte. Er trug sie nicht oft, da er ohnehin kaum das Haus verließ, und Lu beschloss, ihn ausnahmsweise einmal nicht damit aufzuziehen.

»Vielleicht solltest du doch lieber ins Haus gehen«, sagte sie und gab sich Mühe, ihre Sorge zu verbergen. Die vielen Bäume und der ganze Pollen konnten nicht gut für ihn sein, ganz gleich, was Tante Merle meinte. »Du könntest in

Mums Zimmer zeichnen oder so. Bestimmt bist du gegen die Tiere allergisch, von denen sie geredet haben.« Sie ertrug die Vorstellung nicht, dass er einen weiteren Anfall wie den mit dem Waschbären bekam. Diesmal würden keine Erwachsenen in der Nähe sein, die ihnen helfen konnten.

Zac sah sie gekränkt an. »Ich dachte, wir gehen zusammen auf die Suche nach den Wildlands«, sagte er hinter seiner Maske.

»Machen wir ja auch«, erwiderte Lu schnell. »Aber was, wenn …«

Sie blieb abrupt stehen. Eine Bewegung zwischen den Bäumen hatte ihren Blick angezogen. Sie legte den Zeigefinger auf die Lippen und duckte sich hinter einen umgestürzten Baum.

»Was ist los?«, flüsterte Zac ungeduldig, doch als er ihrem Blick folgte, sah er einen schlanken Mann mit rotgoldenen Haaren zwischen den Bäumen hervortreten. Japsend hockte Zac sich neben sie. »Was glaubst du, was –«

»*Schht!*« Lu reckte den Hals. Der Mann kam vom Haus und ging in den Wald. Er trug eine altmodische schwarze Tasche, die wie eine Arzttasche aussah. »Das ist Onkel Conrad, Mums Bruder. Ich habe ihn gestern Abend schon kurz gesehen, als er mit Tante Merle und Rowena gesprochen hat.«

»Das hast du mir gar nicht erzählt«, flüsterte Zac überrascht.

Lu zuckte die Schultern. »Du … warst gerade mit etwas anderem beschäftigt. Ich erzähle es dir später.«

Sie beobachteten, wie Conrad zielstrebig durch den Wald

schritt. Er schien genau zu wissen, wohin er wollte. »Glaubst du, er geht in die Wildlands?«, fragte Zac.

»Es gibt nur einen Weg, das herauszufinden.« Lu stand auf und setzte sich in Bewegung. Behutsam folgte sie ihrem Onkel, wobei sie darauf achtete, auf dem mit Zweigen und Laub bedeckten Waldboden kein Geräusch zu machen. Zac hinter ihr war nicht ganz so leise wie sie, doch Conrad war so weit vor ihnen, dass sie hoffte, er würde nichts hören.

Schließlich kamen sie an einen Weg, der etwa einen Meter breit war. Das war kein Trampelfpfad mehr, der nur gelegentlich benutzt wurde. Es war ein richtiger Weg, der zu einem richtigen Ziel führen musste.

»Das muss er sein«, sagte Lu leise. Mittlerweile hatten sie ihren Onkel aus den Augen verloren, doch sie hatte keinen Zweifel daran, dass er diesen Weg genommen hatte. Der Weg führte sie tiefer in den Wald hinein. Das Haus war längst hinter den Bäumen verschwunden, und Lu wurde etwas mulmig zumute. Zac pfiff nun regelrecht beim Atmen, als hätte er eine Pfeife in der Lunge. Doch sobald sie etwas langsamer ging, sah er sie wütend an, und sie lief gegen ihren Willen wieder schneller.

Endlich, als sie gerade überlegte, ob sie nicht doch lieber umkehren sollten, nahm der Weg eine scharfe Biegung und führte direkt auf zwei sonderbare Bäume zu. Sie sahen älter aus als die umstehenden Bäume, und ihre gekrümmten, verschlungenen Äste machten es unmöglich zu sagen, wo der eine Baum endete und der andere anfing.

»Wow!«, staunte Zac beim Näherkommen. »Hast du so was schon mal gesehen? Ist das normal?«

»Ich glaube nicht«, sagte Lu und berührte einen der Stämme. Er war ganz warm von den Sonnenstrahlen, die durch das Blätterdach fielen. »In Chicago habe ich so was jedenfalls noch nie gesehen.«

Der Weg führte genau zwischen den verschlungenen Bäumen hindurch. Lu ging weiter und hielt nach ihrem Onkel Ausschau. Doch während sie durch den eigenartigen Bogen schritt, schien sich die Luft zu verändern. Die Härchen auf ihren Armen richteten sich auf, und irgendwo über ihnen erschallte ein sonderbarer Vogelruf.

»Was war das?«, fragte Zac dicht hinter ihr und legte den Kopf zurück, um zum Blätterdach aufzublicken.

»Eine Lerche, glaube ich«, antwortete Lu zerstreut und schaute sich um. Alles sah aus wie vorher, und doch zog sich ihr Magen zusammen, und ihre Sinne waren plötzlich in höchster Alarmbereitschaft. Irgendetwas hatte sich verändert. Sie wusste zwar nicht, was, aber sie spürte es ganz deutlich. Es war etwas Großes. Etwas Gefährliches.

»Glaubst du, wir sind bald da?«, fragte Zac, der nun vor ihr herlief und nicht mehr ganz so stark pfiff. Doch die Wildlands interessierten Lu im Augenblick gar nicht mehr. Als ein Windstoß durch die Blätter rauschte, zitterte sie.

»Wir sollten lieber zurückgehen«, sagte sie unvermittelt und blickte über die Schulter. »Hier ist nichts. Vielleicht hat Conrad doch einen anderen Weg genommen, oder –«

»Lu!« Zac unterbrach sie mit eindringlicher Stimme, und sie drehte sich hastig zu ihm um. Ihr Bruder war ein ganzes Stück vorgelaufen und starrte etwas an, das sie nicht sehen konnte.

»Was ist?«, rief sie und eilte ihm nach. »Hast du …?«

Sie blieb wie angewurzelt stehen und riss den Mund auf. Hinter der nächsten Wegbiegung lag eine große, sonnige Wiese mit saftigem Gras, das sich im Wind wiegte. Etwas weiter weg, neben einem gelben Gebäude, das wie ein lang gezogener Stall aussah, war eine eingezäunte Weide, auf der etwa ein halbes Dutzend Pferde graste.

Lus Herz schlug schneller. Trotz ihres Unbehagens konnte sie ein Lächeln nicht unterdrücken. Sie hatte noch nie ein Pferd aus der Nähe gesehen. Nur auf Bildern – sie liebte Pferdebücher und Pferdefilme. Aber sie hatte noch nie eins gestreichelt. Ohne nachzudenken, rannte sie durch das kniehohe Gras und die bunten Wildblumen, geradewegs auf die Weide zu.

»Lu, warte!«, rief Zac. Sie lief etwas langsamer, drehte sich jedoch nicht um.

»Glaubst du, wir dürfen mal reiten?«, fragte sie aufgeregt. »Was meinst du, wie viele Pferde sie haben?«

»Lu …« Zac holte sie keuchend ein und packte sie am Arm. »Das sind keine Pferde!«

»Ach nein?«, erwiderte sie lachend. »Schau doch mal, das da ist ein Apfelschimmel. Da ist ein Brauner, da ein Fuchs und da …«

Doch als das Tier, das dem Zaun am nächsten stand, den Kopf drehte, sodass sie ihn im Profil sehen konnte, schnappte sie nach Luft.

Wie die Trophäen in ihrem unheimlichen Traum sahen diese Geschöpfe wie Pferde aus. Und wie in ihrem Traum hatten sie ein langes, gewundenes Horn auf der Stirn.

»Das sind keine Pferde«, wiederholte Zac und drückte ihren Arm. »Das sind … Einhörner.«

NEUNTES KAPITEL

Zac

Zac stand vor dem hohen weißen Zaun und starrte durch die Latten direkt in die Augen eines Einhorns.

Er konnte es nicht fassen. Es gab keine Einhörner, hatte er die ganze Zeit vor sich hin gemurmelt, während Lu und er sich so vorsichtig der Weide genähert hatten, als könnte sich alles, was sie sahen, plötzlich in Luft auflösen.

Doch nun stand er hier, Auge in Auge mit einem riesigen schwarzen Hengst, dessen spitzes, ebenholzschwarzes Horn fast so lang war wie sein Arm, und er konnte es nicht länger leugnen.

Wo andere Leute Gemüse pflanzten, hielt die Familie seiner Mutter Einhörner.

»Vielleicht sind die Hörner ja nicht echt«, murmelte er schwach. Seine Brust fühlte sich eng an, was ganz sicher nichts mit seinem Asthma zu tun hatte, und sein Herz hämmerte so stark, dass es ihn selbst wunderte, dass er noch stehen konnte.

»Willst du vielleicht mal dran ziehen und es herausfinden?«, fragte Lu und tätschelte vorsichtig einen gefleckten Grauschimmel, dessen Horn aussah, als wäre es aus purem Silber. »Außerdem, sieh mal, das Weiße da vorne – schau dir mal seine Mähne an.«

Hinter dem schwarzen Hengst entdeckte Zac das Tier, das Lu meinte. Es sah genauso aus wie die Einhörner, die er in sein Skizzenbuch gezeichnet hatte – weiß, mit einem glitzernden Kristallhorn und einer Mähne, die im Sonnenschein glänzte wie Lametta.

Wie die Haare, die Tante Merle in ihrem Laden verkaufte.

»Lu«, sagte er langsam. »Wenn die Einhörner echt sind, dann …«

Ihre Blicke trafen sich, und er wusste, dass sie dasselbe dachte wie er. Mit zitternden Fingern wühlte er in seinem Rucksack, zog seine unvollendete Graphic Novel hervor und blätterte durch die Seiten.

Einhörner. Drachen. Seeungeheuer. Elfen. Lu schaute ihm über die Schulter, und anders als sonst störte es ihn nicht.

»Wenn es Einhörner gibt … gibt es dann all die anderen auch?«, fragte sie leise.

Er schüttelte den Kopf. »Ich weiß nicht mehr, was ich denken soll.«

Zac stopfte das Heft zurück in den Rucksack, und sie blickten wieder über den Zaun auf die grasenden Einhörner.

»Ich hatte gestern einen Albtraum mit Einhörnern«, sagte Lu plötzlich. »Oder … eigentlich ging es nicht nur um Einhörner. Ich bin durchs Haus gelaufen und habe einen Raum mit allen möglichen entsetzlichen Jagdtrophäen gefunden. Aber es waren keine normalen Tiere, sondern sie sahen aus wie … Einhörner. Und Drachen. Und Elfen.«

»Das war nur ein Traum«, murmelte Zac, den Blick weiter auf das schwarze Einhorn gerichtet. Es hatte eine lange, mit Schorf überzogene Wunde an der Flanke, so als hätte es sich im Galopp an irgendetwas Scharfem geschnitten.

»Ich habe den Raum gesucht«, fuhr sie fort. »Gestern Abend, nach dem Essen. Ich wusste den Weg, es war alles genau wie in meinem Traum. Aber eine der Türen war mit einer Kette verschlossen, und ich konnte nicht durch. Wenn es den Raum wirklich gibt …«

Lu verstummte. Ein nachdenklicher Ausdruck huschte über ihr Gesicht, und sie schaute sich um. Das Einzige, was sonst noch hier war, war der gelbe Stall, und sie steuerte kurz entschlossen darauf zu. Zac stieß einen leisen Fluch aus und folgte ihr.

»Lu, wenn diese Viecher wirklich echt sind, dann …«

»Dann hat Mum die Wahrheit gesagt«, beendete sie seinen Satz. »Dann sind die Wildlands nicht nur ein Märchen. Dann gibt es sie wirklich.«

»Aber das ist unmöglich«, entgegnete er. »Wenn es Einhörner und Drachen wirklich gäbe, müssten wir das doch wissen. Die ganze Welt müsste es wissen.«

Lu gab keine Antwort. Sie streckte die Hand aus und stieß langsam die Tür auf – so langsam, dass sie nicht einmal knarrte.

Zac hob überrascht den Kopf. Er hatte mit einer dunklen, staubigen Scheune gerechnet, doch es war ein großer, sauberer Stall, in dem es nach Heu und Krankenhaus roch, mit heller Beleuchtung und einer langen Reihe nebeneinanderliegender Boxen.

Seine Augen begannen zu tränen. »Was … was ist das …«, setzte er an und endete mit einem lauten Niesen.

»Schhh!« Lu duckte sich, als erwartete sie, dass Onkel Conrad jeden Moment auftauchen könnte. Doch bis auf das ungeduldige Scharren von Hufen weiter hinten im Stall regte sich nichts.

Einen Augenblick später ertönte jedoch ein weiteres Niesen am anderen Ende des Stalls. Es war leiser und höher als Zacs, und er runzelte verwirrt die Stirn. Dann wischte er sich mit dem Handrücken seine laufende Nase, schob die Atemmaske wieder zurecht und lief den Gang entlang. »Komm«, sagte er. »Ich will wissen, was da ist.«

»Bist du verrückt?«, zischte Lu. »Du niest ja jetzt schon!«

»Es ist nur Heu«, gab er zurück und musste prompt wieder niesen. »Wenigstens pfeife ich nicht mehr. Kommst du jetzt mit, oder hast du Angst?«

Lu straffte die Schultern und zog spöttisch die Augenbrauen hoch. »Seit wann bist du so abenteuerlustig?«, stichelte sie. Die Frage war durchaus berechtigt – Mut war nicht gerade seine Stärke. Aber die Geschichten, die ihre Mutter ihnen erzählt hatte, und die Comics, die er dazu gezeichnet hatte, hatten ihm geholfen, die schlimmsten Anfälle durchzustehen, die Krankenhausaufenthalte, die endlosen Arzttermine. Die Tage, an denen Lu von Sonnenaufgang bis Sonnenuntergang draußen gewesen war und mit ihren Freunden gespielt hatte, während er im Haus hocken musste und zu schwach war, um einen neuen Anfall zu riskieren. Die Entdeckung, dass es die Wildlands *wirklich gab* – dass ihre Mutter sie sich nicht nur ausgedacht hatte –, war so, als würde er ein bisschen von ihr zurückbekommen. Sie schien auf einmal ganz nah zu sein, wenn er daran dachte, dass sie diesen Weg Hunderte Male gegangen sein musste, dass sie ihre Kindheit und Jugend in diesem Stall verbracht hatte. Er wollte so viel sehen, wie er nur konnte, bevor sie erwischt wurden.

Vor jeder Box stellte Zac sich auf die Zehenspitzen und spähte hinein. Die Boxen waren leer, vermutlich waren alle Tiere auf der Weide. Doch als er in die letzte Box am Ende der Reihe lugte, taumelte er rückwärts, und sein Herz galoppierte mit einer Million Stundenkilometern.

»Was ist?«, fragte Lu und spähte ebenfalls in die Box. Sie erstarrte und klammerte sich an der halbhohen Holztür fest.

»Hat euch keiner Manieren beigebracht?«, sagte eine schroffe Stimme. Lu rührte sich nicht. Zac wankte mit zitternden Knien langsam wieder zur Tür und schaute über die Kante.

Auf einem Haufen von frischem Heu lag ein Mann mit dicken roten Haaren, die ihm bis über die Wirbelsäule hinunterwuchsen wie die Mähne eines Pferds. Sein Gesicht war kantig, und er sah sie unter buschigen Augenbrauen mit dunklen Augen scharf an. Doch das war es nicht, was Zac so aus der Fassung brachte.

Von der Hüfte abwärts hatte der Mann keinen menschlichen Körper. Er hatte den Körper eines fuchsroten Pferds.

»Du … du bist ja ein Zentaur!«, keuchte Zac.

»Und du bist ein Mensch«, erwiderte der Zentaur trocken. »Ein neuer, wie es aussieht.«

»Ich …« Zac öffnete den Mund und schloss ihn wieder, er hatte nicht die geringste Ahnung, was er sagen sollte. Da erst sah er, dass ein Hinterbein des Zentauren geschient war. »Geht es … geht es dir gut? Brauchst du Hilfe?«

Die Frage schien den Zentauren zu besänftigen. Er schüttelte den Kopf, und sein Haar – seine Mähne? – fiel ihm vor die Augen. »Conrad kümmert sich um mich. Es wird nicht lange dauern, bis ich zurück zu meiner Herde kann.«

»Deine Herde?«, quiekte Lu. »Heißt das, es gibt noch andere wie dich?«

»Mehrere Großhundert«, sagte der Zentaur und hob stolz den Kopf. »Wir sind der Rest der einst mächtigsten Herde Europas.«

Zac hatte keine Ahnung, wie viel mehrere Großhundert war, aber es klang beeindruckend. »Und die … wohnen alle hier in Tante Merles Garten?«, fragte er unbeholfen.

Der Zentaur legte den Kopf schief. »Ihr seid mit Merle und Rowena verwandt?«

»Sie sind unsere Großtanten«, erklärte Lu. »Ich bin Lu, und das ist mein Zwillingsbruder Zac. Wir sind aus Chicago.«

»Von diesem Ort habe ich gehört«, sagte der Zentaur. »Die Menschen haben davon gesprochen. Dorthin ist Josie, Tochter des Alastair, gegangen.«

Zac war wie vom Blitz getroffen, und er bekam Gänsehaut. »Josie war … sie war unsere Mutter.«

Der Zentaur senkte den Kopf. »Ich habe mit großer Trauer von ihrem Hinscheiden erfahren. Sie war unserer Herde immer eine gute Freundin.«

Zac wusste nicht, was er darauf erwidern sollte, doch glücklicherweise brachte Lu ein leises »Danke« heraus. Der Zentaur seufzte.

»Ich bin Alcor, Sohn des Mizar«, sagte er zögernd, als verrate er ihnen etwas, das er eigentlich für sich behalten sollte. »Wenn ich geheilt bin, wäre es mir eine Ehre, euch die Wildlands zu zeigen, solltet ihr einen Führer brauchen.«

»Wirklich?«, fragte Zac. »Sind die Wildlands denn noch größer als die Wiese und der Wald?«

»Oh, viel größer«, sagte Alcor mit einem Hauch Belustigung. Augenblicklich schossen Zac Hunderte Fragen durch den Kopf: Wie groß waren die Wildlands? Wie kam es, dass sonst niemand von ihnen wusste? Wo waren die anderen Fabelwesen? Wo war Alcors Herde?

Doch bevor er eine dieser Fragen stellen konnte, ertönte erneut ein hohes Niesen am Ende des Stalls, und Zac drehte sich um und versuchte, den Urheber auszumachen. »Was ist dahinten?«, fragte er den Zentauren.

»Nur die Aufzuchtstation«, erwiderte der und gähnte.

»Wir sollten dich jetzt wohl besser ausruhen lassen«, sagte Lu und löste die Hand von der Box. »Es war schön, dich kennenzulernen, Alcor.«

»Es war mir eine Ehre, euch beide kennenzulernen, Lu und Zac aus Chicago«, erwiderte Alcor und neigte den Kopf. Zac verneigte sich ebenfalls und trat von der Box zurück. Wortlos folgte er dem Niesen. So langsam wurde ihm schwindlig. Zentauren. Einhörner. Worauf würden sie als Nächstes treffen?

Die Frage beantwortete sich von selbst, als er am Ende der Boxen um die Ecke bog, wo er beinahe gegen ein Metallgitter geprallt wäre. Es war nicht besonders hoch, sodass er den dahinterliegenden Bereich gut überblicken konnte. Der Untergrund war hier aus Stein, nicht aus Holz wie im vorderen Teil des Stalls, und mit Sand bedeckt. Nach wenigen Sekunden verstand Zac auch, warum.

In dem Gehege befanden sich Reptilien, die etwa die Größe von Leguanen hatten. Doch anders als Leguane oder alle anderen Echsen, die Zac je gesehen hatte, waren diese Wesen von winzigen, edelsteinartigen Schuppen bedeckt, die im Sonnenschein funkelten, der durch die Oberlichter hereinfiel. Und zu Zacs Verblüffung besaß jedes von ihnen ein winziges Flügelpaar.

»Sind das …?«, fragte Lu leise neben ihm, und Zac konnte nur nicken.

Drachenbabys.

Ein violettes Drachenbaby in der Nähe des Gatters entdeckte sie und wankte auf sie zu, es war noch so klein, dass es kaum laufen konnte. Zac starrte es an und glaubte, schon wieder zu träumen, als das kleine Geschöpf nieste und ein Schwall winziger Funken aus seinen Nasenlöchern stob.

»Ein Glück, dass der Boden nicht aus Holz ist«, murmelte Lu schwach. Die anderen Tierchen hatten die Besucher nun ebenfalls bemerkt und gesellten sich zu ihrem violetten Kollegen. Insgesamt waren es etwa zwanzig Babydrachen, und manche sahen so aus, als gehörten sie zum selben Wurf – nannte man das so bei Drachennachwuchs? Zac wusste es nicht. Jedenfalls hatten sie dieselbe Schuppenfarbe. Es gab nahezu alle Farben des Regenbogens – Rubinrot, Smaragdgrün, Himmelblau, schimmerndes Weiß – und sogar zwei pechschwarze kleine Gesellen, die in der Dunkelheit nur als Schatten wahrnehmbar wären.

»Na, du«, sagte Zac, beugte sich über das Gitter und streckte die Hand nach dem lila Drachenbaby aus. »Du bist aber süß.«

»Nicht!« Lu zog seinen Arm zurück, bevor der kleine Drache seine Hand beschnüffeln konnte. »Vielleicht ist er giftig. Oder er beißt dir die Finger ab. Du kannst doch nicht einfach ein wildes Tier streicheln, Zac!«

Zac zog widerstrebend die Hand zurück. »Das machst du doch auch ständig.«

»Nein, tue ich nicht«, widersprach sie. »Ich warte immer, bis sie von sich aus zu mir kommen. Ich bin allen Tieren gegenüber vorsichtig, weil ich weiß, dass sie mir vielleicht etwas tun könnten. Du hast quasi dein ganzes Leben im Haus verbracht, Zac! Wenn es um Tiere geht, hörst du auf mich, klar?«

Er sah sie finster an. »Hör auf, mich herumzukommandieren. Du bist nicht Mum.«

»Nein, bin ich nicht«, entgegnete sie kühl. »Und ich fände es wirklich schön, wenn ich mich hier umschauen könnte, ohne die ganze Zeit auf dich aufzupassen. Aber leider bleibt mir nichts anderes übrig, weil du absolut keinen Funken gesunden Menschenverstand hast.«

»Hab ich wohl«, fauchte er, und sein Blick wurde noch finsterer. »Nur weil du dich um ein paar streunende Katzen kümmerst, bist du noch lange kein –«

»Wer ist da?«

Die Stimme kam vom anderen Ende des Stalls und ließ sie augenblicklich verstummen. Zac und Lu wechselten einen panischen Blick. Dann spähte Zac um die Ecke.

Vorne beim Eingang, die schwarze Tasche in der Hand, stand Onkel Conrad.

ZEHNTES KAPITEL

Lu

Lu verharrte wie angewurzelt neben ihrem Bruder und wagte kaum zu atmen. Auf dieser Seite des Stalls gab es keinen Ausgang – es sei denn, sie nahmen den Weg durchs Drachengehege. Aber so niedlich die Drachenbabys auch waren, sie wollte es lieber nicht riskieren.

»Ich habe euch gehört!«, rief Conrad. »Versucht gar nicht erst, euch zu verstecken! Penny? Oliver? Ihr wisst ganz genau, dass ihr nicht alleine in den Stall dürft.«

Lu sah Zac mit großen Augen an, der so erwartungsvoll zurückstarrte, als wüsste sie, was zu tun war. Doch wenn sie es nicht mit den Drachen aufnehmen wollten, gab es nur einen Weg nach draußen: Sie mussten die Wahrheit sagen. Vielleicht würde Rowena sie dann für den Rest der Ferien in ihrem Zimmer einsperren – aber sie konnte ihnen nicht die Gewissheit nehmen, dass es Einhörner, Drachen und Zentauren wirklich gab.

Gerade als sie vortrat, um sich zu erkennen zu geben, meldete sich eine andere Stimme zu Wort. »Ich bin es nur, Conrad«, sagte Alcor, der Zentaur, dessen Stimme jetzt noch erschöpfter klang. »Hast du kurz Zeit für mich? Die Schmerzen in meinem Bein sind unerträglich. Ich glaube, die Schiene ist zu eng.«

»Oh.« Onkel Conrad kam den Gang entlang, und Lu hörte die Türangeln quietschen. »Lass mich mal sehen.«

Lu spähte um die Ecke. Conrad war jetzt in Alcors Box, die Tür war geschlossen, und der Weg war frei. Sie gab Zac ein Zeichen, ihr zu folgen, und huschte geduckt den Gang entlang.

Alcor murmelte etwas Unverständliches, als sie an seiner Box vorbeikamen. Durch die schmalen Ritzen zwischen den Latten sah Lu Conrad neben Alcors verletztem Bein hocken und vorsichtig die Schiene lösen. Sie vergewisserte sich kurz, dass Zac ihr folgte, dann eilte sie lautlos weiter. Noch sechs Boxen. Fünf, vier, drei …

»Hat-schi!«

Zacs Niesen hallte durch den Stall, und Lu erstarrte.

»Wer ist da?«, rief Conrad augenblicklich. Lu verlor keine Sekunde. Sie packte ihren Bruder am Arm und zog ihn durch die Tür. Sobald sie draußen waren, rannte sie über die Wiese in Richtung Wald. Auf wundersame Weise gelang es Zac, mit ihr Schritt zu halten. Sie tauchten zwischen die Bäume und liefen weiter, bis der Stall außer Sichtweite war.

»Das war knapp«, bemerkte sie und strich sich die Haare

hinter die Ohren. Sie war kaum außer Puste, Zac dagegen ließ sich auf den bemoosten Boden fallen und keuchte laut. Sofort suchte sie in seinem Rucksack nach dem Asthmaspray und drückte es ihm in die Hand.

Nachdem er seine Atemmaske heruntergezogen und ein paar Stöße genommen hatte, atmete er ruhiger. »Das« – er holte noch einmal tief Luft –, »das ist ja der Wahnsinn! Drachen! Babydrachen! Kannst du das glauben?«

»Nein«, sagte Lu, deren Sorge bei seinem Anblick langsam wich. Sie schaute sich um. »Wir müssen zurück. Tante Merle wird schon nach uns suchen. Und du solltest –«

»Ich will noch mehr sehen«, unterbrach Zac sie und rappelte sich auf. »Mir geht's gut. Ehrlich.«

»Es geht dir nicht gut. Wir sind schon viel zu lange hier draußen, wir müssen zurück«, widersprach sie. »Du hast einen Ausschlag vom Staub und vom Heu und wer weiß was noch.«

Zac blickte auf seine nackten Arme und betrachtete überrascht die knallroten Pusteln. »Die gehen wieder weg«, sagte er, noch immer heftig schnaufend. »Komm schon, du willst doch selbst noch mehr sehen –«

»Später«, beschwor sie ihn. Sie musste ihre ganze Willenskraft aufwenden, um nicht nachzugeben. Natürlich wollte sie noch mehr sehen. Dieser Ort war unglaublich, aber Zac ging es nicht gut, und sie war für ihn verantwortlich. Immer war sie für ihn verantwortlich.

»Glaubst du, du kannst jetzt schon zurücklaufen, oder

willst du warten, bis du wieder besser atmen kannst? Brauchst du deinen EpiPen? Du hast ihn doch dabei, oder?«

Während sie in seinem Rucksack nach dem EpiPen suchte, den er immer bei sich tragen sollte, blieb Zac stumm. Ungeduldig sah sie ihn an. Doch er achtete gar nicht auf sie. Er starrte auf etwas hinter ihr. Seine Augen waren weit aufgerissen, und sein Mund stand offen.

»Was?«, fragte sie und drehte sich hastig um. »Was ist –«

Ihr Körper wurde eiskalt. Hinter den Bäumen, keine fünf Meter vor ihnen, stand ein Drache, genauso violett wie das Baby in der Aufzuchtstation. Nur dass dieser hier ungefähr so groß wie ein Haus war, spitze Stacheln auf dem Rücken hatte und bei jedem Atemzug weiße Rauchwolken durch die Nasenlöcher stieß. Wenn der niesen musste, würde er wohl mehr als nur Funken speien, dachte Lu.

»Ganz ruhig«, flüsterte sie, und das Herz schlug ihr bis zum Hals, während sie die Hand nach ihrem Bruder ausstreckte. »Wir gehen langsam rückwärts, einen Schritt nach dem anderen. Keine schnellen Bewegungen, okay?«

Aus dem Augenwinkel sah sie Zac kaum merklich nicken, und mit riesenhafter Anstrengung bewegte sie ihr Bein nach hinten. Einen Schritt. Noch einen.

Doch beim dritten Schritt landete ihr Fuß auf einem Zweig, und ein lautes *Knack* hallte durch die Bäume. Der violette Drache fauchte, wobei er einen kleinen Busch in Brand setzte, und stampfte los. Das Unterholz auf seinem Weg walzte er einfach platt. Lu drückte Zacs Hand, und die beiden standen still wie Statuen, während sie abwarteten, was der Drache als Nächstes tun würde.

Der Drache reckte den Hals nach vorne, bis sein Kopf nur noch Zentimeter von ihren Gesichtern entfernt war. Zac hatte die Augen zugekniffen und zitterte am ganzen Körper, doch Lu zwang sich, ruhig zu bleiben. Vielleicht konnte der Drache Angst riechen. Vielleicht würde er nicht angreifen, wenn sie sich nicht bewegten.

Plötzlich hob der Drache witternd den Kopf und schnupperte, als hätte er die Nase in einen gigantischen Blumenstrauß gesteckt. Seine smaragdgrünen Augen verdunkelten sich, und ein tiefes Grollen drang aus seiner Kehle.

Lu schluckte.

Der Drache hob den Kopf zum Himmel und brüllte so laut und donnernd, dass ihre Körper bebten. Dann richtete er seine dunklen Augen wieder auf sie, und Lu wurde schlagartig klar, was passieren würde.

»Nein!«, schrie sie und warf sich mit voller Kraft gegen Zac. Sie landeten übereinander auf dem weichen Waldboden, gerade als eine Flamme aus dem Rachen des riesigen Tiers züngelte, die sie nur um Zentimeter verfehlte.

Lus Gedanken überschlugen sich. Sie versuchte, wegzukrabbeln und ihren Bruder hinter sich herzuziehen. Es war ihre einzige Chance – sie mussten sich am Boden halten, einen Baum finden, hinter dem sie sich verstecken konnten, und hoffen, dass der Drache das Interesse an ihnen verlor. Warum waren sie nur in den Wald gerannt?

Und warum zum Teufel hielten ihre Tanten Drachen im Garten?

Zac war so schwer wie ein nasser Zementsack, und obwohl sie alle Kraft zusammennahm, bekam sie ihn nur stückweise vorwärts. War er verbrannt worden? Sie hob den Kopf gerade weit genug, um hinter sich zu blicken, und stellte fest, dass er sich zu einer Kugel zusammengerollt hatte. Das würde ihm bestimmt nichts bringen. Sie mussten hier weg.

In diesem Moment erhellte ein goldener Blitz den Himmel, so übernatürlich klar und deutlich, dass sie fast glaubte, sie hätte ihn sich eingebildet. So schnell, wie er aufgeleuchtet war, verschwand er wieder, und Zac stieß einen unterdrückten Schrei aus und presste das Gesicht auf den Boden.

Der Drache blickte verwundert drein, auch er schien den goldenen Blitz gesehen zu haben. Doch er lief nicht fort, wie Lu gehofft hatte, sondern schien seine Verwirrung abzuschütteln und sich wieder auf sie zu konzentrieren. Bevor Lu ihren Bruder hinter den Stamm einer gewaltigen Eiche ziehen konnte, öffnete das Ungeheuer wieder das Maul, und eine weitere Flamme schoss in ihre Richtung.

Lu wirbelte herum, schloss die Augen und warf sich über ihren Bruder, als könnte sie ihn vor den Flammen schützen. Sie fragte sich nicht, ob es wehtun würde oder ob sie ihre Mutter wiedersehen würde, wenn es vorbei war. Es war, als würde die Zeit stillstehen, und ihr ganzer Körper stellte sich auf das Gefühl ein, von einem riesigen violetten Drachen gegrillt zu werden.

Da ertönte hinter ihnen ein Schnauben. »Das lässt du schön bleiben, Surrey«, sagte eine schroffe Stimme. »Zurück – weg da, altes Mädchen!«

Obwohl Baumstämme und Unterholz brannten und beißender Qualm in der Luft lag, stellte Lu erstaunt fest, dass sie unversehrt war. Die Sohlen ihrer Turnschuhe fühlten sich etwas weicher an als sonst, doch davon abgesehen war ihr nichts geschehen.

»Zac?«, fragte sie besorgt und rappelte sich hoch. »Alles okay?«

»Mir geht's gut«, sagte er, setzte sich auf und wischte sich die Erde von der Wange. »Aber ich glaube, Rowena hat ganz schön was abbekommen.«

Lu drehte sich um. Ihre Großtante stand mit dem Rücken zu ihnen und drängte den Drachen mit einem gewaltigen Schild in die Bäume zurück. Sie hinkte, und die ledernen Schoner, die ihre Beine schützten, waren schwarz verkohlt.

»Rowena!«, rief eine Männerstimme. Conrad. »Rowena!«

»Hier drüben«, antwortete sie mit beeindruckender Ruhe. »Surrey wollte mal wieder ihr Junges besuchen und hat stattdessen die Zwillinge gefunden.«

»Die Zwillinge?« Conrad trat atemlos und zerzaust zwischen den Bäumen hervor »Aber …«

Bei ihrem Anblick verzog sich seine Miene bestürzt, und Lus Gewissen war plötzlich rabenschwarz, noch schwärzer als Rowenas Beinschoner. Wenn sie sonst in der Patsche gesessen hatte, war es nie ausschließlich ihre Schuld gewesen.

Manchmal war sie versehentlich zu lange draußen geblieben, wenn sie sich um Rufus gekümmert hatte, und manchmal hatte ihr Dad vergessen, dass sie ihm gesagt hatte, wo sie war, und sich Sorgen gemacht, wenn sie nicht nach Hause kam.

Aber das hier war ganz allein ihre Schuld.

»Es tut mir leid«, piepste sie. »Wir wussten ja nicht ... Wir dachten, ihr hättet Pferde im Garten ... oder Schafe ...«

»Genug«, sagte Rowena scharf. »Surrey, geh nach Hause!«

Zögernd breitete der Drache seine gewaltigen Flügel aus und hob sich in den Himmel, wobei sein Flügelschlag einen so heftigen Windstoß auslöste, dass Lu beinahe umgefallen wäre. Fasziniert blickte sie dem Drachen nach, bis er hinter den Baumwipfeln im blauen Himmel verschwunden war.

»Ist alles in Ordnung mit euch, Kinder?«, fragte Conrad, kniete sich neben sie und suchte Lu und Zac nach Verletzungen ab.

»Mir geht's gut«, sagte Lu. Ihre Stimme zitterte noch, aber da sie schon einmal hier waren, konnte sie die Gelegenheit ebenso gut beim Schopfe packen. »Warum gibt es hier Drachen? Und Einhörner? Ich dachte, die gibt es gar nicht. Und was ist mit dem Zentauren, der –«

»Rowena!« Conrad unterbrach sie alarmiert. Er musste Zacs Ausschlag bemerkt haben. Doch als Rowena über den unebenen Waldboden zu ihnen hinüberstolperte, sah Lu, was Conrad entdeckt hatte – eine weiße Zeichnung auf der Handfläche ihres Bruders, so hell, dass sie beinahe zu leuchten schien.

»Bist du verbrannt worden?«, fragte sie panisch. Wenn eine Narbe zurückblieb oder Zac eine Infektion bekam, würde ihr Vater ihr nie verzeihen.

»Nein«, sagte Zac stirnrunzelnd. »Schau mal, die sieht genauso aus wie Mums Narbe. Und du hast auch eine!«

Verblüfft hob Lu die Hände. Auf ihrer linken Handfläche war ein glühendes W zu sehen – das gleiche W, das ihre Mutter gehabt hatte. Und das gleiche W, das sie am Vorabend bei Oliver entdeckt hatte.

Als Conrad nach ihrem Arm griff, sah sie die Zeichnung auch bei ihm. Hastig zog sie die Hand zurück. »Was ist hier los?«, fragte sie mit gepresster Stimme. »Wie …?«

Rowena packte unsanft ihr Handgelenk und untersuchte die Zeichnung. »Jetzt ist genau das eingetreten, wovor ich Merle gewarnt habe«, murmelte sie. »Ihr wart verloren, von dem Moment an, als ihr das Land betreten und den Fluch ausgelöst habt. Wenn ihr euch einfach an die Regeln gehalten hättet …«

»Verloren? Was soll das heißen?«, fragte Zac ängstlich. »Warum? Und von was für einem Fluch sprichst du?«

»Es gibt keine Flüche«, zischte Lu, obwohl ihre Vorstellung von dem, was es gab, und dem, was es nicht gab, gerade ziemlich erschüttert worden war.

»Natürlich gibt es Flüche, und das solltet ihr lieber akzeptieren, weil ihr nämlich mitten in einen hineingepoltert seid«, tobte Rowena. »Und nichts und niemand – nicht einmal ich oder euer Vater – können euch da wieder herausholen.«

»Rowena«, sagte Onkel Conrad beschwichtigend und erhob sich. »Was geschehen ist, ist geschehen. Daran änderst du nichts, indem du ihnen noch mehr Angst einjagst. Lass uns zurückgehen und deine Verletzungen versorgen, und dann überlegen wir, was als Nächstes zu tun ist.«

»Und was glaubst du wohl, was als Nächstes zu tun ist?« Vor sich hin schimpfend, humpelte Rowena durch die Bäume. »Ihr zwei kommt jetzt mit. Und wehe, wenn ihr unser Leben noch mehr durcheinanderbringt!«

Lu folgte ihr eingeschüchtert. »Es tut uns wirklich leid«, wiederholte sie. »Wir waren nur neugierig –«

»Wenn ich eine Regel aufstelle, dann erwarte ich auch, dass sie befolgt wird«, bellte Rowena. »Da ihr endgültig bewiesen habt, dass ihr dazu nicht in der Lage seid, habt ihr für den Rest der Ferien Hausarrest.«

»*Wie bitte?*«, rief Lu und eilte ihr nach. Trotz ihrer Verletzungen bewegte Rowena sich erstaunlich schnell. »Aber du kannst doch nicht …«

»In meinem Haus kann ich tun, was mir gefällt«, entgegnete sie barsch. »Ganz im Gegenteil zu euch. Und jetzt haltet den Mund und kommt mit, bevor ihr mit dem nächsten Drachen aneinandergeratet. Nicht alle sind so freundlich wie Surrey, und dann bin ich diejenige, die es eurem Vater sagen muss, wenn ihr zwei nur noch ein Häuflein Asche seid.«

Lu warf ihrem Bruder einen empörten Blick zu. Doch der starrte nur seine Hand an und schien gar nicht mitzukriegen, welches Schicksal Rowena ihnen androhte.

Einen ganzen Sommer lang in einem verstaubten alten Haus eingesperrt zu sein, während sich nur wenige Hundert Meter weiter Drachen und Einhörner tummelten – etwas Schlimmeres konnte Lu sich gar nicht vorstellen.

ELFTES KAPITEL

Zac

Zac glaubte nicht an Flüche. Wer tat das schon? Flüche gab es im Märchen, und sie hatten meistens etwas mit Prinzessinnen, Rittern und Hexen zu tun.

Und Drachen. Na gut, das passte schon besser.

Wenn man also wusste, dass es Drachen wirklich gab – und Einhörner und Zentauren und was die Wildlands noch verbergen mochten –, schien es nach einiger Überlegung nicht mehr ganz so abwegig, an Flüche zu glauben.

Zac saß auf seiner Seite in dem alten Zimmer ihrer Mutter, zeichnete das wohlbekannte Symbol nach, das auf ihren Handflächen erschienen war, und versuchte, sich einen Reim darauf zu machen.

Im Wald war das Zeichen so weiß gewesen, dass es regelrecht zu leuchten schien. Doch als sie durch den Baumbogen getreten waren und sich auf den Rückweg zum Haus gemacht hatten, war es verblasst und wirkte nun weniger übernatürlich, mehr wie eine helle, auffällig geformte Narbe. Sie war identisch mit der Narbe ihrer Mutter – das gleiche geschwungene *W*, an der gleichen Stelle unterhalb des Daumens. Er hatte nicht die geringste Ahnung, warum es auf ihren Händen erschienen war und was es zu bedeuten hatte.

»Hast du jemals von etwas Ähnlichem gehört?«, fragte er. Lu, auf ihrer Seite des Zimmers, schüttelte den Kopf. Sie war so mitgenommen von den Ereignissen des Tages, dass sie nicht mal mehr ein genervtes Gesicht machen konnte.

»Gestern Abend habe ich gehört, wie Tante Merle und Rowena sich über eine Familienlegende unterhalten haben«, sagte sie. »Ich habe nicht verstanden, was sie meinten, und ich verstehe es immer noch nicht, aber … es hatte etwas mit unserem dreizehnten Geburtstag zu tun. Und … sie haben gesagt, wir wären verloren oder so ähnlich.«

Wieder diese Formulierung. Zac zitterte. »Wir sind nicht verloren. Dad hätte uns nie an einen Ort geschickt, an dem uns etwas Schlimmes zustoßen könnte. Und Tante Merle hätte uns nicht eingeladen, wenn wir wirklich in Gefahr wären.«

Ein sonderbarer Ausdruck huschte über Lus Gesicht, doch welcher Gedanke auch immer ihr gekommen war, sie äußerte ihn nicht. »Was glaubst du, was das für ein Fluch sein soll, über den Rowena gesprochen hat?«

»Keine Ahnung. Vielleicht hat er etwas mit diesen Narben zu tun.«

»Steht darüber nicht irgendwas in deinem Comic?«, fragte

sie und stützte sich auf die Ellbogen. »Wenn es die Wildlands wirklich gibt, dann ...«

»Da steht nichts über einen Fluch«, sagte Zac seufzend. »Ich habe ihn selbst geschrieben. Ich muss es also wissen.«

»Du solltest ihn noch mal lesen«, sagte sie beharrlich. »Oder ich. Vielleicht fällt mir etwas auf, das du übersehen hast.«

»Glaub mir. Da ist nichts. Mum hat nie einen Fluch erwähnt. Geschweige denn, dass es das alles wirklich gibt. Oder dass ihre Narbe ansteckend ist.«

Lu blieb eine ganze Weile stumm, und Zac wusste nicht, wie er ihr Schweigen deuten sollte. Als sie schließlich sprach, schien sie weit fort zu sein. »Darf ich ihn lesen?«

Zac wollte Nein sagen, doch das Wort kam nicht über seine Lippen. Außer seiner Mutter hatte er die Graphic Novel noch nie jemandem gezeigt. Freunde hatte er keine – wie auch, wenn er nach jeder falschen Bewegung in der Notaufnahme landete? Und sie seiner Schwester zu zeigen, war ihm nie in den Sinn gekommen. Er war überzeugt gewesen, dass sie sich darüber lustig machen würde, und er hatte schon so lange an dem Projekt gearbeitet, dass ihn das ernsthaft verletzt hätte.

Andererseits gab es die Wildlands wirklich, und sie steckten gemeinsam mittendrin. Sie brauchten beide so viele Informationen, wie sie bekommen konnten.

»Meinetwegen, aber pass auf, dass du die Seiten nicht einreißt«, stöhnte er und fischte das Heft aus dem Rucksack. Lu kam zu ihm herüber, und es tat Zac beinahe körperlich weh, als sie ihm das Heft aus der Hand nahm.

»Ich bin ganz vorsichtig«, versprach sie und schlug die erste Seite auf. Ihre Augen glitten über die Zeichnungen und den Text, und Zac musste den Blick abwenden, weil er die Spannung nicht ertragen konnte. Was, wenn ihr die Geschichte nicht gefiel? Was, wenn sie sie albern fand?

Ein leises Klopfen an der Tür ließ sie beide hochschrecken. Ihre Tür war nicht abgeschlossen – schließlich mussten sie von Zeit zu Zeit zur Toilette gehen –, aber es war ihnen untersagt worden, mit dem Rest der Familie zu Abend zu essen, und Zac hatte das Gefühl, dass es Rowena nicht groß kümmern würde, wenn sie Hunger hatten. Er rappelte sich vom Bett auf und ging zur Tür.

Draußen stand Penelope, ein großes Tablett mit einer Servierhaube in der Hand, aus der es köstlich duftete. Sie lächelte ihn zaghaft an, als wäre sie nicht sicher, ob er sauer auf sie war. »Ich habe gehört, was passiert ist«, sagte sie leise, beinahe flüsternd. »Rowena hat gesagt, dass ich euch nichts bringen darf, aber ich dachte, ihr habt bestimmt Hunger.«

Genau in diesem Augenblick ließ Zacs Magen ein lautes Knurren vernehmen, und Penelope kicherte. Zac bekam rote Ohren und trat zurück, um sie hereinzulassen. »Danke«, sagte er. »Lu kriegt immer schlechte Laune, wenn sie nichts gegessen hat.«

»Ich?«, empörte sich seine Schwester auf der anderen Seite des Zimmers, aber ihr Protest war halbherzig. Penelope stellte das Tablett auf die Kommode und nahm die Servierhaube ab. Darunter standen zwei Teller – einer mit Nudeln in einer cremigen Tomatensoße und einer mit Rindfleisch und Gemüse. In diesem Moment drückte sich noch jemand ins Zimmer.

Oliver.

»Herzlichen Glückwunsch, ihr habt euch den Rest eures Lebens versaut!«, spottete er, machte die Tür hinter sich zu und lehnte sich dagegen. »Und gleich an eurem ersten Tag! Ich wäre beeindruckt, wenn es nicht so dumm wäre.«

»Hör auf, Oliver«, zischte Penelope, bevor sie sich wieder an Zac wandte. »Tante Merle hat gekocht. Bei deinem Essen ist kein Gluten drin, keine Milch, keine Nüsse und kein …«

»Fisch«, schloss Zac für sie. Der Appetit war ihm bei Olivers Worten vergangen. »Was meinst du damit, wir haben uns den Rest unseres Lebens versaut?«

»Ihr habt überhaupt nichts versaut«, sagte Penelope schnell und warf ihrem Bruder einen finsteren Blick zu. »Es wäre so oder so passiert. Jetzt … ging es eben etwas schneller, das ist alles. So wie bei mir.«

»Was ging schneller?«, fragte Lu gereizt. »Wir haben absolut keine Ahnung, was hier los ist. Es wäre wirklich nett, wenn uns mal irgendjemand aufklären könnte.«

Oliver schnaubte, und obwohl Penelope ihm noch einen Blick zuwarf, der Stahl hätte schmelzen können, redete er weiter. »Es kann doch nicht sein, dass Tante Josie euch nie von unserem Familienfluch erzählt hat!«

»Es ist kein Fluch«, unterbrach Penelope ihn und reichte Lu ihren Teller. »Es ist eine *Verantwortung*.«

»Für dich vielleicht«, zischte Oliver. »Du hattest ja auch kein Leben zu Hause. Ich schon.«

»Zu Hause?«, fragte Zac, der sich mit seinem Teller auf die Bettkante gesetzt hatte. »Ich dachte, hier wäre euer Zuhause?«

»Wir haben hier gelebt, bis ich fünf war und Oliver sieben«, erklärte Penelope, bevor ihr Bruder etwas erwidern konnte. »Dann haben unsere Eltern sich scheiden lassen, und Mum ist mit uns nach London gezogen. Ostern und Weihnachten sind wir natürlich hergekommen, aber sonst waren wir in der Stadt.«

»Da hatte ich Freunde«, knurrte Oliver. »Da konnte man wirklich was machen, nicht bloß im Wald herumsitzen.«

Zac runzelte die Stirn. Er hatte sein Essen noch nicht angerührt. »Und warum musstet ihr wieder herziehen?«, fragte er. »Hat eure Mum das Sorgerecht verloren?«

»Blödsinn«, zischte Oliver. »Sie ist eine super Mutter. Tausendmal besser als unser Dad.«

»Oliver will damit sagen, dass wir es uns nicht aussuchen konnten«, sagte Penelope sanft. »Unsere Familie ist … besonders. Wir sind die Wildhüter der Wildlands.«

Zacs Mund wurde trocken. Er starrte auf das Fleisch und Gemüse auf seinem Teller. Auf der anderen Seite des Zimmers sagte Lu: »Unsere Mum hat uns jede Menge Geschichten über diesen Ort erzählt. Aber wir wussten nicht, dass sie wirklich wahr sind.«

»Natürlich nicht«, sagte Penelope schulterzuckend. »Selbst wenn sie es euch gesagt hätte, hättet ihr es geglaubt?«

Zac schüttelte den Kopf. Er hatte den Drachen mit eigenen Augen gesehen und konnte es noch immer nicht glauben. »Was soll das heißen, wir sind die Wildhüter?«

»Es heißt genau das hier«, sagte Oliver und hielt ihnen seine Handfläche hin. Penelope öffnete ihre Handfläche und entblößte das gleiche Zeichen. »Wir können nicht frei über unser Leben entscheiden. Spätestens ab unserem dreizehnten Geburtstag sind wir gezeichnet und müssen …«

Penelope machte »Schhh!« und stieß ihn mit dem Ellbogen an, und zu Zacs Überraschung verstummte er. Sie zögerte. »Das Ganze ist ein Geheimnis, ihr dürft niemandem davon erzählen, okay? Sonst bringt Rowena mich um. Und euch vermutlich auch.«

»Selbst wenn wir es jemandem erzählen würden, niemand würde uns glauben«, wiederholte Zac Penelopes Worte. »Aber wir erzählen es trotzdem nicht.«

»Versprochen«, sagte Lu fest. »Wir wollen nur wissen, was das alles bedeutet.«

Penelope holte tief Luft, als müsste sie Kraft sammeln. »Wenn ein Mitglied unserer Familie dreizehn wird, erscheint das W auf seiner Hand und zeichnet es als Wildhüter der Wildlands und all seiner Geschöpfe.«

Zac betrachtete seine Hand. »Der Geschöpfe, die es eigentlich gar nicht geben sollte?«

»Es gibt sie aber«, knurrte Oliver, der noch immer an der Tür stand. »Es gibt diese ganzen verdammten Geschöpfe, und sie sind ein einziger Albtraum.«

»Sie sind kein Albtraum«, widersprach Penelope. »Sie brauchen uns. Unser Vater ist Tierarzt geworden, um ihnen zu helfen«, fügte sie hinzu und wandte sich wieder an Zac und Lu. »Und das werde ich auch tun, wenn ich mit der Schule fertig bin.«

»Natürlich, wir wissen ja alle, dass du verrückt nach ihnen bist«, sagte Oliver giftig. »Ganz egal, was sie –«

»Wenn du nur hier bist, um mir dauernd ins Wort zu fallen, dann verschwinde«, fauchte Penelope, und ihre Augen blitzten vor Zorn. »Es reicht. Wir können deine Einstellung hier nicht gebrauchen, mit der du ihnen alles vermiesen willst.«

Schwester und Bruder starrten sich bestimmt zwanzig zähe Sekunden lang an, doch schließlich drehte Oliver sich auf dem Absatz um, riss die Tür auf und schlug sie mit einem lauten Knall hinter sich zu. Zac zuckte zusammen und hätte fast seinen Teller umgekippt. Penelope verzog das Gesicht.

»Tut mir leid«, sagte sie. »Er hat es nicht verkraftet, dass er London verlassen musste. Ich kann ihn verstehen. Wir wussten, was uns erwartet, aber ich glaube, er dachte, dass sein Leben anders verlaufen würde, wenn er es einfach ignoriert. Dass er nicht herkommen müsste.«

»Müsste?«, fragte Lu verwirrt. »Wie meinst du das?«

Penelope schüttelte den Kopf und wich ihrem Blick aus. »Unsere Familie muss sich um die Tiere kümmern. Sonst tut es niemand. Es sind die letzten mythischen Geschöpfe der Welt, und die Wildlands sind ihr Schutzgebiet. Es ist zwar ziemlich groß, aber natürlich nicht so groß wie der Raum, den sie in der freien Natur hätten. Unsere Aufgabe ist in erster Linie, sie voreinander zu schützen und dafür zu sorgen, dass sich die verschiedenen Spezies so wenig wie möglich in die Quere kommen. Der Phönix sorgt für das Wichtigste, aber wir erledigen die täglichen Arbeiten. Wir helfen, wo wir können.«

»Phönix?«, fragte Zac. »Phönixe gibt es also auch?«

Penelope schürzte die Lippen. »*Einen* Phönix. Einzahl. Er ist der Letzte seiner Art.« Sie senkte den Blick. »Seine Magie hat die Wildlands vor Hunderten von Jahren erschaffen, als die mythischen Geschöpfe fast bis zum Aussterben gejagt wurden.«

»Gejagt?«, wiederholte Zac und warf einen schnellen Blick zu seiner Schwester, die ganz blass geworden war. »Aber warum?«

Penelope legte die Stirn in Falten. »Die wenigsten Menschen wussten, dass es sie überhaupt gab, aber die, die es wussten … tja, fast alle mythischen Geschöpfe haben magische Eigenschaften. Drachenschuppen sind zum Beispiel undurchdringlich, und Phönixblut kann so gut wie alles heilen. Deshalb hat der Phönix die Wildlands erschaffen – um die letzten verbliebenen Geschöpfe vor der Außenwelt zu schützen. Nur diejenigen, die das Zeichen tragen, können hinein. Normalerweise durch den Baumbogen«, fügte sie hinzu. »An der Nordseite gibt es noch einen Eingang, aber die Gegend dort ist gefährlich, wir benutzen ihn nie.«

»Den Baumbogen haben wir gesehen«, sagte Lu und starrte

auf ihre Hand. »Äh … also, ist ja klar, sonst wären wir nicht in die Wildlands gekommen. Aber wie haltet ihr sie versteckt?«

»Das macht der Phönix«, erwiderte Penelope und zuckte wieder die Schultern, »mit seiner Magie. Wie genau, weiß ich auch nicht. Die Wildlands sind natürlich da, aber … dann auch wieder nicht. Man könnte um den Baumbogen herumgehen und nie in die Wildlands gelangen, obwohl sie sich am selben Ort befinden. Und wenn jemand ohne das Zeichen durch den Bogen geht, kommt er auch nicht hinein. Niemand, der nicht das Blut unserer Familie hat, kann die Wildlands betreten. Deshalb hat unsere Mum sich ja auch von unserem Dad scheiden lassen. Sie hat uns alle für verrückt gehalten, weil sie es nicht mit eigenen Augen sehen konnte.«

In diesem Augenblick knarrte ein Dielenbrett auf dem Flur, und alle erstarrten. Sekunden später öffnete sich quietschend eine Tür und schloss sich wieder. Penelope atmete erleichtert auf.

»Das war nur Oliver«, flüsterte sie. »Er hasst diesen Ort, falls das noch nicht deutlich geworden ist. Als er dreizehn geworden ist und das Zeichen bekommen hat, ist er richtig durchgedreht und wollte weglaufen. Aber er wusste, dass es keinen Ausweg gibt – das wussten wir beide, seit wir klein waren. Und weil ich nicht zwei Jahre lang von ihm getrennt sein wollte, bin ich mit ihm gegangen. Deshalb habe ich mein Zeichen auch schon früher bekommen – weil ich die Wildlands schon vor meinem dreizehnten Geburtstag betreten habe, so wie ihr.«

Zac zeichnete das W auf seiner Handfläche nach. »Das mit deinen Eltern tut mir leid«, sagte er, und Lu nickte bekräftigend.

Penelope seufzte. »Die meisten Leute, die in diese Familie einheiraten, gehen irgendwann wieder. Es muss einen ja auch in den Wahnsinn treiben, mit einem Haufen Menschen zusammenzuleben, die sich jeden Tag um mythische Geschöpfe kümmern. Tante Merle ist die Einzige in den letzten Generationen, die geblieben ist«, fügte sie hinzu. »Aber sie arbeitet ja auch gerne im Laden.«

»Sie geht selbst nie in die Wildlands?«, fragte Zac überrascht.

»Sie kann nicht«, erwiderte Penelope. »Sie hat nicht das Blut der Familie. Sie ist mit Tante Rowena verheiratet.«

»Oh. Aber Dad hat sich so verhalten, als wäre sie, na ja … eine Blutsverwandte.«

»Sie gehört schon so lange zur Familie, dass sie ebenso gut eine sein könnte«, sagte Penelope. »Sie weiß genauso viel über die Wildlands wie Rowena. Sie kann nur nicht rein.«

Zac raufte sich die Haare. Er konnte sich nicht vorstellen, wie es war, zu wissen, dass es all diese Wesen wirklich gab, und sie selbst nie sehen zu können. Kein Wunder, dass Tante Merle ihren Laden so liebte. Diese kleinen Schnipsel der Wildlands waren das Einzige, was sie je zu Gesicht bekam.

»Was ist mit unseren Großeltern?«, fragte Lu. »Ich meine … was ist mit ihnen passiert?«

Penelope schwieg. »Großvater Alastair war Tante Rowenas

Bruder«, sagte sie schließlich. »Er ist bei einem Unfall in den Bergen ums Leben gekommen, als ich sieben war. Niemand wollte uns sagen, was genau geschehen ist.«

Zac bekam Gänsehaut. Er konnte sich nur zu gut vorstellen, was mit ihrem Großvater passiert war. »Und unsere Großmutter?«

»Die ist auch gegangen«, sagte Penelope. »Schon als eure Mum und mein Dad noch Kinder waren. Wie gesagt, fast alle gehen. Manchmal kommen sie zu Besuch«, fügte sie hinzu. »Unsere Mum sehen wir an Weihnachten und an Geburtstagen. Aber wenn sie einmal weg sind, sind sie weg.«

»Nur Tante Merle nicht«, sagte Zac, und Penelope nickte.

»Manchmal passt es eben. Ich will mir gar nicht vorstellen, wie Tante Rowena ohne sie wäre.«

Zac ging es ähnlich. Endlich nahm er einen Bissen von seinem Abendessen, auch wenn sein Appetit nur langsam zurückkam. »Ich wette, wir haben den Phönix gehört, als wir die Wildlands betreten haben«, sagte er kauend zu Lu. »Der Vogel, den du für eine Lerche gehalten hast.«

Penelope machte ein verblüfftes Gesicht. »Das könnte zwar sein, aber … den Phönix hat seit fünfzehn Jahren keiner aus unserer Familie mehr gesehen«, sagte sie. »Tante Josie war die Letzte, die mit ihm Kontakt hatte.«

Sein Traum aus der vergangenen Nacht kam Zac wieder in den Sinn. »Sie waren befreundet, oder?«

Penelope machte große Augen. »Woher weißt du das?«

Zacs Wangen wurden heiß. »Sie hat es uns erzählt«, stammelte er. »In ihren Geschichten, meine ich. Es klang so, als ständen sie sich nahe.«

»Ich kann mich gar nicht erinnern, dass sie einen Phönix erwähnt hat«, sagte Lu und schielte zu seiner Graphic Novel. Zac wechselte schnell das Thema.

»Glaubst du, dass Rowena ihre Meinung ändert und uns zurück in die Wildlands lässt?«

»Ich weiß es nicht«, gestand Penelope. »Sie ist stur. Aber es wäre albern, wenn sie es verbieten würde. Ihr müsst ja nicht allein gehen. Oliver und ich arbeiten jeden Tag dort. Wir machen sogar ...«

Bevor sie den Satz beenden konnte, ertönte erneut ein Knarren auf dem Flur, und wieder quietschte eine Tür, diesmal in einer anderen Richtung. Penelope schlug die Hand vor den Mund.

»Ich muss gehen«, flüsterte sie hastig. »Ich bringe euch morgen das Frühstück, okay?«

»Aber –«, wollte Zac protestieren, als es direkt vor ihrem Zimmer ein weiteres Mal knarrte. Alle starrten zur Tür, die sich vorsichtig öffnete. Draußen stand Tante Merle.

»Rowena kommt gleich hoch, und sie hat äußerst schlechte Laune«, warnte sie. Penelope warf Zac und Lu einen entschuldigenden Blick zu, bevor sie zu Tante Merle lief und mit ihr verschwand. Zac hörte noch mehrere Dielen knarren und Angeln quietschen, doch schließlich legten sich die Geräusche.

»Kannst du das alles glauben?«, fragte Lu. »Ich meine – kannst du es wirklich *glauben*?«

Zac schüttelte den Kopf. »Warum hat Mum uns nie von diesem Ort erzählt?«

»Sie wollte ja«, sagte Lu. »Das hat Tante Merle gestern zumindest gesagt. Vielleicht wollte sie warten, bis wir dreizehn sind. Vielleicht dachte sie, wir könnten dann besser Drachen bändigen oder so.«

Zac schwieg. Natürlich war es ein unglaubliches Gefühl, zu wissen, dass die fantastischen Geschöpfe aus den Geschichten ihrer Mutter wirklich existierten, aber er konnte den Gedanken nicht verdrängen, dass sie heute Morgen beinahe gestorben wären. Wenn Rowena nicht gewesen wäre …

Er schluckte und legte die Gabel aus der Hand. Lu hatte sich vor ihn geworfen, um ihn vor dem Drachen zu schützen. Und sie würde es wieder tun, wenn es sein musste. Selbst wenn sie vorsichtig waren, irgendwann würde ihre Glückssträhne abreißen.

»Vielleicht ist es ja gar nicht so schlecht, dass wir für den Rest des Sommers Hausarrest haben«, sagte er betont locker. »Wenigstens können wir hier sicher sein, dass uns kein Drache über den Weg läuft.«

»Vielleicht«, gab Lu zerstreut zurück. Sie stellte ihren Teller ab und vertiefte sich für den Rest des Abends in seine Graphic Novel, auf der Suche nach Hinweisen, von denen er wusste, dass sie nicht da waren.

Was auch geschah, sie trugen jetzt das Zeichen. Und er hatte das entmutigende Gefühl, dass niemand, nicht einmal Rowena, etwas daran ändern konnte.

ZWÖLFTES KAPITEL

Lu

Ein energisches Klopfen an der Tür riss Lu aus dem Schlaf. Sie hatte geträumt – denselben Traum wie schon in ihrer ersten Nacht hier. Diesmal jedoch hatte jede der Türen in dem verlassenen Flur sie geradewegs zu der Trophäensammlung geführt.

Es klopfte wieder. Am anderen Ende des Raums murmelte Zac etwas Unverständliches. Ohne dass einer von ihnen »Herein« gerufen hätte, flog die Tür auf, und Oliver polterte ins Zimmer, von Kopf bis Fuß in schützende Lederkleidung gehüllt, wie Rowena sie am Vortag getragen hatte.

»Aufstehen!«, kommandierte er und knipste das Licht an. »Rowena will euch sprechen.«

Es war noch so früh, dass die Sonne gerade erst über den Horizont lugte. Lu stöhnte. »Ich verspreche dir, dass wir das Haus nicht verlassen werden«, murmelte sie in ihr Kissen. »Und jetzt lass uns schlafen.«

»Geht leider nicht.« Oliver marschierte zu ihrem Bett und zog ihr die Decke weg. Lu quiekte empört und richtete sich auf, während Oliver das gleiche Verfahren bei Zac anwandte. »Ihr habt fünf Minuten.«

Als Oliver weg war, erwog Lu ernsthaft, einfach weiterzuschlafen, doch ihr Cousin hatte vorausschauend die Bettdecken mitgenommen. Leise fluchend zog sie sich an und putzte sich die Zähne, und dann trotteten Zac und sie nach unten in die Eingangshalle, wo Rowena sie schon erwartete.

Ihre Großtante saß auf einem mottenzerfressenen Samtsessel und hatte die Arme vor der Brust verschränkt. Zu Lus Überraschung waren ihre Schienbeine in dicke weiße Verbände gehüllt, und als sie aufstand, verzog sie vor Schmerzen das Gesicht.

»Was geschehen ist, ist geschehen«, erklärte sie ohne ein Wort der Begrüßung. »Ihr seid gezeichnet, und es gibt nichts, was wir dagegen tun könnten. Also könnt ihr euch ebenso gut an die Arbeit machen.«

»Arbeit?«, fragte Zac unsicher. Lu dagegen bekam augenblicklich Herzklopfen.

»Wir dürfen zurück in die Wildlands?«

»Ihr dürft«, bestätigte Tante Merle, die mit einem Bündel Kleidung über dem Arm in den Raum kam. »Hier sind Latzhosen und passende Gummistiefel für euch.«

Während Tante Merle zwei Paar Gummistiefel vor sie auf den Boden stellte, lehnte Oliver sich an die Wand, schob die Hände in die Taschen und grinste hämisch.

»Da ich meinen Pflichten in den Bergen heute leider nicht nachkommen kann, wird Oliver für mich einspringen«, sagte Rowena missmutig. Es fiel ihr sichtlich schwer, die Stärke ihrer Verbrennungen zuzugeben. »Ihr zwei übernehmt dafür Olivers Aufgaben. Ihr werdet ...«

Lu musterte die kakifarbenen Latzhosen, und eine ungute Vorahnung stieg in ihr auf. Es konnte nur einen Grund geben, warum Oliver so zufrieden dreinblickte.

»Mist schaufeln«, krähte er und grinste von Ohr zu Ohr. »Ihr dürft die Kacke wegmachen!«

Die Boxen auszumisten, war viel anstrengender, als Lu erwartet hatte – auch wenn sie zugegebenermaßen nie groß darüber nachgedacht hatte. Sie hatte gerade mal zwei Boxen gereinigt und mit frischem Heu gefüllt, und schon taten ihr die Arme weh. Außerdem hatte sie entsetzlichen Durst.

Zac erging es allerdings noch übler. Er stand auf die Mistgabel gestützt an der Stalltür und streckte den Kopf nach draußen, um frische Luft zu schnappen. Tränen liefen ihm über die Wangen, und seine Haut war so rot, dass es Lu in den Augen brannte.

»Zac darf sich nicht hier aufhalten«, rief sie Onkel Conrad zu, der sich um das verletzte Einhorn kümmerte. »Er ist allergisch gegen Heu, gegen Staub und gegen –«

»Ja, das sehe ich selbst«, unterbrach Conrad sie stirnrunzelnd. Er trat aus der Box und ging zu Zac hinüber, um ihn prüfend zu mustern.

»Ich habe schon eine Allergietablette genommen«, sagte Zac und zog geräuschvoll die Nase hoch. »Hier draußen ist es auch nicht viel besser.«

»Heute sind eine Menge Pollen in der Luft«, gab Conrad zu und seufzte. »Rowena wird es zwar nicht gefallen, aber ich denke, du solltest zurück ins Haus gehen.«

»Nein!« Zac schüttelte heftig den Kopf und wischte sich die Nase am Ärmel ab. »Ich will hierbleiben. Bitte.«

Conrad wirkte nicht überzeugt, und seine Lachfalten vertieften sich, als er Zac mit zusammengekniffenen Augen ansah. »Gegen Drachen bist du aber nicht allergisch, oder? Die kleinen Lümmel lieben es, wenn man ein bisschen mit ihnen spielt.«

»Ich ... ich weiß es nicht«, sagte Zac wahrheitsgemäß. »Abgesehen von vorgestern ist mir noch nie ein Drache über den Weg gelaufen.«

Conrad gluckste. »Tja, wie auch?«

Lu lehnte ihre Mistgabel an die Wand und kam zu ihnen herüber. »Welche Lümmel?«, fragte sie. »Meinst du die Drachenbabys?«

»Genau die«, sagte Conrad. »Ich versuche, ein bisschen mit ihnen zu spielen, wann immer ich Zeit habe, aber in letzter Zeit war eine Menge zu tun, und die armen Würmchen sind etwas zu kurz gekommen.«

»Warum sind sie überhaupt hier?«, fragte Lu. »Haben sie keine Eltern mehr?«

»Doch«, sagte Conrad. »Surrey, das Drachenweibchen, das

ihr gestern, äh … kennengelernt habt, ist die Mutter eines der Babys. Sie und ihr Partner Devon treiben sich immer in der Nähe herum, um nach ihrem Jungen zu sehen. Im Augenblick sind sie da vorne, am Rand der Weide, wenn ihr genau hinschaut.«

Zac spähte vorsichtig nach draußen, und Lu stellte sich auf die Zehenspitzen und schaute ihm über die Schulter. Sie brauchte einen Moment, doch dann entdeckte sie zwei violette Drachen hinter den Einhörnern am Waldrand. Obwohl Surrey gestern noch versucht hatte, Asche aus ihr zu machen, tat sie ihr jetzt leid.

»Warum darf ihr Junges denn nicht bei ihnen bleiben?«, fragte sie und ließ sich wieder auf die Fersen sinken.

»In den Bergen ist es gefährlich, weil viele brütende Drachen dicht beieinander leben«, erklärte Conrad. »Bevor die Wildlands erschaffen wurden, waren sie auf der ganzen Welt zu Hause und hatten genug Platz, aber hier … nun ja, hier ist das Überleben für die Jungtiere sehr viel schwieriger. Der Bestand ist immer weiter geschrumpft, deshalb habe ich, als ich von der Universität zurückkam, beschlossen, die Aufzuchtstation einzurichten. Die Jungen bleiben etwa die ersten sechs Monate hier, bis sie selbstständig fliegen und sich verteidigen können. Dann dürfen sie zu ihren Eltern zurück. Das ist eine der Arbeiten, die Rowena in den Bergen verrichtet«, fügte er hinzu. »Sie sucht nach Eiern und frisch geschlüpften Jungtieren.«

Zac nieste so laut, dass das schwarze Einhorn nervös mit

den Hufen scharrte. »Ich würde gerne mit ihnen spielen«, sagte er dann. »Ich bin auch ganz vorsichtig.«

»Natürlich«, sagte Conrad. »Solange du nicht allergisch gegen sie bist, denke ich, dass es allen Beteiligten guttut. Komm – ich gebe dir Schutzkleidung, damit du dich nicht verbrennst.«

Zac folgte Conrad durch den Stall. Lu trabte hinterher und fragte sich, ob man überhaupt gegen Drachen allergisch sein konnte. Gegen Tierhaare, klar, aber gegen Reptilien? Wenn man Drachen überhaupt als Reptilien bezeichnen konnte. Trotzdem holte sie, während Conrad Zac lange Handschuhe reichte, die so aussahen, als wären sie mit winzigen Drachenschuppen besetzt, und ihm eine Schürze aus demselben Material umhängte, vorsorglich seinen EpiPen aus dem Rucksack.

»Eure Mum hat die Drachenbabys auch sehr geliebt«, sagte Conrad, und seine Augen wurden feucht. »Es hat sie immer gequält, was die Kleinen durchmachen müssen, um zu überleben. Als Kind war sie oft völlig untröstlich. Eigentlich habe ich die Aufzuchtstation vor allem ihretwegen eingerichtet, wisst ihr. Und seit es sie gibt, haben wir kein Junges mehr verloren.« Er band Zac die Schürze hinterm Rücken fest und räusperte sich. »Es tut mir sehr leid, dass ich nicht zu ihrer Beerdigung kommen konnte. Ich denke jeden Tag an sie.«

»Sie hätte gewollt, dass du hierbleibst und dich um die Tiere kümmerst«, sagte Lu überzeugt. »Du hast in ihrem Sinne gehandelt.«

Conrad wischte sich die Augen, atmete tief durch und

schien sich wieder zu fassen. »Nun ja. Manche Entscheidungen sind nicht leicht. Also, Zac, ich kann dir nicht versprechen, dass deine Kleidung nicht ein klein bisschen angeschmort wird, aber wir drücken die Daumen, dass du keine Verbrennungen davonträgst.«

»Verbrennungen?« Entsetzt drehte Lu sich zu ihrem Bruder um. »Aber Zac –«

»Du kannst mich nicht aufhalten, Lu«, erwiderte der, wand sich aus Conrads Griff und lief zum Drachengehege.

Lu eilte ihm nach. Zac stand bereits in der Mitte, und von überall her watschelten kleine bunte Drachen auf ihn zu. Anfangs wagte Lu kaum zu atmen. Sie war sich sicher, dass er verbrannt oder gebissen werden würde oder dass ein anderer der zweifellos zahlreichen Unfälle eintreten würde, die passieren konnten, wenn man mit jungen Drachen spielte. Doch obwohl die Kleinen sich um ihn scharten und sogar versuchten, an ihm hochzuklettern, ähnelten sie doch eher verspielten Welpen als gefährlichen, feuerspuckenden Monstern. Ein violettes Drachenbaby, das den beiden Großen hinter der Weide auffallend ähnlich sah, rieb sogar seine Nase an Zacs Wange und schnurrte.

»Siehst du? Kein Grund zur Sorge. Er macht das wunderbar«, sagte Conrad. »Ich bin bei Zeus, falls ihr irgendetwas braucht. Wenn dein Bruder genug hat, kann er sie mit einer Handvoll Leckerli aus der Schürzentasche ablenken, dann lassen sie ihn in Ruhe.«

Lu nickte, den Blick noch immer auf ihren Bruder geheftet. Conrad kehrte in die Box des verletzten Einhorns zurück, und sobald seine Schritte verklungen waren, zog sie sich ebenfalls eine Schürze und Schutzhandschuhe über und schlüpfte durch die Tür in die Aufzuchtstation. Sie hielt sich vorsichtig am Rand, doch das half ihr nichts – sobald die Drachenjungen sie entdeckt hatten, kamen gleich mehrere auf sie zu.

»Ist das toll«, sagte Zac lachend und kraulte ein smaragdgrünes Drachenbaby, das den Platz des violetten auf seiner Schulter eingenommen hatte. Gleich mehrere Tierchen begannen, an Lus Beinen hochzuklettern, und sie zuckte kurz zusammen, als die scharfen Krallen durch den dicken Stoff ihrer Hose drangen, ohne sie jedoch ernsthaft zu kratzen.

»Stimmt«, pflichtete sie ihm grinsend bei, gerade als ein schimmernd weißes Drachenbaby ihr von der Hüfte auf die Schulter sprang. Als sie ihm die Wange streichelte, schnurrte es wie ein Kätzchen – ein schuppiges, reptilienartiges Kätzchen mit Flügeln und sehr scharfen Zähnen.

»Ist Conrad noch da?«, fragte Zac, und sie schüttelte den Kopf und versuchte, ein glänzend blaues Drachenjunges etwas anders zu positionieren, damit sich seine Krallen nicht in ihren Arm bohrten. Das kleine Geschöpf klammerte sich an ihr fest, als ginge es um sein Leben, aber schließlich gelang es ihr, seinen Griff etwas zu lockern und es neben das weiße zu setzen.

»Er ist bei dem verletzten Einhorn«, sagte sie. »Es heißt übrigens Zeus.«

»Cooler Name.« Zac löste einen kleinen roten Drachen

von den Trägern seiner Schürze. Als er wieder aufblickte, erstarrte er. »Äh, Lu – wo will der Drache denn hin?«

»Welcher?«, fragte sie, doch als sie sich umdrehte, fuhr ihr der Schreck in die Glieder. Der violette Babydrache balancierte auf der Umzäunung und spähte neugierig den Gang entlang. Er musste unbemerkt von ihrer Schulter hinübergesprungen sein.

Ganz langsam, um ihn nicht zu erschrecken, nahm sie ein paar Leckerli aus der Schürzentasche. Augenblicklich scharten sich die anderen Babys noch näher um sie und spuckten aufgeregt Funken, aber der violette Drache schien es kaum zu bemerken, als sie die kleinen braunen Pellets in die Mitte des Geheges warf. Er drehte nur kurz den Kopf, dann machte er einen gewaltigen Satz und landete auf dem Gang.

Lu fluchte leise und wollte die Tür öffnen, doch mittlerweile hingen noch mehr Drachenbabys an ihrer Hose und bettelten um weitere Leckereien. Währenddessen watschelte der violette Drache eilig den Gang entlang, geradewegs auf die offene Stalltür zu.

Na wunderbar.

»Wirf alle Leckerli aus deiner Schürze in den hinteren Teil des Geheges«, befahl Lu ihrem Bruder, der sie mit großen Augen anstarrte. »So gewinnen wir Zeit, um hier rauszukommen.«

Zac zögerte kurz, dann warf er den gesamten Inhalt seiner Schürzentasche in die gegenüberliegende Ecke. Jedes einzelne Drachenbaby schoss auf das unerwartete Festmahl zu, und während die Tiere zischend und Funken sprühend übereinanderpurzelten, öffnete Lu hastig das Gatter, ließ Zac hindurch, schlüpfte hinterher und machte es fest wieder zu.

»Los, komm!«, rief sie und flitzte um die Ecke. Das violette Drachenbaby war schon fast an der Tür und eilte mit scharrenden Krallen über den Beton, der Freiheit entgegen.

»Was ist los?«, fragte Conrad und streckte den Kopf aus Zeus' Box.

»Äh … nichts«, antwortete sie. »Wir wollen nur … kurz an die frische Luft.«

Damit sprintete sie an ihm vorbei und erreichte die Tür gerade noch rechtzeitig, um zu sehen, wie das Drachenjunge im hohen Gras der Wiese untertauchte. »Da vorne«, sagte sie, als ihr Bruder sie schnaufend einholte. »Es ist auf dem Weg in den Wald.«

»Ich mache einen Bogen, dann können wir es einkreisen«, keuchte er. Aber er war nicht schnell genug. Lu wusste, wenn sie das Drachenbaby einfangen wollten, dann musste sie das übernehmen.

Sie rannte durch die Wildblumen und ließ den Blick schnell über das kniehohe Gras schweifen. Immer, wenn sie violette Schuppen aufblitzen sah, steuerte sie darauf zu, nur um das Junge wieder und wieder um Zentimeter zu verfehlen. Es spielte mit ihr.

Jetzt waren sie schon fast bei den Bäumen. Nur noch ein paar Meter, und –

»Vorsicht!«

Zac erschien aus dem Nichts und warf sich auf das Tier. Lu konnte gerade noch zur Seite springen, um nicht mit ihm zusammenzustoßen, und der Drache hielt verwirrt inne, sodass Zac ihn mit seinen dicken Handschuhen hochnehmen konnte.

»Hab ich dich!«, rief er triumphierend und hielt das Baby sanft in den Händen. Es wand sich und stieß kleine Rauchwölkchen aus, sichtlich verärgert, dass es das Spiel verloren hatte.

Lu seufzte erleichtert auf. Das war knapp gewesen. »Lass es uns schnell zurückbringen, bevor es wieder ausbüxt«, sagte sie. »Glaubst du, du kannst es halten, oder soll ich –«

Sie verstummte. Zac starrte über ihre Schulter und wurde blass. Im selben Moment ertönte hinter ihr ein lautes Knurren. Obwohl jede Faser ihres Körpers ihr befahl, davonzurennen, drehte sie sich langsam um. Sie wusste nur zu gut, was sie erwartete.

Vor ihr, nur eine Armlänge von ihrem Gesicht entfernt, stand Surrey.

DREIZEHNTES KAPITEL

Zac

Mit brennender Lunge hielt Zac den Atem an und wagte keinen Muskel zu regen.

Surreys Kopf verharrte Zentimeter vor dem Kopf seiner Schwester, als ein zweiter violetter Drache aus dem Dickicht auftauchte, der sogar noch größer war als der erste. Die Schuppen über seinen Augen waren von etwas dunklerem Rot und sahen aus wie Augenbrauen. Als sein Blick auf das Drachenbaby in Zacs Händen fiel, knurrte er wie ein ganzes Rudel Wölfe.

»Du musst Devon sein«, sagte Zac zittrig und lockerte den Griff um das Drachenjunge, das sofort an seinem Arm hochkletterte und sich auf seine Schulter setzte. »Ich bin Zac. Das ist Lu. Und das hier ... ist wohl euer Baby.«

Die Zeit schien stillzustehen, während Zac darauf wartete, dass die Drachen etwas taten – irgendwas, selbst wenn sie ihn und Lu wie Marshmallows rösteten. Devons heißer Atem sengte ihm die Armhaare an, und er schloss mit hämmerndem Herzen die Augen.

Er war schon öfter in seinem Leben dem Tod nahe gewesen. Mehrmals bei heftigen Asthmaanfällen. Einmal, letzten Sommer, war er von einer Wespe gestochen worden und hatte einen anaphylaktischen Schock erlitten. Ein anderes Mal hatte er versehentlich ein Stück Fischstäbchen gegessen, das er für Hähnchen gehalten hatte, und seine Kehle hatte sich schon zusammengeschnürt, bevor er es überhaupt hinuntergeschluckt hatte.

Der Tod durch einen Drachen dagegen war neu. Immerhin klang es spannender, als an einem Asthmaanfall zu sterben.

Plötzlich musste das Drachenjunge auf seiner Schulter niesen. Funken sprühten aus seiner Nase und brannten ein kleines Loch in Zacs Hemd. Devon bellte, worauf das Baby mit einem zwitschernden Laut antwortete. Zu Zacs Verblüffung kletterte der kleine Drache auf den Boden, hüpfte auf die riesenhafte Pranke seines Vaters und wedelte zur Begrüßung aufgeregt mit dem Schwanz.

Während Surrey und Devon die Köpfe senkten, um ihr Baby zu beschnuppern, warf Zac seiner Schwester ein zaghaftes Lächeln zu, obwohl ihm das Herz noch immer bis zum Hals hämmerte. »Wir leben noch«, sagte er schwach und tastete in seinem Rucksack nach dem Asthmaspray.

»Gerade so«, erwiderte sie und klang dabei so atemlos, wie er sich fühlte. »Mann, wie konnte ich nur so blöd sein, so nah ans Geländer zu gehen.«

»Es war nicht deine Schuld«, sagte Zac. »Das konntest du nicht vorhersehen.«

Doch Lus zerknirschte Miene ließ keinen Zweifel daran, dass sie sich schreckliche Vorwürfe machte. »Und was jetzt?«, fragte sie unsicher. »Sollen wir ihn einfach hierlassen?«

»Das wäre keine gute Idee«, sagte eine ruhige Stimme hinter ihnen.

Zac wirbelte herum. Wenige Meter hinter ihnen stand ihr Onkel, einen Eimer in der Hand, der bis zum Rand mit etwas gefüllt war, das verstörend nach blutigem Fleisch aussah. »Wir können dir alles erklären«, sagte er schnell.

»Nicht nötig. Das ist nicht das erste Mal, dass ein Junges ausgebüxt ist«, sagte Conrad und kam langsam näher. Surrey blähte die Nüstern und legte schützend die Klauen um ihr Baby, während Devon seine beeindruckenden Flügel spreizte und Rauch aus seinen Nasenlöchern steigen ließ.

»Es ist alles gut«, sagte Conrad beschwörend. »Ihr wisst, wer ich bin. Ihr wisst, warum euer kleiner Schatz nicht bei euch bleiben kann.«

Langsam schwand der Rauch, und Devon ließ schnaubend die Flügel sinken. Zac wich nervös einen Schritt zurück, doch Conrad gab ihm ein Zeichen, stehen zu bleiben.

»Keine plötzlichen Bewegungen«, sagte er leise. »Sie sind freundlich, aber wenn sie das Gefühl haben, dass ihr Junges in Gefahr ist, sehen sie rot.«

»Das nennst du freundlich?«, murmelte Lu. Zac schluckte.

»Schau mal hier, mein Süßer«, sagte Conrad und ließ ein

paar kleine braune Pellets vor seine Füße fallen. Sofort lugte das Junge über die Klauen seiner Mutter hinweg, und obwohl Surrey warnend fauchte, huschte es zu den Leckerli.

»Soll ich ihn nehmen?«, fragte Zac, ohne Surrey aus den Augen zu lassen. Conrad schüttelte den Kopf.

»Devon und Surrey haben noch nicht ihre Belohnung bekommen.« Er griff in den Eimer und warf den Drachen ein riesiges rohes Stück Fleisch vor. Gleich darauf warf er ein weiteres. Devon senkte als Erster den Kopf, um es zu beschnuppern und dann ein ganzes Stück mit einem Happs zu verschlingen. Conrad warf noch einige Stücke, und endlich wandte auch Surrey sich dem Fleisch zu.

»Jetzt«, sagte Conrad leise, und Zac schnappte sich das zufriedene Drachenbaby und klaubte dabei die restlichen Leckerli für den Rückweg zum Stall auf. Während Surrey und Devon weiterschmausten, trieb Conrad sie eilig über die Wiese zum Stall, und diesmal brauchte Zac keine Aufforderung, schneller zu laufen.

»Surrey und Devon werden uns doch nicht gleich auffressen, wenn sie uns das nächste Mal sehen, oder?«, fragte er nervös. »Weil wir ihnen ihr Baby wieder weggenommen haben?«

»Mach dir keine Sorgen«, erwiderte Conrad. »Wenn sie wollten, könnten sie in null Komma nichts das Dach der Aufzuchtstation niederreißen. Aber Drachen sind intelligenter, als man denken könnte, und sie wissen genau, warum es die Aufzuchtstation gibt. Im Herbst werden sie wieder zusammen sein, sobald ihr Baby mit ihnen fliegen kann.«

Irgendwie fand Zac die Worte seines Onkels nicht wahnsinnig beruhigend, trotzdem nickte er. »Wir müssen Rowena doch nichts davon erzählen, oder?«

Conrad gluckste. »Ich für meinen Teil würde meinen Kopf lieber behalten.«

Als sie zur Weide zurückkamen, stand Oliver am Zaun und fütterte die Einhörner mit Äpfeln. »Na, ist euch ein Drachenbaby entwischt?«, empfing er sie spöttisch.

»Ich kann mich sehr gut erinnern, dass dir das auch schon das ein oder andere Mal passiert ist«, gab Conrad zurück. »Du bist früher wieder da, als ich erwartet habe.«

Oliver verzog das Gesicht. »Einer der Zentauren hat gesagt, dass es unten am Weiher einen Notfall gibt«, sagte er und verdrehte die Augen. »Er hat darauf bestanden, dass ich dich hole.«

»Na schön.« Conrad seufzte tief. »Dann wollen wir mal.«

Nachdem Zac das violette Drachenjunge in die Aufzuchtstation zurückgebracht hatte, half Conrad ihnen aus der Schutzkleidung, die Zac erleichtert ablegte. Dann holte Conrad seine schwarze Arzttasche aus Zeus' Box und führte sie hinaus auf die Wiese.

»Die Zwillinge kommen mit«, erklärte er, als Oliver vom Zaun sprang. »Es ist gut, wenn sie mehr von den Wildlands sehen.«

»Wie groß sind sie denn überhaupt?«, fragte Zac und kratzte eine rote Quaddel auf seinem Arm. Zum Glück war der Ausschlag ein bisschen besser geworden.

»Zu groß«, murmelte Oliver. »Dad, du weißt doch, dass es vermutlich wieder nur viel Lärm um nichts ist, oder?«

»Wenn dem so ist, verpasse ich ihr einen Verband, und wir sind schnell wieder hier«, sagte Conrad, der vorneweg marschierte. »Und wenn nicht, werden wir froh sein, dass wir nachgeschaut haben.«

»Was ist denn überhaupt passiert?«, fragte Lu, die sich bei der Aussicht auf die Begegnung mit weiteren magischen Geschöpfen von ihrem Schrecken zu erholen schien.

Oliver antwortete nicht, und Conrad lachte nur leise. »Ihr werdet schon sehen«, sagte er, als sie in den Wald kamen. Lu schien die Antwort nicht zu befriedigen, doch sie hakte nicht weiter nach. Und da Conrad sie nach der Sache mit dem Drachen nicht sofort zurück nach Hause geschickt hatte, konnte Zac nur zu gut verstehen, dass sie ihr Glück nicht herausfordern wollte.

Während sie durch den Wald stapften, fiel Zac immer weiter zurück. Trotz der Dosis Asthmaspray, die er vor kaum einer halben Stunde genommen hatte, schmerzte seine Lunge. Sein Körper war so viel Aktivität nicht gewohnt. Bis vor Kurzem hatte er den ganzen Tag in seinem Zimmer verbracht, und schon der Aufstieg einer Treppe hatte ihn aus der Puste gebracht. Schließlich musste er stehen bleiben und sich an einen Baum lehnen, um zu verschnaufen.

»Wartet mal«, rief Lu den anderen zu und joggte zu ihm zurück. »Brauchst du dein Asthmaspray?«

Er schüttelte den Kopf. »Ich hab vorhin schon was genommen«, brachte er heraus. »Ich bräuche nur … eine kleine Pause.«

Conrad eilte zu ihnen und bestand darauf, Zacs Lunge abzuhören, als würde das irgendetwas ändern. Oliver wartete in mehreren Metern Entfernung, die Hände in den Hosentaschen und mit gereizter Miene.

»Vielleicht sollte ich schon mal vorgehen«, rief er ihnen zu. »Dann kann ich schauen, ob es den Weg überhaupt wert ist.«

»Sie wollen, dass ich komme, selbst wenn es nur ein Kratzer ist, das weißt du doch«, erwiderte Conrad seufzend. »Aber vielleicht könntest du Zac zurück nach Hause bringen.«

»Nein«, widersprach Zac entschieden. »Mir geht's gut. Ich … kann nur nicht so schnell, das ist alles.«

Conrad sah skeptisch aus, doch er legte einen Arm um Zacs Schultern und ließ ihn das Tempo bestimmen. Lu ging wenige Schritte vor ihnen und drehte sich alle paar Meter zu ihnen um. Nach dem x-ten sorgenvollen Blick hielt Zac es nicht mehr aus.

»Kannst du bitte mal aufhören, so zu tun, als könnte ich jeden Moment tot umfallen?«, fragte er angespannt. Obwohl er immer noch außer Atem war, ging es jetzt schon viel besser. An Conrad gewandt fügte er hinzu: »Wie weit ist es noch?«

»Nicht mehr weit«, sagte sein Onkel und deutete mit dem Kopf geradeaus. »Hinter der Biegung liegt der Fluss, und dann sind es nur noch ein oder zwei Kilometer bis zum Weiher.«

Ein oder zwei Kilometer mochten für Conrad nicht viel

sein – für Zac kamen sie einem Marathon gleich. Trotzdem nickte er, marschierte weiter und wünschte insgeheim, er wäre doch beim Stall geblieben. Wann war er das letzte Mal eine solche Strecke gelaufen? Wahrscheinlich noch nie.

Endlich hatten sie die Biegung hinter sich gelassen. Zu Zacs Überraschung lichteten sich die Bäume und gaben den Blick auf den strahlend blauen Himmel und weites, hügeliges Grasland frei, das sich vor ihnen ausbreitete. In der Ferne war wieder Wald zu sehen, und dahinter erhoben sich die Berge. Zac meinte, weit im Osten eine Herde Wildpferde zu erkennen. Oder waren es Einhörner? Vermutlich.

»Wow!«, staunte Lu mit offenem Mund. »Gehört das alles zu den Wildlands?«

»Das hier und noch mehr«, sagte Conrad. Er blieb stehen und zeigte auf die Berge. »Sie erstrecken sich über mehrere Kilometer und sind vollständig von der Außenwelt abgeschieden. So etwas gibt es kein zweites Mal auf der Welt. Wir können uns glücklich schätzen, dass wir diesen Ort unser Eigen nennen können.«

Olivers mürrische Miene zeigte deutlich, dass er sich keineswegs glücklich schätzte, und er räusperte sich. »Sie werden diesen Anblick noch tausend Mal sehen, Dad. Können wir jetzt weiter?«

»So beeindruckend wie beim ersten Mal ist es nie wieder«, sagte Conrad, doch er setzte sich, wenn auch zögernd, wieder in Bewegung. Nicht weit vom Waldrand war ein kleiner Fluss, und obwohl er nur etwa zwei Meter breit und nicht sehr tief war, schauderte Zac, als sie in ihren Gummistiefeln hindurchwateten.

»Diesen Fluss dürft ihr nie ohne uns überqueren«, warnte Conrad, als sie auf der anderen Seite angekommen waren. »Solange Surrey und Devon beim Stall herumschnüffeln, kann ich euch dort nicht allein lassen, aber Rowena wäre stinksauer, wenn sie wüsste, dass ich euch mit über den Fluss genommen habe.«

»Warum?«, fragte Lu, bevor Zac dieselbe Frage stellen konnte.

»Weil wir auf der Seite« – Oliver zeigte zurück zum Wald – »in Sicherheit sind. Meistens jedenfalls. Aber wenn man auf dieser Seite nicht weiß, was man tut, zahlt man dafür mit dem Leben.«

»Soll das heißen, dass die Drachen uns nicht umbringen würden?«, fragte Zac. Oliver schnaubte.

»Darauf würde ich mich nicht verlassen.«

Sie wanderten weiter über das hügelige Grasland, was für Zac sogar noch anstrengender war als der Marsch durch den Wald. Endlich, als sie die Kuppe eines kleinen Hügels erklommen hatten, kam unter ihnen ein schimmerndes blaues Gewässer in Sicht, groß wie ein See und umgeben von Wildblumen in allen Farben des Regenbogens. Mehrere Felsen säumten das Ufer, fast so, als wären sie absichtlich dort hingeschafft worden, um Tieren – oder anderen Geschöpfen – Schatten und Unterschlupf zu spenden.

»*Das* nennt ihr einen Weiher?«, fragte Lu verblüfft.

»Es ist nur ein Spitzname«, sagte Oliver. »So wie *Lu*.«

Lu ballte wortlos die Fäuste, und kurz dachte Zac, sie würde ihm eine reinhauen. Doch zu seiner Enttäuschung rannte sie nur mit großen Schritten zum Wasser hinunter.

Der See war wirklich schön. Während die Mittagssonne auf sie niederbrannte, stellte Zac sich vor, wie wunderbar kühl das Wasser sein musste. Beim Näherkommen sah er etwas am Ufer inmitten der Wildblumen liegen. Nein, nicht etwas – *jemanden*.

Es war eine Frau mit schwarzen, goldgesträhnten Haaren. Ihre Augen waren geschlossen. Das Sonnenlicht glitzerte auf dem Wasser, und Zac musste blinzeln. Im Schatten der Felsen schienen sich noch andere Leute aufzuhalten, die die Frau am Ufer beobachteten.

»Wer ist das?«, fragte Zac, doch Conrad stieß einen Fluch aus und rannte los.

»Die Frage ist nicht, *wer*«, sagte Oliver, der seelenruhig weiterschlenderte. »Die Frage ist, *was*. Schau genau hin. Du kommst noch drauf.«

Zac starrte weiter angestrengt zum Ufer, doch erst als Conrad sich neben die Frau kniete, begriff er, was er sah. Er hatte geglaubt, die Beine der Frau lägen im Wasser, doch sie hatte gar keine Beine. Von der Hüfte abwärts hatte sie einen blauen Schwanz mit schimmernden Fischschuppen.

»Ist das …?«, flüsterte Lu neben ihm.

»Ja«, erwiderte Zac fasziniert. »Es ist eine Meerjungfrau.«

VIERZEHNTES KAPITEL

Lu

Lu eilte zum See hinunter, kaum in der Lage, ihre Aufregung zu verbergen. Es gab Meerjungfrauen. *Meerjungfrauen!* Diese Geschöpfe hatte sie in den Geschichten ihrer Mutter immer am faszinierendsten gefunden, und jetzt hatte sie die Gelegenheit, eine der letzten Meerjungfrauen der Welt zu treffen.

Doch ihre Aufregung schwand, als sie ihren Onkel einholte, der neben der Meerjungfrau am Ufer kniete. Dort, wo ihr Oberkörper in den Schwanz überging, befanden sich mehrere tiefe, kreisförmig angeordnete Wunden. Ein Biss.

»Puh«, murmelte Zac, als er dazukam. »Das sieht ja übel aus.«

»In der Tat.« Conrad beugte sich über die Meerjungfrau und untersuchte vorsichtig die Wunde. »Hat jemand etwas gesehen?«

Erst dachte Lu, er redete mit ihnen, doch dann bewegte

sich das Wasser hinter den Felsen, und eine Meerjungfrau mit silbernen Haaren und den grünsten Augen, die Lu je gesehen hatte, löste sich aus dem Schatten. »Es war ein schreckliches Ungeheuer«, sagte sie mit einem starken Akzent, den Lu nicht einordnen konnte. »Es hatte den Körper eines Löwen, den Schwanz eines Skorpions und …«

»Und das Gesicht eines Menschen?«, schloss Conrad für sie, und sein Gesicht wurde blass. »Oliver –«

»Ich hab's gehört«, sagte der. Seine Selbstgefälligkeit war wie weggeblasen, und er griff nach der Taschenlampe, die an seinem Werkzeuggürtel hing. »Ich suche die Umgebung ab.«

»Sei vorsichtig«, sagte Conrad bestimmt. »Und was du auch tust –«

»Ich weiß, Dad«, sagte Oliver. »Hüte dich vor dem Schwanz.«

Er marschierte wieder den Hügel hinauf, den Blick zu Boden gerichtet, wo er vermutlich nach Spuren des Ungeheuers suchte, das die Meerjungfrau gebissen hatte – was auch immer es sein mochte. Lu trat ans Wasser und versuchte, einen besseren Blick auf die anderen Meerjungfrauen zu erhaschen. Diejenigen, die sich nicht hervorgewagt hatten, drängten sich unter den Felsen zusammen und hielten sich an den Händen. Ihre Augen leuchteten unheimlich im Zwielicht.

»Weißt du, was für ein Tier es war?«, fragte sie Conrad neugierig, während sie sich ans Ufer kniete und die Hände ins Wasser tauchte. Es war angenehm kühl. Doch die Meerjungfrau mit den silbernen Haaren zischte sie zornig an, und Lu zog schnell die Hände zurück.

»Halte dich vom Ufer fern«, warnte Conrad sie, ohne den Blick von der Wunde zu lösen. »Ja, ich weiß genau, was es war. Ein Mantikor.«

»Ein was?«, fragte Lu und zog sich aufs sichere Gras zurück.

»Sie leben im Schwarzen Wald – dem Wald auf der anderen Seite der Berge, wo es noch weitere … bedrohliche Geschöpfe gibt«, sagte Conrad mit grimmiger Miene. »Normalerweise sorgen die Drachen und Zentauren dafür, dass sie nicht ins Grasland gelangen, aber ab und zu kommt doch eins herüber. Meistens Schimären oder Harpyien, vor allem in der Brutzeit, wenn sie nach einem sicheren Ort für ihre Jungen suchen. Ich kann mich allerdings nicht daran erinnern, dass je ein Mantikor herübergekommen wäre.«

»Was ist so schlimm an seinem Schwanz?«, fragte Zac und trat vorsichtig ans Wasser. Ihn zischte die Meerjungfrau nicht an – sie schwamm sogar näher, und ihre grünen Augen leuchteten noch heller.

»Mantikore sind giftig«, erklärte Conrad mit gesenktem Kopf, während er die Wunde reinigte und desinfizierte. Lu sah ihm genau zu und speicherte die Information für mögliche Notfälle ab. »Ein Stich von ihrem Schwanz ist tödlich. Es ist ein qualvoller Tod, besonders für Menschen. Wir können den Geschöpfen in den Wildlands nichts anhaben«, fügte er hinzu. »Das ist ein Teil der Magie, die diesen Ort ausmacht. Oliver wird ihm nichts antun können.«

Lu wurde blass. »Ist sie gestochen worden?«, fragte sie und beugte sich über die bewusstlose Meerjungfrau.

»Ich sehe keine weiteren Verletzungen«, sagte Conrad. »Nur diese Bisswunde. So weit entfernt von seinem üblichen Revier war der Mantikor zweifellos ausgehungert. Einhörner und Zentauren können davonlaufen, aber Meerjungfrauen …«

Meerjungfrauen konnten nicht laufen, sie saßen in ihrem See in der Falle. Lus Magen krampfte sich zusammen. »Glaubst du, er kommt zurück?«

»Schwer zu sagen. Meerjungfrauen sind nicht wehrlos«, fügte er hinzu und warf einen Blick in den Schatten der Felsen. »Ich bin sicher, dass sie ihn verjagt haben. Aber wenn sein Hunger zu groß wird …«

»Kommt er dann über den Fluss?«, fragte Lu nervös.

»Das wäre möglich, aber ich gehe davon aus, dass Oliver ihn vorher findet und zurück über die Berge lockt. Natürlich wäre es mir sehr viel lieber, wenn er und Penelope sich von den Wesen aus dem Schwarzen Wald fernhalten würden, aber er ist wirklich gut mit den ganz gefährlichen Kalibern.« Conrad seufzte und zog einen Verband aus seiner Tasche. »Wir müssen einfach vorsichtig sein. Das sind wir natürlich ohnehin schon, es gibt wirklich keinen Grund zur Sorge … *Nein, Zac, nicht!*«

Lu drehte hastig den Kopf und hielt mit hämmerndem Herzen nach ihrem Bruder Ausschau. Er stand barfuß im Wasser und blickte verwirrt auf. »Was ist denn?«, fragte er, während Conrad auf ihn zustürzte. »Ich mache doch gar nichts …«

In diesem Augenblick wurde er heftig nach vorne gerissen. Irgendetwas befand sich direkt unter der Wasseroberfläche und zerrte ihn in den See. »Zac!«, schrie Lu und stürmte zum Ufer. »Zac!«

Conrad war schon da, watete durchs Wasser und tastete darin herum. »Lasst ihn frei!«, befahl er, doch seine Stimme zitterte. »Ihr wisst, dass ihr das nicht dürft. *Lasst ihn frei!*«

Einige Meerjungfrauen tauchten auf und kicherten wie kleine Kinder, aber Zac war nicht bei ihnen. Lu dachte nicht lange nach. Sie riss sich die Gummistiefel von den Füßen, galoppierte durch die Wildblumen und stürzte sich in den See. Das Kichern wurde zum Zischen, doch das war ihr egal. Sie tauchte ins Wasser, ohne auf die Warnrufe ihres Onkels zu achten.

Sofort wurde es still um sie herum. Das Wasser brannte in ihren Augen, gleichzeitig war es erstaunlich klar, und sie sah, dass der See viel tiefer war, als sie gedacht hatte. Die Umrisse mehrerer Meerjungfrauen umringten sie, und in der Ferne konnte sie eine dunkle Gestalt ausmachen, die von weiteren Meerjungfrauen nach unten gezogen wurde. Zac.

»Lasst ihn frei!«, schrie sie ins Wasser, doch es kam nur Geblubber heraus. Bevor sie näher heranschwimmen konnte, griffen schmale Finger mit langen, klauenartigen Nägeln nach ihren Gliedern und zogen sie an die Oberfläche. Lu kämpfte mit aller Kraft, strampelte mit den Beinen und schlug mit den Fäusten um sich, doch es waren zu viele, und sie waren viel stärker, als sie aussahen.

Unvermittelt kamen sie an die Oberfläche, und mit einem

gemeinsamen Ruck warfen die zischenden Meerjungfrauen sie ans Ufer. Lu landete unsanft im Gras, rappelte sich wieder auf und stürzte zurück zum Wasser, fest entschlossen, ihren Bruder zu retten. Sollten sie sie noch so oft ans Ufer werfen – sie würde sich nicht einschüchtern lassen.

Doch kaum war sie wieder am Wasser, warf eine der Meerjungfrauen einen Stein nach ihr, der sie mitten auf die Stirn traf. Lu stolperte rückwärts und sah nur noch Sterne, und die Meerjungfrauen lachten schrill, bevor sie wieder in den Fluten verschwanden.

»Lu – Lu, lass es«, sagte Conrad und hielt sie hinten an ihrer Latzhose fest, damit sie nicht wieder ins Wasser sprang. »Sonst töten sie dich auch.«

»Tu doch was!«, schluchzte sie. »Zac – *Zac!* Bringt ihn zurück! *Bringt meinen Bruder zurück!* Er kann nicht atmen – er kann nicht –«

Das dunkle Wasser lag jetzt ganz ruhig da, keine einzige Meerjungfrau war mehr in Sicht. Tränen strömten ihr über die Wangen, während die Verzweiflung ihr fast den Atem nahm und sie drängte, irgendetwas zu tun – ihn zu retten, ganz egal, wie. Aber es gab nichts, was sie tun konnte. Die Meerjungfrauen hatten ihn in ihrer Gewalt und wollten ihn offenbar nicht freigeben. Zac konnte allerhöchstens zwanzig Sekunden den Atem anhalten, und jetzt war er mindestens schon eine Minute unter Wasser. Selbst wenn die Meerjungfrauen ihn doch noch freiließen, selbst wenn es ihm gelänge, an die Oberfläche zu schwimmen, würde seine Lunge schweren Schaden nehmen. Und sie waren so weit weg vom Haus, ganz zu schweigen vom nächsten Krankenhaus. Bis sie dort angekommen wären …

»Bitte«, schluchzte Lu und sank in Conrads eisernem Griff in sich zusammen. *»Bitte!«*

Da hallte über ihnen ein sonderbares Geräusch wider – derselbe schwermütige Ruf, den sie gehört hatten, als sie die Wildlands zum ersten Mal betreten hatten. Während Lu aufs Wasser starrte, erstrahlte ein goldenes Licht über dem Grasland und blendete sie.

Der Ruf wurde lauter, und Conrads Griff lockerte sich. Mit offenem Mund blickte er zum Himmel. Doch Lu war egal, was da oben los war. Ihr Bruder war tief unten im See, und er starb, wenn er nicht schon tot war. Nur darauf kam es an.

Dann erschienen zu ihrer Verblüffung mehrere Meerjungfrauen an der Wasseroberfläche, eine nach der anderen. Ihre langen Haare hatten die unterschiedlichsten Farben und waren mit Muscheln und Glasperlen geschmückt. Endlich tauchte auch die mit den silbernen Haaren und den grünen Augen wieder auf, und neben ihr kam Zacs bewusstloser Körper an die Oberfläche.

»Zac!«, kreischte Lu und wollte sich schon wieder ins Wasser stürzen, doch Conrad war schneller und hielt sie zurück. Obwohl mehrere Meerjungfrauen warnend zischten, schwammen die anderen ans Ufer und zogen ihren Bruder hinter sich her.

Als Zac nahe genug war, packte Conrad ihn an den Trägern seiner Latzhose und zog ihn an Land. Sein Gesicht war entsetzlich blass, und seine Augen waren geschlossen. Das Schlimmste aber war, dass er nicht atmete.

»Ich kann Herz-Lungen-Animation«, sagte Lu sofort und ließ sich neben ihrem Bruder auf die Knie fallen, doch Conrad hatte bereits mit der Herzdruckmassage begonnen. Eins, zwei, drei, vier – Stoß um Stoß gegen Zacs Brust, während er versuchte, das Wasser aus seiner Lunge zu pressen.

Wieder, wieder, wieder, wieder. Lu konnte kaum atmen und umklammerte Zacs Hand, die Augen voller Tränen. Er musste wieder aufwachen. Er *musste*.

Wieder, wieder, wieder, wieder.

Wieder, wieder, wieder, wieder.

»Komm schon«, flüsterte sie. »Komm schon. Du schaffst das.«

Wieder, wieder, wieder –

Ein gewaltiger Wasserschwall sprudelte aus Zacs Mund wie eine Fontäne, und er begann heftig zu husten. Lu sank in sich zusammen, ihre Schultern bebten, und sie weinte, doch jetzt waren es Tränen der Erleichterung.

»Tief atmen«, sagte Conrad sanft und drehte Zac auf die Seite, damit er das restliche Wasser aushusten konnte. »Es ist alles gut. Du bist in Sicherheit.«

Doch Zac schien ihn gar nicht zu hören. Selbst während er hustete, waren seine Augen nach oben gerichtet und erstaunt geweitet. Lu drückte seine Hand. War das ein schlechtes Zeichen? Hatte sein Gehirn Schaden genommen? So lange war er gar nicht unter Wasser gewesen, aber bei seinem Asthma und der schwachen Lunge …

»Boah«, brachte Zac unter Husten hervor. »Was … was ist das?«

»Was?«, fragte Lu, und dann hob sie endlich den Kopf und blickte blinzelnd zum Himmel.

Dort, etwa zehn Meter über ihnen, im goldenen Licht, das von seinen feuerroten Federn ausging, kreiste ein Phönix.

FÜNFZEHNTES KAPITEL

Zac

Zac saß am Fuß des Hügels, seine nasse Latzhose neben sich im Gras ausgebreitet, wo sie langsam in der warmen Sonne trocknete.

Lu stand angespannt neben ihm und überwachte jeden einzelnen seiner Atemzüge. So ging das schon die letzte halbe Stunde, und es war unerträglich.

»Es ist alles okay«, sagte er fest. »Ich lebe. Ich werde nicht gleich tot umfallen.«

»Vorhin sah das aber anders aus«, murmelte sie, doch dann setzte sie sich neben ihn und blickte in die Richtung, in die auch Zac schaute.

Der Phönix hockte im Gras und beobachtete sie mit seinen glänzenden schwarzen Augen. Seine beeindruckenden Flügel hatte er gefaltet, und obwohl er nicht davongeflogen war, war er auch nicht näher gekommen.

»Verrückt – total verrückt«, hatte ihr Onkel gemurmelt, als

der Phönix in ihrer Nähe gelandet war. Auch er hatte sich dem Feuervogel nicht genähert. Während er sich weiter um die verletzte Meerjungfrau kümmerte, blickte er mehrfach zu ihm hinüber, als könnte er seinen Augen nicht trauen.

Zac war überzeugt, dass der Phönix ihm das Leben gerettet hatte, auch wenn er nicht wusste, wie oder warum. Vielleicht war er einfach zur richtigen Zeit am richtigen Ort gewesen? Aber die Wildlands waren riesig, und außerdem war er sich jetzt sicher, dass er sie auch schon tags zuvor bei Surreys Angriff gerettet hatte. Er hatte dasselbe goldene Licht gesehen und denselben Ruf gehört. Und er hatte dasselbe Beben in den Knochen gespürt, so als würde die Nähe des Phönix etwas in ihm wecken, das lange Zeit geschlafen hatte.

»Penelope hat gesagt, dass er nicht mehr gesehen wurde, seit Mum weggezogen ist«, raunte Zac seiner Schwester zu. »Warum ist er dann jetzt hier?«

Lu zuckte die Schultern und betrachtete den Phönix. Sie wirkte erschöpft und nervös zugleich – irgendetwas schien ihr Sorgen zu machen. »Glaubst du, er ist gefährlich?«

»Das glaube ich nicht«, sagte Zac entschieden. »Er hat mich gerettet. Er hat uns beide gerettet.«

Lu schien ihn zu verstehen, auch wenn sie nichts darauf erwiderte. In der Stille, die nun folgte, begann Zac, langsam an den Vogel heranzurücken. Seine Lunge brannte, ganz gleich, wie flach er zu atmen versuchte, und seine Glieder fühlten sich an, als wären sie aus Blei, doch er konnte eine solche Gelegenheit nicht einfach verstreichen lassen.

»Zac …«, sagte Lu warnend, doch er ignorierte sie. Der Phönix würde ihm nichts tun.

»Hallo«, sagte er leise, als er nur noch wenige Armlängen von ihm entfernt war. Der Vogel hielt ganz still und richtete den Blick auf ihn. Aber er flog nicht weg und breitete auch nicht die Flügel aus. »Ich bin Zac.«

Schweigen. Zac rührte sich nicht. Die roten, orangefarbenen und goldenen Federn des Phönix strahlten im Sonnenlicht, während die darunterliegenden Daunen aquamarinblau glänzten, in derselben Farbe wie das Wasser des Sees. Eine solche Farbenpracht hatte Zac noch nie gesehen, nicht einmal in Büchern oder Filmen.

»Danke«, fügte er nach kurzem Schweigen hinzu. »Du … weißt schon, wofür. Dass du mich gerettet hast. Und dass du uns vor Surrey beschützt hast. Vielen Dank.«

Der Phönix legte den Kopf schief, als würde er seine Worte verstehen, und ein leiser Triller drang aus seiner Kehle. Zac grinste.

»Wir schulden dir einen Gefallen. Oder zwei«, sagte er, und mit der Kühnheit des beinahe Ertrunkenen streckte er langsam die Hand aus. Der Phönix wurde wieder ganz still, doch anstatt zurückzuschrecken, wie Zac es erwartet hatte, reckte er ihm den Hals entgegen und schmiegte sanft den Kopf in seine Hand.

Sofort blitzte eine Reihe von Bildern vor Zacs innerem Auge auf, eines lebhafter als das andere. Seine Mutter, noch jung, die oben in den Bergen einen verletzten Drachen fütterte, während der Phönix auf einem Felsen saß und Wache hielt.

Seine Mutter, noch jünger, die im Schneidersitz unter einem knorrigen Baum saß und sich leise mit dem Phönix unterhielt, wobei ab und zu ihr vertrautes Lachen ertönte.

Ein Mann mit dunklen Haaren in altmodischer Kleidung, der mit einem kleinen Mädchen, das nicht älter als sechs sein konnte, mit einem Einhornfohlen spielte – das war ebenfalls seine Mutter, wurde Zac klar. Und sein Großvater Alastair. Im Hintergrund kümmerte sich der etwa fünfzehnjährige Conrad um einen mürrischen Zentauren und lachte über die Späße seiner Schwester.

Und schließlich sah er sich selbst und Lu, wie sie tags zuvor in die Wildlands gekommen waren. Er hörte den Ruf des Phönix – jetzt wusste er mit Sicherheit, dass es der Phönix gewesen war – und konnte sich selbst sehen, wie er sich suchend umschaute. Der Phönix hatte nur ein paar Bäume weiter auf einem Ast gehockt. Wie hatten sie ihn übersehen können?

Als die Bilder zu Ende waren, schnappte er nach Luft, als hätte seine Lunge vergessen, wie man atmet. Wortlos starrte er den Phönix an, und alles fügte sich zusammen.

Die Bilder, die Zac gesehen hatte, seit sie in England angekommen waren – die hatte ihm der Phönix geschickt. Wollte er ihn kennenlernen? Waren sie eine Art Geschenk? Zac wusste es nicht. Er starrte den Vogel an, bis seine Augen tränten und er blinzeln musste.

»Alles okay?«, fragte Lu und kam zu ihm herüber, vorsichtig, um den Phönix nicht zu erschrecken. »Wir müssen dich nach Hause bringen. Wenn irgendetwas im Wasser war, könnte sich deine Lunge entzünden …«

»Ach was, mir geht's gut«, sagte Zac aufbrausend und rieb sich die Augen. »Das sind nur die Pollen.«

»Du solltest deine Maske tragen«, erwiderte sie automatisch. »Es ist sowieso unglaublich, dass du so lange ohne sie hier draußen durchgehalten hast.«

Sie hatte recht, doch Zac fühlte sich gar nicht krank. Irgendwie hatte die Anwesenheit des Vogels das Schnaufen, Jucken und die wohlbekannte Enge in seiner Brust vertrieben. »Mir geht's gut«, wiederholte er ruhiger und strich sanft über den gefiederten Kopf des Phönix. »Er hat Mum gekannt. Sie waren Freunde.«

»Woher willst du das wissen?«, fragte Lu. Sie klang hoffnungsvoll und argwöhnisch zugleich.

»Keine Ahnung. Er … hat es mir gezeigt«, sagte Zac unbeholfen und senkte die Stimme, damit Conrad ihn nicht hören konnte. »Versuch du es mal. Du musst ihn streicheln.«

Skeptisch streckte Lu die Hand aus, wie Zac es getan hatte. Der Phönix erstarrte wieder, doch nachdem Lu ihm aufmunternd zugelächelt hatte, schmiegte er den Kopf auch in ihre Hand. Auf Lus Gesicht breitete sich ein Lächeln aus, und sie strich dem Phönix sanft über Hals und Flügel.

»Siehst du sie?«, fragte Zac eifrig. »Die Erinnerungen?«

»Erinnerungen?«, fragte Lu, den Blick auf den Vogel gerichtet. »Nein. Hast du Erinnerungen gesehen?«

»Bilder – wie Videos. Alle von Mum«, sagte er, und seine Wangen wurden heiß. Hatte er sich das etwa eingebildet? Nein. Die Szenen waren zu echt, zu lebendig gewesen. »Hast du wirklich nichts gesehen? Vielleicht solltest du ihn noch ein bisschen streicheln.«

»Vielleicht war auch etwas im Wasser, was Halluzinationen hervorruft«, entgegnete Lu und klang ehrlich besorgt. »Wir sollten jetzt wirklich zurückgehen.«

Zac strich noch einmal über das glänzende Gefieder. Er war nicht verrückt, und er hatte auch keine Halluzinationen. Er hatte seine Mutter gesehen, genau wie in seinen Träumen. Die Bilder waren echt.

»Ingrid wird es bald wieder besser gehen«, sagte Conrad und erhob sich. Er half der Meerjungfrau, die nun bei Bewusstsein war, ins Wasser, wo sie mit vorsichtigen Bewegungen zu ihren Gefährtinnen schwamm, die sie im Schatten der Felsen erwarteten. »Was ist mit dir Zac? Hast du dich etwas erholt?«

Zac nickte. »Ich bin nur müde, das ist alles.«

»Das kann ich mir vorstellen.« Conrad ging langsam auf den Phönix zu und starrte den wundersamen Vogel fasziniert an. »Ich habe ihn seit Jahren nicht mehr gesehen.«

»Penelope hat gesagt, dass er sich nicht mehr gezeigt hat, seit Mum weggezogen ist«, sagte Zac. Der Phönix richtete den Blick auf Conrad und plusterte das Gefieder.

»Das stimmt«, bestätigte sein Onkel und ging in einiger Entfernung in die Hocke. »Vorher haben wir anderen ihn nur zu Gesicht bekommen, wenn sie dabei war. Der Phönix hat eure Mutter schon sehr früh auserwählt, und er hat sehr an ihr gehangen. Kein Wunder – eure Mutter hatte eine ganz besondere Zuneigung zu Tieren. Es war ein schwarzer Tag für die Geschöpfe der Wildlands, als sie fortzog, um euren Vater zu heiraten.«

»Mum mochte Tiere?«, fragte Lu verblüfft.

»Aber natürlich«, sagte Conrad und lachte. »Anders wäre es auch schwer gewesen, an einem Ort wie diesem aufzuwachsen, oder?«

»Aber – ich dachte immer, sie hasst Tiere«, sagte Lu. »Sie hat sich immer so verhalten, als hätten alle Tiere ansteckende Krankheiten oder so. Ich habe kein einziges Mal gesehen, dass sie einen Hund gestreichelt hätte.«

»Bestimmt wegen meiner Allergien«, sagte Zac schuldbewusst. Ihr Leben hätte so anders aussehen können, wenn er nicht ständig krank gewesen wäre.

»Ich bin sicher, dass eure Mutter viele Opfer gebracht hat, um zu tun, was für euch am besten war«, sagte Conrad und streckte vorsichtig die Hand nach dem Phönix aus. »Sie hat euch beide über alles geliebt …«

Ganz plötzlich ließ der Phönix seinen Ruf erschallen, und sein Triller hallte über die Hügel. Inmitten eines goldenen Blitzes breitete er die Flügel aus und erhob sich in die Lüfte. Er flog so schnell, dass er schon bald nur noch ein orangefarbener Streifen am wolkenlosen Himmel war. Zac blickte ihm nach, fasziniert von seinem Anblick und zugleich enttäuscht, dass er davonflog. Doch dass er überhaupt da gewesen war – das allein war schon etwas Besonderes.

»Ein beeindruckendes Geschöpf«, sagte Conrad mit einem wehmütigen Seufzen. Auch er schien enttäuscht zu sein. »Und jetzt lasst uns nach Hause gehen. Rowena wird toben, wenn sie hört, was passiert ist.«

»Müssen wir es ihr denn erzählen?«, fragte Zac und ergriff Conrads ausgestreckte Hand, um sich hochzuziehen. Als er stand, zitterten seine Knie, und er spürte wieder das vertraute Brennen in der Lunge. Er fragte sich, ob er den Rückweg überhaupt schaffen würde, aber ihm blieb wohl nichts anderes übrig.

»Ich fürchte, ja«, sagte Conrad und nahm seine Arzttasche. »Dass sich der Phönix nach fast zwei Jahrzehnten zum ersten Mal wieder gezeigt hat, können wir ihr nicht verschweigen.«

Lu legte einen Arm um Zac, um ihn zu stützen, falls es nötig war, und er war ihr zu dankbar, um zu protestieren. Er konnte nur daran denken, dass dies ein weiterer Anlass für Rowena sein würde, ihnen den Zutritt zu den Wildlands zu verwehren. Die Vorstellung, nie wieder zurückkehren zu können, tat weh, und er wappnete sich innerlich für den Kampf, der ihnen ohne Zweifel bevorstand.

Rowenas Meinung spielte keine Rolle. Wichtig war einzig und allein der Phönix. Und die Erinnerungen, die er ihm gezeigt hatte – Puzzleteile aus dem Leben seiner Mutter, die er zuvor nicht gekannt hatte und die er um nichts in der Welt wieder hergeben würde.

SECHZEHNTES KAPITEL

Lu

»Du machst Witze.«

Rowena starrte Conrad ungläubig an. Lu, die ihr gegenüber saß, musste sich sehr zusammenreißen, um nicht vor Nervosität mit den Füßen zu zappeln. Sie waren in dem düsteren, altmodischen Büro, in das Lu an ihrem ersten Abend einen kurzen Blick erhascht hatte, und ihre Großtante saß hinter einem wuchtigen Schreibtisch aus Eichenholz, der aussah, als wäre er aus einem einzigen, gewaltigen Baum gefertigt worden. Lu versuchte, sich abzulenken, indem sie die verschiedenen Landkarten der Wildlands studierte, die hinter Rowena an der Wand hingen, doch die scharfe Stimme ihrer Tante ließ sich nicht ausblenden.

»Es stimmt«, sagte ihr Onkel. »Ich habe den Phönix mit eigenen Augen gesehen. Er hat Zac das Leben gerettet.«

»Warum um alles in der Welt sollte er den Jungen retten? Die Zwillinge sind gerade erst zwei Tage hier.«

»Vielleicht spürt er die Verbindung zu Josie«, sagte Conrad unsicher. »Vielleicht gibt es auch einen anderen Grund. Vielleicht hat er gesehen, wie sie in die Wildlands gekommen sind, und ist einfach neugierig geworden.«

Rowena schüttelte den Kopf. »Dieser verdammte Vogel hat nichts mit ihnen zu tun. *Wir* kümmern uns seit Jahren um die Wildlands. Das ist einfach unlogisch.« Sie wandte sich den Zwillingen zu. »Was genau ist passiert?«

Zac presste eingeschüchtert die Lippen zusammen und senkte den Blick. Lu straffte die Schultern. Obwohl sie nicht einmal sicher war, ob seine Visionen echt waren, sagte ihr irgendetwas, dass sie besser nichts davon erzählten. Zumindest nicht jetzt. »Eine Horde Meerjungfrauen haben versucht, meinen Bruder zu ertränken, und der Phönix hat ihn gerettet«, erwiderte sie spitz. »Sonst ist nichts vorgefallen.«

Rowena trommelte mit den Fingern auf den Tisch. »Ich hätte euch nie dort hinlassen sollen«, sagte sie schließlich. »Ihr seid jetzt schon zwei Mal in Lebensgefahr geraten. Ihr seid gar nicht darauf vorbereitet, euch zu schützen.«

»Dann lernen wir es eben«, erwiderte Lu. »Conrad kann es uns zeigen.«

»Conrad hat genug zu tun«, gab Rowena zurück. »Außerdem habe ich meine Entscheidung bereits am allerersten Tag getroffen. Ihr könnt im Haus bleiben oder bei Merle im Laden – das sind für den Sommer eure Optionen.«

»Aber … das ist nicht fair!«, rief Lu. Zac protestierte ebenfalls, wenn auch mit merklich weniger Energie. »Du hast gesagt, wir dürfen mitkommen, wenn wir euch mit den Tieren helfen …«

»Zac kann nicht helfen«, unterbrach Rowena sie. »Und du hast deine Aufgaben nicht erledigt.«

»Dann gib mir eine Taschenlampe, und ich gehe zurück«, sagte Lu stur. »Ich kann den ganzen Stall ausmisten, wenn du willst. Du *musst* uns zurück lassen – wir gehören auch zu dieser Familie!«

Rowena hatte den Mund bereits geöffnet, doch als Lu das Wort »Familie« erwähnte, klappte sie ihn wieder zu, als wären ihr plötzlich die Argumente ausgegangen. Sie machte ein gereiztes Gesicht und sah Conrad an. »Du willst nichts dazu sagen, nehme ich an?«

»Ich finde, sie hat recht«, sagte Conrad und zuckte die Schultern. »Beide tragen das Zeichen.«

Lu verstand zwar nicht, was das damit zu tun hatte, doch Rowena fluchte leise und lehnte sich in ihrem Stuhl zurück. »Na schön. Du wirst den Stall ausmisten, solange ihr hier seid. Und da dein Bruder nicht helfen kann, übernimmst du auch seine Arbeit. Ist es das, was du willst?«

»Ja«, sagte Lu herausfordernd. »Genau das will ich.«

»Und«, fuhr Rowena fort, »du schrubbst einmal in der Woche die Aufzuchtstation.«

Lu verzog keine Miene. »Alles klar.«

»Und …« Diesmal richtete Rowena ihren durchdringenden Blick auf Zac. »… ihr vermeidet jeglichen Kontakt mit dem Phönix.«

»Wieso das denn?«, stöhnte Zac und ließ den Kopf nach hinten sinken. »Er war nicht derjenige, der uns umbringen wollte.«

»Er hat uns das Leben gerettet«, fügte Lu hinzu und sah ihre Großtante düster an. »Sogar zwei Mal. Dass du den Phönix nicht leiden kannst, heißt doch noch lange nicht, dass wir …«

»Meine Entscheidung hat rein gar nichts mit meinen Gefühlen zu tun. Es geht ausschließlich um die Gefahr, in die ihr euch begebt, wenn ihr in seiner Nähe seid«, fauchte Rowena. »Ihr seid gerade mal seit zweiundsiebzig Stunden hier und bildet euch schon ein, ihr wüsstet es besser als alle, die über Generationen hinweg das Wissen über die Wildlands geerbt haben – Wissen, das ihr nicht habt, weil eure Mutter es vorgezogen hat, wegzulaufen, anstatt bei ihrer Familie zu bleiben!«

Rowena hätte ihnen ebenso gut eine Ohrfeige geben können. Lu starrte sie sprachlos an, während sich ein kaltes Gefühl in ihrem Magen ausbreitete. »Du glaubst, dass Mum weggelaufen ist?«

»Natürlich ist sie das«, erwiderte Rowena bitter. »Und es war ein entsetzlicher Fehler, das hätten wir ihr alle sagen können.«

»Rowena«, mahnte Conrad sanft, doch er kam zu spät. Lu hatte auch das gehört, was sie nicht gesagt hatte.

Ihre Mutter war davongelaufen, um ihren Vater zu heiraten, und wenn das ein Fehler gewesen war, dann mussten auch Zac und Lu Fehler sein. Sie schluckte mühsam, stand unvermittelt auf und schob geräuschvoll ihren Stuhl zurück. »Wenn ich hier leben und mir jeden Tag anhören müsste, wie du alle rumkommandierst, würde ich auch weglaufen«, sagte sie. »Mum hat nur einen einzigen Fehler gemacht – dass sie Dad von ihrer Familie erzählt hat. Wenn sie das nicht getan hätte, wären wir jetzt nicht hier! Komm, Zac«, murmelte sie und half ihm auf, und unter den eisigen Blicken ihrer Großtante zog sie ihren Bruder aus dem Büro und zur Treppe.

»Glaubst du, dass sie uns wirklich davon abhalten kann, den Phönix wiederzusehen?«, fragte Zac leise, als sie außer Hörweite waren. Lu schüttelte den Kopf.

»Wie denn? Der Phönix mag sie offensichtlich nicht. Aber dich mag er, und wenn er dich sehen will, kann sie nichts dagegen machen«, sagte sie. »Oder glaubt sie, sie könnte den Phönix anschreien und mit ihrem Schild herumfuchteln?«

»Na ja, damit würde sie ihn wahrscheinlich wirklich vertreiben«, murmelte Zac.

»Im Augenblick kann sie kaum laufen«, entgegnete Lu. »Die Verletzung braucht noch Tage, bis sie geheilt ist – vielleicht sogar Wochen. Du wirst jede Menge Zeit haben, den Phönix wiederzusehen, wenn du das willst.«

Gemeinsam stiegen sie die Treppe hoch, und als sie in ihrem Zimmer waren, wartete Lu, bis Zac gemütlich in seinem Bett lag, mit seinem Skizzenbuch und seiner Medizin, bevor sie duschen ging. Nach der Anspannung des Tages schmerzten ihre Muskeln, und sie wollte nur noch schlafen.

Zac dagegen zeichnete wie wild in sein Skizzenbuch, als sie mit nassen Haaren und geputzten Zähnen wieder ins Zimmer kam mit mehr Energie, als man einem beinahe Ertrunkenen hätte zutrauen können.

»Du solltest jetzt schlafen«, sagte sie und stieg in ihr Bett. Irgendjemand hatte das Bettzeug gelüftet und die Kissen aufgeschüttelt, und sie vergrub das Gesicht darin und atmete tief ein.

»Geht nicht«, murmelte Zac und zeichnete eifrig weiter. »Ich muss es zeichnen, bevor ich es vergesse.«

»Was?«, fragte Lu und sah ihn forschend an. »Den Phönix? Den wirst du schon wiedersehen.«

»Nicht den Phönix«, sagte Zac abwesend, während sein Bleistift über das Papier flog. »Die Bilder. Die Erinnerungen.«

Neugierig stand Lu wieder auf und tappte zu ihm hinüber. »Du zeichnest Mum?«, fragte sie, unsicher, ob sie erfreut oder besorgt sein sollte.

»Ja. Niemand hier zeigt uns alte Fotos«, sagte Zac. »Ich will, dass du sehen kannst, wie sie früher aussah.«

Lu betrachtete das Skizzenbuch. Vor ihr, in einer Detailgenauigkeit, die sie Zac gar nicht zugetraut hätte, war die Zeichnung eines Mädchens mit einem langen Zopf, der ihr über den Rücken fiel. Sie war sicher zwanzig Jahre jünger als das letzte Mal, dass Lu sie gesehen hatte, doch ihr Lächeln, ihr Kinn, ihre Augen waren unverkennbar – es war zweifellos ihre Mutter.

»Wie viele hast du?«, fragte sie leise und verschränkte die

Hände, um den Drang zu unterdrücken, die feinen Bleistiftlinien nachzufahren. Zac blätterte mehrere Seiten zurück und zeigte ihr seine Skizzen.

Wieder und wieder hatte er ihre Mutter gezeichnet. Meistens war sie im gleichen Alter wie auf dem ersten Bild, auf einigen etwas jünger. Und auf einem – dem vorletzten, das er gezeichnet hatte – war sie erst fünf oder sechs Jahre alt und stand neben einem grob skizzierten Einhornfohlen.

»Bist du sicher, dass du sie gesehen hast?«, fragte Lu heiser. Sie räusperte sich. »Vielleicht war es einfach … dein Leben, das vor deinen Augen vorbeigezogen ist, oder so? Immerhin wärst du heute fast gestorben.«

»Ich bin ganz sicher«, sagte Zac und schattierte die Zeichnung, an der er gerade arbeitete. »Außerdem habe ich das alles erst hinterher gesehen, als ich den Phönix gestreichelt habe.«

Lu biss sich auf die Lippen. Vielleicht stimmte es ja wirklich. Sie sah schließlich auch jede Nacht im Traum den unheimlichen Trophäenraum, und es war zumindest nicht undenkbar, dass diese Albträume vom Phönix kamen. Wenn es wirklich so war, wünschte sie sich verzweifelt einen guten Traum. Oder wenigstens einen neuen. Denn egal, wie oft sie an der Tür zum Westflügel vorbeiging, immer war die Kette verschlossen.

»Es tut mir leid, dass du den Stall ganz allein ausmisten musst«, sagte Zac plötzlich, den Bleistift in der Schwebe. »Wenn ich eine Atemmaske aufsetze, geht es vielleicht …«

»Ach was!« Lu riss sich von der Zeichnung los und ging zu ihrem Bett zurück. »Ich kann es. Du kannst es nicht. Es ist schon in Ordnung.«

»Aber ich will dir helfen«, sagte er stirnrunzelnd. »Es muss doch irgendetwas geben, was ich tun kann.«

»Wenn es etwas gibt, werden wir es schon herausfinden«, sagte sie gähnend. »Und wenn nicht, kannst du den ganzen Tag zeichnen. Es stört mich nicht. Ich will einfach da sein, und ich will nicht, dass dir etwas passiert, das ist alles. Okay?«

Zac holte tief Luft und atmete langsam aus. »Okay«, stimmte er schließlich zu. Nach einer kurzen Pause murmelte er: »Ich will aber auch nicht, dass dir etwas passiert.«

»Was meinst du?«, fragte sie, während sie es sich in ihrem Bett bequem machte.

»Du hättest heute nicht für mich ins Wasser springen sollen«, sagte er leise. »Ich meine – danke, aber ... du hättest dabei sterben können.«

»Du auch«, erwiderte sie. »Und du bist mein Bruder. Selbst wenn du mir meistens auf die Nerven gehst – ich werde immer für dich ins Wasser springen.« Und damit drehte sie sich zur Wand, um endlich zu schlafen.

SIEBZEHNTES KAPITEL

Zac

Am nächsten Morgen beim Frühstück konnte Zac Rowenas strenge Blicke regelrecht spüren, eine stille Mahnung, ihre Anweisungen zu befolgen. Er blickte stur auf seinen Teller voll Rührei und Obst und schlang sein Frühstück hinunter. Wenn er etwas gefragt wurde, murmelte er eine einsilbige Antwort, doch seine Gedanken kreisten um den Phönix.

Zac wusste nicht, warum er sich zu diesem sonderbaren Geschöpf hingezogen fühlte – oder warum der Phönix sich zu ihm hingezogen fühlte –, und eigentlich war es ihm auch egal. Wichtig war nur, dass er ihn wiedersah und sich vergewissern konnte, dass er die Erlebnisse vom Vortag nicht geträumt hatte. Als Conrad und die anderen endlich abmarschbereit waren, hängte Zac sich an sie dran, bevor Rowena vorschlagen konnte, dass er den Tag bei Tante Merle im Laden verbrachte.

Während Lu sich im Stall an die Arbeit machte, blieb Zac draußen auf der Weide und beobachtete Penelope, die sich um die Einhörner kümmerte. Sie sprach mit sanfter Stimme zu ihnen und fütterte sie mit Äpfeln und Möhren. Als sie Zac bemerkte, winkte sie ihn zu sich herüber.

»Dad hat gesagt, dass du nicht im Stall arbeiten kannst«, sagte sie. »Möchtest du mir helfen?«

»Ich …« Zac zögerte. Er wollte den Phönix wiedersehen, aber Penelope würde es bemerken, wenn er sich davonschlich. »Ja, gerne. Was macht ihr eigentlich mit ihnen?«

»Die meisten hier erholen sich von Verletzungen«, erklärte sie, während sie über die Nase einer rötlich grauen Stute strich. »Außerdem sind einige dabei, die von ihrer Herde ausgestoßen wurden. Ich versuche, sie zu zähmen.«

»Sind sie denn noch nicht zahm?« Ein Apfelschimmel mit silbernem Horn stupste die Nase gegen seine Schulter, und Zac streichelte ihn.

»Nein, ganz und gar nicht«, erwiderte Penelope hörbar belustigt, aber zu höflich, um zu lachen. »Die meisten Pferdearten sind gezüchtet worden, um Reiter zu tragen. Einhörner aber nicht. Hier, das kannst du ihm geben. Halt die Hand ganz flach, sonst knabbert er deine Finger an.«

Sie gab Zac eine Möhre, und er bot sie dem Einhorn an wie geheißen. Das Einhorn wieherte dankbar, und Zac grinste.

»Ist es nicht komisch, dass ich gegen Pferde allergisch bin, aber bei Einhörnern nicht mal niesen muss?«, fragte er, als das Einhorn um eine weitere Möhre bettelte.

»Finde ich nicht«, erwiderte Penelope schulterzuckend. »Es sind verschiedene Spezies, auch wenn sie möglicherweise dieselben Vorfahren haben. Möchtest du mal reiten?«

Zac blinzelte verblüfft. »Äh … wie bitte?«

»Reiten«, wiederholte sie mit einem spöttischen Lächeln. »Auf dem Einhorn. Mit mir.«

»Aber … ich bin noch nie auf einem Einhorn geritten. Auch nicht auf einem Pferd«, fügte er schnell hinzu. »Ich falle bestimmt runter.«

Wieder zuckte sie die Schultern. »Vielleicht. Aber dann kannst du immerhin sagen, dass du schon mal auf einem Einhorn geritten bist. Außerdem ist Hermes an den Sattel gewöhnt. Und Athene auch.« Sie tätschelte die rotgraue Stute. »Wir reiten ganz langsam, versprochen.«

Zac fiel kein guter Grund ein, abzulehnen. Nervös sah er zu, wie Penelope die Einhörner sattelte und Hermes zu einem großen Holzblock führte.

»Ich bringe ihnen bei, sich hinzuknien, damit man besser aufsteigen kann, aber Hermes ist leider noch nicht so weit«, sagte Penelope entschuldigend. »Am Ende des Sommers hat er es bestimmt gelernt.«

Zac kletterte unbeholfen auf Hermes' Rücken und klammerte sich an das Sattelhorn. Beeindruckt sah er zu, wie Penelope mühelos auf den Rücken der Rotgrauen stieg. »Das machst du also den ganzen Tag? Du reitest auf Einhörnern?«, sagte er, während Hermes unter ihm unruhig auf der Stelle zu tänzeln begann und ihn dabei so durchrüttelte, dass er das Gefühl hatte, sein Magen würde gegen seinen Brustkorb geschleudert. Er war überzeugt, dass er bei der ersten plötzlichen Bewegung im Matsch landen würde. Wie konnte irgendjemand hier oben das Gleichgewicht halten?

»So ungefähr«, erwiderte Penelope grinsend. »Ich behalte die verschiedenen Herden im Auge und suche nach kranken oder verletzten Tieren. Ich schaue bei den Zentauren vorbei, ob sie etwas brauchen, und sehe nach den Meerjungfrauen, den Elfen und den Satyrn – na ja, das Übliche eben.«

»Klar, das Übliche«, wiederholte Zac, ohne die Miene zu verziehen. »Völlig normal. Gehst du auch zur Schule?«

»Natürlich« sagte sie. Sie drückte Athene sanft die Fersen in die Seiten, und die Stute trabte los. Obwohl Zac nichts weiter tat, folgte Hermes ihr. »Unsere Schule ist in einem Ort ein paar Kilometer von hier. Sie ist natürlich viel kleiner als unsere Schule in London, aber mir gefällt sie. Oliver allerdings nicht«, fügte sie hinzu. »Er will zu unserer Mum zurückziehen. Aber …« Sie verstummte.

»Aber was?«, fragte Zac, weitgehend darauf konzentriert, nicht aus dem Sattel zu fallen.

»Du weißt schon.« Sie wich seinem Blick aus. »Dieses Familiending. Wir können Rowena, Tante Merle und Dad ja nicht einfach im Stich lassen. Irgendjemand muss sich um die Tiere kümmern, wenn sie mal nicht mehr da sind.«

Zac hatte noch nie jemanden so selbstverständlich über den Tod sprechen gehört, als wäre er unausweichlich. Natürlich wusste er, dass er das war – die letzten Wochen hatten ihm nur zu deutlich vor Augen geführt, dass er jederzeit jeden treffen konnte, selbst den Menschen, den er am meisten auf der Welt liebte. Bevor er seine Mutter leblos in der Küche gefunden hatte, hatte er nie darüber nachgedacht. Jetzt dagegen konnten ihn nur die Wildlands von den bedrückenden Gedanken daran abhalten.

»Was passiert, wenn keiner aus der Familie mehr übrig ist?«, fragte Zac plötzlich. »Gibt es die Wildlands dann trotzdem noch?«

Penelope nickte. »Der Phönix hält die Wildlands zusammen, nicht wir. Wir sind nur die Wildhüter.«

Zac lief ein Schauer über den Rücken. »Und was passiert, wenn der Phönix stirbt?«, fragte er.

»Das ist ziemlich unwahrscheinlich. Phönixe sind unsterblich. Na ja – dieser zumindest, glaube ich«, korrigierte sie sich. »Wenn sein Körper zu alt oder zu schwach wird, geht er in Flammen auf und ersteht neu aus der Asche.«

Zac runzelte die Stirn. »Aber wenn Phönixe unsterblich sind, warum ist er dann der Letzte seiner Art?«

Penelopes Gesicht verzog sich schmerzlich, und sie ließ Athene schneller traben. Zu Zacs Schrecken wurde auch Hermes schneller, und diesmal hatte er das Gefühl, als würden ihm alle Zähne aus dem Kiefer gerüttelt.

»Er kann nicht an Krankheiten oder Verletzungen sterben wie andere Tiere«, sagte Penelope. »Aber es gibt … andere Wege. Schreckliche, grausame Wege. Gott sei Dank sind die Einzelheiten im Laufe der Zeit verloren gegangen.«

Zac schwieg eine ganze Weile, während die Einhörner über den weichen Waldboden trabten. »Aber solange der Phönix da ist, sind die Wildlands in Sicherheit, oder?«, fragte er schließlich.

»Klar, die Wildlands sind in Sicherheit.« Sie lächelte ihm zu. »Oliver mag sie vielleicht nicht, aber ich schon. Und ich glaube, dir und Lu könnten sie auch gefallen, wenn ihr euch eingewöhnt habt.«

»Wir sind schon dabei«, versicherte Zac. »Wenn ich die Wahl hätte …«

Doch bevor er den Satz beenden konnte, wieherte Hermes laut auf und preschte ohne Vorwarnung drauflos. Zac stieß einen Schrei aus, klammerte sich am Sattel fest und drückte die Beine eng an den Körper des Einhorns, um nicht den Halt zu verlieren.

»Hermes – nein!«, schrie Penelope ihm nach, aber ihre Stimme schien bereits aus weiter Ferne zu kommen. Zac riskierte einen Blick über die Schulter. Er konnte sie und Athene durch die Bäume traben sehen, doch Hermes war schneller, er galoppierte mit einer Wahnsinnsgeschwindigkeit zwischen dicken Baumstämmen und tief hängenden Zweigen hindurch. Während Zac sich an die Zügel krallte, hämmerte sein Herz, und seine Handflächen wurden feucht. Er zog den Kopf ein und beschwor das Einhorn im Stillen, anzuhalten, doch Hermes rannte einfach weiter, schneller und schneller, bis der Wald vor Zacs Augen verschwamm. Er kniff die Augen zu und schlang die Arme um Hermes' Hals. Es würde alles gut gehen. Es *musste* gut gehen. Hermes konnte ja nicht ewig so weiterrennen.

Minuten vergingen, die Zac wie Stunden vorkamen. Endlich kam das Einhorn unvermittelt zum Stehen und senkte den Kopf, sodass Zac sich aufsetzen musste, um nicht vornüberzukippen. Blinzelnd schaute er sich um. Seine Haare waren zerzaust, und sein Puls raste. Wo war er?

»Wir müssen wieder zurück«, sagte er eindringlich zu Hermes. »Ich habe keine Ahnung, wo wir sind.« Hermes begann unbeeindruckt neben einem großen, knorrigen Baum zu grasen.

Nein, es war nicht irgendein knorriger Baum – es war *der* knorrige Baum, wurde Zac klar, und seine Sorge verflog.

Es war der knorrige Baum, den er in dem Traum von seiner Mutter gesehen hatte, da war er ganz sicher. Aber warum hatte das Einhorn ihn hierhergebracht? War das Zufall?

In diesem Moment hörte er das Rascheln von Federn, und er reckte den Hals und spähte zu dem dichten Blätterdach empor, durch das vereinzelte Sonnenstrahlen fielen. Dort, mehrere Meter über ihm, saß der Phönix.

»Du!«, sagte Zac verblüfft. »Was machst du denn hier?«

Hermes begann zu tänzeln und Zac hin und her zu schaukeln. Er bewegte sich jedoch nicht von der Stelle, und Zac brauchte eine Weile, bis er begriff, dass er ihn zum Absitzen bewegen wollte. Etwas ängstlich drehte er sich um und versuchte, halbwegs elegant abzusteigen. Dabei verfing sich sein Fuß im Steigbügel, und er landete unsanft auf dem Hintern, während sich der Inhalt seines Rucksacks auf den Boden ergoss.

Zac rappelte sich auf. Sein Rucksack musste schon die ganze Zeit offen gewesen sein. Panisch durchsuchte er die verstreuten Gegenstände. Seine Graphic Novel – wo war sie?

Endlich fand er sie, sicher zwischen zwei Zeichenblöcke geklemmt. Erleichtert drückte er sie an die Brust. Ein paar Bleistifte fehlten, und er konnte sein Asthmaspray nicht finden, aber diese Dinge ließen sich ersetzen. »Hast du Hermes gebeten, mich hierherzubringen?«, fragte er den Phönix. »Hast du irgendeinen Trick? Ich muss nämlich dringend zurück.«

Das Einhorn wieherte, trottete davon und ließ Zac mit seinen Zeichnungen am Boden sitzen. »Warte!«, rief er und sprang auf, doch Hermes galoppierte los, dass die Erde nur so unter seinen Hufen stob, und verschwand im Dickicht.

Seufzend setzte Zac sich wieder unter den Baum und lehnte sich an den Stamm. Immerhin hatte er Wasser und ein belegtes Brötchen dabei. »Du hättest mir auch einfach sagen können, dass wir uns irgendwo treffen sollen«, sagte er. »Nächstes Mal schick mir einfach einen Traum. Ich weiß, dass du das kannst.«

Der Phönix trillerte, es war ein eigenartiger, melodischer Ton. Er schlug mit den Flügeln und landete neben Zac im Gras. Vorsichtig streckte Zac die Hand aus, wie er es am See getan hatte, und der Phönix schmiegte ohne zu zögern seinen Kopf hinein.

Augenblicklich sah Zac seine Mutter vor sich, und seine

Kehle wurde eng. Diesmal war sie etwa zwölf, so alt wie er selbst. Sie lief an dem Fluss entlang, der den Wald vom Grasland trennte, und der Phönix flog über ihr und ließ sich mit ausgebreiteten Schwingen vom Wind tragen.

»Ich vermisse sie«, sagte Zac leise. Er streichelte die glänzenden Federn und versuchte, sich nicht albern zu fühlen, weil er mit einem Vogel über seine Mutter redete. Der Phönix trillerte wieder, und die Erinnerung wurde von einer neuen abgelöst. Diese spielte nicht in den Wildlands. Sie spielte zu Hause in Chicago.

Er hörte ein Klopfen und sah sein Zimmer vor sich. Obwohl er nicht das Gefühl hatte, wirklich dort zu sein, rief er unwillkürlich »Herein«.

Seine Mutter kam ins Zimmer, einen Teller in der Hand. »Ich bringe dir dein Mittagessen«, sagte sie mit ihrer warmen Stimme. »Wie geht es mit dem Titelbild voran?«

Zac musterte das Blatt. Zu diesem Zeitpunkt hatten sie die Geschichte gerade erst begonnen, wurde ihm klar. Es musste etwa ein Jahr her sein. »Ich bekomme den Drachen nicht richtig hin.«

»Ich finde, er sieht gut aus«, sagte sie, setzte sich auf die Bettkante und sah ihm über die Schulter. »Der Schwanz ist vielleicht ein bisschen kurz, aber die Flügel sind dir perfekt gelungen.«

Zac schnappte sich den Radiergummi und radierte den Schwanz weg. »Woher weißt du überhaupt, wie ein Drache aussieht?«

Er wusste, dass er damals nichts bemerkt hatte, doch jetzt, zu einem Zeitpunkt, an dem er nichts mehr ändern konnte, sah er eine sonderbare Regung über ihr Gesicht huschen. »Jeder weiß doch, wie ein Drache aussieht«, sagte sie mit belustigter Stimme, aber Zac meinte, auch einen Anflug von Wehmut zu hören. »Du bist schon ganz nah dran, mein Schatz. Ganz nah.«

Sie küsste ihn auf den Scheitel, dann schwand die Erinnerung, und eine andere nahm ihren Platz ein. Er, seine Mutter, Lu und ihr Vater saßen beim Abendessen und lachten über einen Witz, an den er sich nicht mehr erinnern konnte.

Dann kam noch eine Erinnerung – seine Mutter saß bei einem seiner Krankenhausaufenthalte an seinem Bett und erzählte ihm eine ihrer vielen Geschichten über die Wildlands.

Und noch eine – hier war Zac jünger, etwa sechs Jahre alt, und er weinte. Es war Lus erster Schultag, und er sah ihr nach, wie sie zum Schulbus rannte, ohne sich noch einmal zu ihm umzudrehen. Er spürte die Arme seiner Mutter um sich, und so elend ihm auch zumute war, er wusste, er würde es überstehen.

Eine letzte Erinnerung erschien in seinem Kopf, und sobald er die Socken sah, in denen er über den Flur tappte, zog sich sein Magen zusammen. Das wollte er nicht sehen. Er hatte sich so angestrengt, diese Erinnerung zu verdrängen, doch nun war er bereits mittendrin.

Das Haus war in tadellosem Zustand – das genaue Gegenteil der staubigen Flure und abblätternden Tapeten im Haus seiner Tanten. Seine Mutter hatte immer pingelig darauf geachtet, dass nichts ins Haus kam, was bei ihm einen allergischen Schock auslösen konnte. Und er hatte es gar nicht zu schätzen gewusst. Er hatte ihr nie dafür gedankt.

Er hätte am liebsten die Augen geschlossen, als er um die Ecke bog und auf die Küche zusteuerte, weil er wusste, was ihn dort erwartete, doch er konnte es nicht.

Ihre Füße kamen zuerst ins Bild, ihre violett lackierten Zehennägel. Dann ihre Jeans und der Saum ihres T-Shirts – und dann sah er sie ganz, wie sie am Boden lag, die Augen geschlossen, die Brust reglos.

»Bitte«, flehte er den Phönix an. »Ich will es nicht sehen.«

Der Phönix trillerte trauervoll. Das letzte Bild verschwand, und Zac fand sich am Fuß des knorrigen Baums wieder. Er hatte Tränen in den Augen und blinzelte fest, bis sie über seine Wangen rannen.

»Warum wolltest du das sehen?«, fragte er mit erstickter Stimme. »Konntest du nicht glauben, dass sie tot ist?«

Der Phönix ließ den Kopf hängen, und Zac überkam eine überwältigende Traurigkeit. Doch es war nicht seine eigene – es war die Traurigkeit des Phönix. Auch er hatte einen geliebten Menschen verloren. Vielleicht war es seine Art, zu trauern. Abschied zu nehmen. Zac wusste, dass er es selbst nicht geglaubt hätte, wenn er es nicht mit eigenen Augen gesehen hätte. Wie konnte sie tot sein? Sie war immer da gewesen. Es erschien ihm völlig unmöglich, dass sie im einen Moment noch da war und im nächsten für immer fort.

Er lehnte den Kopf an den Stamm. In ihm war alles dunkel und leer, und er weinte und weinte. Der Phönix wich nicht von seiner Seite. Er bettete den Kopf in Zacs Schoß, wie um ihn zu trösten. Doch nichts in der Welt konnte den Schmerz lindern. Sie würden beide damit leben müssen.

»Ich sehe gerne deine Erinnerungen an sie«, sagte er schließlich leise. »Irgendwie fühlt es sich dann so an, als wäre sie noch da.«

Der Phönix stupste mit dem Kopf gegen sein Knie, und Zac strich ihm wieder mit den Fingerspitzen über die Federn. Sonnenstrahlen fielen durch die Blätter auf umgestürzte Baumstämme und weiches Moos, und zum ersten Mal konnte er richtig wahrnehmen, wie schön es hier war. Kein Wunder, dass seine Mutter diesen Ort so geliebt hatte.

»Hast du das mit meiner Mum auch immer gemacht?«, fragte er. »Habt ihr zusammen unter dem Baum gesessen und euch unterhalten? Wie Freunde?«

Der Phönix hob den Kopf und richtete seine schwarzen Augen auf Zac. Ohne eine Erklärung spürte Zac, wie wichtig seine Mutter dem Phönix gewesen war. Sie war seine einzige Freundin, dachte er – die Einzige auf der Welt, die sich wirklich um ihn kümmerte.

»Ich kann dein Freund sein«, bot er an. »Wir können den ganzen Tag zusammen verbringen. Hauptsache, Rowena bekommt nichts mit.«

Der Phönix hob den Kopf und richtete keck seine Federkrone auf. Zac musste grinsen.

»Das werte ich als Ja. Du musst Hermes allerdings sagen, dass er nicht ganz so wild rasen darf …« Er verstummte und sah den Phönix forschend an. »Du weißt es, oder? Du weißt, was Rowena gestern Abend gesagt hat. Deshalb hast du mich von Hermes herbringen lassen.«

Der Phönix plusterte sein Gefieder und legte den Kopf schief, als wollte er weder zustimmen noch widersprechen. Zac grinste wieder.

»Darf ich dich zeichnen?«, fragte er. Er hatte vorsorglich seine besten Buntstifte mitgebracht. Als er sie hervorholte, watschelte der Phönix ein paar Schritte weiter, nicht annähernd so anmutig wie am Himmel. Zac fürchtete schon, er würde davonfliegen, doch der Phönix blieb stehen und ließ sich in der perfekten Pose nieder.

»Du bist ja ein Naturtalent!«, sagte Zac lachend, schnappte sich seinen Lieblingsstift und begann mit der Arbeit.

Die Stunden vergingen, während er den Phönix zeichnete und sich auf jedes Detail konzentrierte. Die Federn waren am schwersten, für sie brauchte er länger, als er gedacht hatte, aber es schien den Phönix nicht zu stören. Je weiter die Zeichnung Gestalt annahm, desto sicherer war Zac, dass es die beste war, die er je gemacht hatte.

Irgendwann am Nachmittag hob der Phönix lauschend den Kopf. Zac schaute sich um. »Kommt Hermes zurück?«, fragte er. »Es ist schon ganz schön spät.«

Das Einhorn kam nicht. Stattdessen hörte Zac entfernte Stimmen. Als sie näher kamen, verstand er, was sie riefen.

»Zac! Zac!«

Er erhob sich mit steifen Gliedern. »Ich bin hier drüben!«, rief er und winkte mit den Armen. »Penelope? Ich bin hier!«

Doch es war nicht seine Cousine, die durchs Unterholz brach. Es war seine Schwester. Ihr Gesicht war rot und tränenverschmiert.

»Zac!«, schrie Lu, stürzte auf ihn zu und umarmte ihn so fest, dass er kaum noch Luft bekam. »Penelope hat gesagt … dass das Einhorn einfach weggerannt ist … und wir … konnten dich nicht finden … Wir haben dich gesucht … dein Asthmaspray lag auf dem Boden … und der Mantikor … Ich dachte … Ich dachte …«

Sie brach in Tränen aus und ließ ihn noch immer nicht los. Zac erwiderte ihre Umarmung verlegen. »Mir geht's gut«, versicherte er. »Ich glaube, der Phönix hat Hermes gesagt, dass er mich herbringen soll.«

»Der Phönix?«, wiederholte sie schniefend und hob den Kopf. »Wo?«

»Da –« Zac drehte sich um, aber der Phönix war fort. Er runzelte die Stirn. »Aber du bist es doch nur. Warum sollte er sich vor dir verstecken?«

Die Frage wurde einen Augenblick später beantwortet, als Oliver zwischen den Bäumen auftauchte. »Na endlich«, schnaufte er. »Los, kommt, der Rückweg ist weit, und ich habe heute noch eine Menge zu tun.«

»Gut zu wissen, dass du dir Sorgen gemacht hast«, sagte Zac und zog die Augenbrauen hoch. Lu ließ ihn los und klappte schnell sein Skizzenbuch zu, bevor Oliver einen Blick darauf werfen konnte.

»Ich mache mir höchstens Sorgen, dass ich das Abendessen verpasse«, brummte Oliver. »Na los, kommt jetzt, bevor der Mantikor euch frisst.«

Während ihr Cousin mürrisch losstapfte, drückte Lu Zac noch einmal an sich. »Ist wirklich alles in Ordnung?«, fragte sie, noch immer mit Tränen in den Augen. Zac nickte und musterte sie unsicher. Sie sah so aus, wie er sich immer fühlte, wenn er sich um ihren Vater sorgte.

»Wirklich«, versicherte er. »Ich habe die ganze Zeit gezeichnet.«

»Du hättest sterben können ohne dein Asthmaspray«, sagte Lu. »Oder der Mantikor hätte dich finden können …«

»Und wennschon«, erwiderte Zac. »Dann hätte der Phönix mich beschützt.«

Lu gab keine Antwort. Sobald er seinen Rucksack geschultert hatte, hakte sie ihn unter und stützte ihn auf dem unebenen Boden. Er war sich ganz sicher, dass er keinen Augenblick in Gefahr gewesen war, aber das hatte Lu natürlich nicht wissen können. Kein Wunder, dass sie sich Sorgen gemacht hatte.

»Es tut mir leid«, sagte er beschämt. »Aber ich wusste wirklich nicht, wie ich zurückkommen sollte.«

»Ich weiß«, murmelte sie, den Blick zu Boden gerichtet. Dann fügte sie hinzu: »Vielleicht haben die anderen recht. Vielleicht solltest du lieber keine Zeit mit dem Phönix verbringen. Er ist nur ein Tier. Er weiß nicht, dass du dein Asthmaspray brauchst oder dass du keine weiten Strecken laufen kannst. Und wenn er ... weiter solche Tricks anwendet, nur damit er dich sehen kann –«

»Er ist einsam«, unterbrach Zac sie. »Er braucht einen Freund.«

»Das mag ja sein, aber du hättest bei dieser Aktion draufgehen können«, gab Lu barsch zurück. »Ich will nur sagen, wenn du ihn wiedersehen willst, dann erklär ihm, dass du in der Nähe bleiben musst. Andernfalls müsste ich Rowena recht geben, und das wäre wirklich unerträglich.«

»Ich bin ziemlich sicher, dass die Welt dann explodieren würde«, witzelte Zac, und Lu rang sich ein Lächeln ab. Gleichzeitig spürte er den Blick des Phönix auf sich, der gut versteckt in den höchsten Wipfeln des Baumes saß, und er wusste, ganz gleich, was Lu sagte, ihre Freundschaft hatte gerade erst begonnen.

ACHTZEHNTES KAPITEL

Lu

Nachdem sie den ganzen Vormittag und den Großteil des Nachmittags in panischer Sorge um ihren Bruder verbracht hatte, war Lu einfach nur erschöpft.

Seit ihrer Ankunft in England stand sie ständig unter Strom, immer in Alarmbereitschaft für den nächsten Notfall, bei dem sie Zac beim Atmen helfen, ihn vor Meerjungfrauen retten oder ihn in einem riesigen Wald suchen musste, in dem wilde Drachen und ein blutrünstiger Mantikor frei herumliefen. Es war schrecklich anstrengend, und sie hatte keine Ahnung, wie ihre Mutter es geschafft hatte. Wie hatte sie den ganzen Tag – jeden Tag – über Zac wachen können, ohne sich zu Tode zu sorgen?

Kaum hatte Lu den Gedanken zu Ende gedacht, wurde ihr kalt. Ihre Mutter war an einem Aneurysma gestorben, hatten die Ärzte gesagt. Es war nicht wegen Zac gewesen. Nicht wegen der vielen Sorgen. Lu hatte nicht gewusst, was ein Aneurysma war – sie hatte das Wort nie zuvor gehört. Der Gedanke, dass etwas, das sie nicht einmal kannte, ihr die eigene Mutter wegnehmen konnte, war einfach –

»Möchtest du sehen, was ich gezeichnet habe?«, riss Zac sie aus ihren Gedanken.

Er saß auf seinem Bett. Die Zeit fürs Abendessen war bereits vorüber. Rowena war purpurrot angelaufen vor Zorn, als sie erfahren hatte, was passiert war. Diesmal hatte ihre Großtante Zac keinen Vorwurf machen können – schließlich war es das Einhorn gewesen, das mit ihm in den Wald gerannt war und ihn dort zurückgelassen hatte. Doch Penelope hatte ein paar deftige Worte zu hören bekommen, und Zac und Lu waren mit ihrem Abendessen auf einem Tablett auf ihr Zimmer geschickt worden, mit der strengen Anordnung, die Erwachsenen nicht zu stören.

»Ja, zeig mal«, sagte Lu müde, und Zac hielt ihr sein Skizzenbuch hin. Er hatte mehrere Zeichnungen des Phönix in unterschiedlichen Posen angefertigt, einige davon in Farbe.

»Die hier gefällt mir am besten«, erklärte er und zeigte auf die einzige fertiggestellte Zeichnung. Der Phönix blickte kokett über seinen Flügel hinweg, und sein prachtvolles blauorangefarbenes Gefieder kam bestens zur Geltung.

»Kaum zu glauben, dass er für dich Modell gestanden hat«, sagte Lu kopfschüttelnd. »Hast du sonst noch etwas gesehen? Irgendwelche ... Visionen?«

Zac zögerte und legte das Skizzenbuch in den Schoß. »Nichts Wichtiges«, murmelte er.

»Bist du sicher?«, bohrte Lu nach, und er nickte. Lu glaubte ihm zwar nicht – sie war sicher, dass er etwas verschwieg –, doch bevor sie weiter nachhaken konnte, knarrte vor ihrer Tür ein Dielenbrett.

»Wag es nicht!«, ertönte ein drohendes Flüstern, das von Lus Zimmerseite kaum zu verstehen war. Kurz darauf war ein dumpfes Poltern zu hören, als würde etwas gegen die Wand stoßen. Lu erhob sich stirnrunzelnd und schlich zur Tür.

»Lass mich los!«, flüsterte eine andere Stimme – Penelope. »Sie haben ein Recht darauf, es zu erfahren.«

»Rowena hat es verboten«, zischte Oliver. »Wenn du es ihnen sagst …«

»Sie gehören zur Familie«, sagte Penelope. »Würdest du es nicht wissen wollen?«

»Ich weiß es, und es hat mein Leben nicht gerade besser gemacht«, entgegnete Oliver. »Du wirst ihnen nur die Ferien verderben.«

»Und du meinst, es zu verheimlichen würde irgendetwas ändern? Meinetwegen halt dich raus, aber ich sage es ihnen.«

Lu hörte ein weiteres Poltern, dann klopfte es plötzlich wenige Zentimeter vor ihrem Ohr an die Tür. Hastig flitzte sie ins Bett zurück, gerade noch rechtzeitig, bevor Penelope den Kopf zur Tür hereinstreckte.

»Habt ihr einen Augenblick Zeit?«, fragte sie, deutlich bedrückter als sonst.

»Äh … ja, klar«, sagte Lu und reckte sich, als würde sie sich gerade erst aufsetzen. Sie sah, dass Zac am anderen Ende des Zimmers die Augen verdrehte. »Was ist los?«

Penelope schlüpfte durch die Tür und machte sie hinter sich zu. »Die Erwachsenen reden unten über euch«, sagte sie. »Ich glaube, sie haben Angst. Davor, was Zac hätte passieren können.«

»Ich war die ganze Zeit in Sicherheit«, sagte Zac und hielt kurz mit dem Zeichnen inne. »Der Phönix –«

»War die ganze Zeit bei dir. Ich weiß«, sagte Penelope. »Deshalb haben ja alle solche Angst.«

Lu runzelte die Stirn. »Aber warum denn? Er hat Zac das Leben gerettet.«

»Schon, aber …« Penelope biss sich auf die Lippe, und Lu klopfte einladend auf ihr Bett. Zögernd ließ Penelope sich auf der Matratze nieder wie ein Vogel, der jeden Moment wieder auffliegen kann. »Der Phönix ist gefährlich.«

»Das sagen alle, aber keiner hat sich die Mühe gemacht, es uns zu erklären«, antwortete Zac gereizt. »Er hat die Wildlands erschaffen, er hat Zauberkräfte, na und? Was ist daran so schlimm?«

Penelope senkte den Blick auf ihre Hand und zeichnete mit der Fingerspitze das helle W nach. »Macht euch das Zeichen keine Angst?«

»Angst?«, wiederholte Lu und musterte sie erstaunt. »Na ja – es wird nicht ganz leicht werden, es Dad zu erklären. Aber es ist nur ein Zeichen.«

Penelope schüttelte den Kopf. »Es ist mehr als ein Zeichen.

Es ist ein Brandzeichen – das Brandzeichen des Phönix. Es ist eine Strafe.«

»Eine Strafe?«, fragte Lu. »Wofür? Wir haben doch gar nichts getan.«

»Wir nicht, aber …« Penelope presste die Hände zusammen und verschränkte die Finger, sodass das geschwungene W nicht mehr zu sehen war. »Aber unsere Vorfahren.«

»Vorfahren?« Lu zog erstaunt die Augenbrauen hoch. »Was haben die denn damit zu tun?«

Penelope schwieg lange – so lange, dass Lu schon dachte, sie würde gar nicht mehr antworten. Doch schließlich sagte sie: »Vor vielen Jahrhunderten war unser Vorfahr, Thomas Wilde, der größte Jäger der Welt. Und er jagte keine Bären oder Wölfe«, fügte sie hinzu. »Er jagte mythische Geschöpfe. Magische Geschöpfe. Geschöpfe, an die die meisten Menschen gar nicht glauben.«

»Die Tiere, die heute in den Wildlands leben«, sagte Lu langsam. Penelope nickte.

»Er war berühmt. Er hatte überall auf der Welt Kunden, die ihm Rüstungen aus Drachenschuppen oder gepuderte Elfenflügel abkauften – oder Phönixblut.«

Lu starrte sie an und wusste nicht, was sie sagen sollte. Zac blickte erschrocken von seiner Zeichnung auf.

»Wir sind mit einem Typen verwandt, der Phönixe getötet hat?«, fragte er angewidert. »Das ist ja fürchterlich!«

»Ja, es war fürchterlich«, stimmte Penelope zu. »Man will es sich gar nicht vorstellen. Es war eine andere Zeit. Könige wollten Einhornhörner, weil sie glaubten, dass sie ihnen Macht verliehen. Seefahrer dachten, wenn sie die Knochen von Meerjungfrauen an den Bug ihrer Schiffe hängten, würden sie eine sichere Überfahrt haben und von anderen Meeresgeschöpfen verschont bleiben. Sie alle haben viel Geld gezahlt. Geld, von dem dieses Haus erbaut wurde«, fügte sie hinzu und schaute sich voller Abscheu im Zimmer um, als wäre es eine persönliche Beleidigung.

Lu schauderte. Vor ihrem inneren Auge sah sie den Trophäenraum, von dem sie geträumt hatte, und plötzlich fügte sich alles zusammen. »Aber wie ist Thomas Wilde vom Jäger zum … Tierpfleger geworden?«, fragte sie.

»Er war der Einzige, der wusste, wie man einen Phönix fängt und tötet«, sagte Penelope grimmig. »Eigentlich sind Phönixe unsterblich, ihre sich selbst erneuernde Zauberkraft liegt in ihrem Blut. Thomas Wilde hat irgendeine Möglichkeit gefunden, sie zu fangen und … ausbluten zu lassen.«

Zac wurde blass. »Ausbluten? Du meinst …«

»Er hat ihnen das Blut abgezapft«, stellte sie klar. »Er hatte eine besondere Technik, mit der die Zauberkraft nicht verloren ging. Niemand kennt sie mehr – das Geheimnis hat Thomas Wilde glücklicherweise mit ins Grab genommen. Aber es würde sowieso niemand mehr versuchen. Wir schützen die Tiere. Wir töten sie nicht, um mit ihnen Geld zu machen«, sagte sie leidenschaftlich. »Doch Thomas Wilde hat so viele Phönixe gejagt, um ihr Blut meistbietend zu verkaufen, dass am Ende nur noch ein Phönixpaar übrig war.«

»Mein Phönix?«, fragte Zac. Penelope nickte.

»Und seine Gefährtin«, erwiderte sie. »Als ihm klar wurde, was er getan hatte, hörte er auf, sie zu jagen. Er hatte sowieso genug Geld für die nächsten Generationen angehäuft, was wollte er also noch? Doch dann wurde seine Tochter krank. Unheilbar krank.«

»Und er hat Jagd auf die letzten Phönixe gemacht?«, fragte Lu leise.

Penelope presste die Lippen zusammen und starrte wieder auf ihre Hände. »Er hat das Weibchen gefangen. Und es wegen seines Bluts getötet. Lange Zeit haben Mitglieder der Familie ihn in Schutz genommen und gesagt, dass er es tun musste – seine Tochter war krank, er hatte keine Wahl.«

»Natürlich hatte er eine Wahl«, wandte Zac ein.

»Ja, hatte er«, sagte Penelope. »Und er hatte sie getroffen, lange bevor seine Tochter geboren wurde. Der Phönix – dein Phönix – wurde krank vor Schmerz, so heißt es in der Familienlegende. In seiner Trauer schuf er ein geheimes Schutzgebiet, in das er alle verbliebenen magischen Geschöpfe aufnahm. Zu dieser Zeit erschienen die beiden Eingänge auf dem Anwesen der Familie Wilde«, fügte sie hinzu. »Der Phönix rief auch Thomas Wildes Tochter zu sich. In dem Moment, in dem sie durch den Baumbogen trat, erschien das Zeichen auf ihrer Hand.«

Lu schwieg. Sie war zu entsetzt, um etwas zu sagen. Schweigend zeichnete sie das W auf ihrer Handfläche nach. »Aber es war doch gar nicht ihre Schuld«, brachte sie schließlich hervor. »Es war die Schuld ihres Vaters. Ist er auch bestraft worden?«

»Der Phönix hat auch ihn verflucht«, sagte Penelope leise. »Für den Rest seines Lebens – mindestens zwanzig Jahre lang – hatte er das Gefühl, bei lebendigem Leib zu verbrennen. Tag und Nacht litt er unter schrecklichen Schmerzen. Die Legende besagt, dass er nur noch im Bett liegen und schreien konnte.«

»Er hätte noch Schlimmeres verdient«, sagte Zac düster. »Man hätte ihn auch ausbluten lassen sollen.«

»Zac!«, rief Lu erschrocken. »Das ist ja grausam!«

»Was er getan hat, war auch grausam«, sagte ihr Bruder mit vor Zorn blitzenden Augen. »Das weißt du genau.«

»Natürlich, aber das heißt doch nicht …«

Penelope räusperte sich. »Alle in der Familie wissen, wie grausam es war«, sagte sie. »Niemand rechtfertigt es, wir alle finden es barbarisch und abstoßend. Wir lieben die Tiere. Sie sind ein Teil unseres Lebens. Ein Teil unseres Blutes. Im wahrsten Sinne des Wortes«, fügte sie hinzu. »Thomas Wildes Tochter ist unsere Urur- – äh, ich weiß nicht genau, wie viele Urs es sind, wahrscheinlich etwa zwanzig – -großmutter. Sie hat sich von ihrer Krankheit erholt, geheiratet und sieben Kinder bekommen. Und diese Kinder haben ihr ein Leben lang geholfen, sich um die Wildlands zu kümmern. So wie ihre Kinder und deren Kinder.«

»Bis zu uns«, sagte Lu und strich sich wieder über die Hand. »Und alle von ihnen sind hiergeblieben?«

»An ihrem dreizehnten Geburtstag wurden sie gezeichnet«, sagte Penelope leise und wich ihrem Blick aus. »Sie hatten keine Wahl.«

Plötzlich war es, als wäre keine Luft mehr im Raum, als könnte man die Stille mit dem Messer schneiden. »Was«, fragte Lu schließlich heiser, »was soll das heißen … sie hatten keine Wahl?«

In diesem Augenblick dröhnte Conrads Stimme über den Flur. »Penelope?«

Erschrocken sprang sie auf. »Wenn er herausfindet, dass ich es euch erzählt habe …«

»Was soll das heißen, sie hatten keine Wahl?«, wiederholte Lu lauter. »Du kannst doch nicht so etwas sagen und es dann nicht –«

»Es tut mir leid«, flüsterte Penelope und eilte zur Tür. »Deshalb wollte euch ja niemand etwas von den Wildlands erzählen. Deshalb solltet ihr bei Tante Merle im Laden bleiben. Wir werden alle gezeichnet, wenn wir dreizehn werden, ob es uns gefällt oder nicht. Rowena dachte … sie dachte, weil Tante Josie weggegangen ist, würdet ihr vielleicht nicht gezeichnet werden, wenn ihr die Wildlands nicht betretet. Aber jetzt seid ihr gezeichnet und …«

»Und was?«, fragte Lu panisch. »Und *was*, Penelope?«

Penelope umklammerte den Türknauf und hob endlich den Blick, um Zac und ihr in die Augen zu sehen. »Das Zeichen bedeutet nicht nur, dass ihr die Wildlands betreten könnt. Es bedeutet auch, dass ihr an sie gebunden seid. Und wenn ihr geht, dann …« Sie wischte sich die Wangen. »Es tut mir leid, Lu.«

»Was?«, fragte Lu panisch. »Was passiert, wenn wir am Ende des Sommers nach Hause fahren?«

»Penelope?«, rief Conrad wieder, diesmal aus nächster Nähe. Sie spähte in den Flur.

»Ihr könnt hier nicht mehr weg«, flüsterte sie. »Nie wieder. Ihr seid an die Wildlands gebunden. Und wenn ihr es versucht …« Sie holte tief Luft. »Es tut mir leid. Wenn wir versuchen, für immer von hier wegzugehen … dann sterben wir.«

Und bevor Lu Penelopes Worte verarbeiten konnte, war sie fort.

NEUNZEHNTES KAPITEL

Zac

Zac starrte die Tür an, durch die Penelope verschwunden war. Sein Herz klopfte heftig, und der Raum begann sich zu drehen. »Was meint sie damit, wir sterben?«, fragte er seine Schwester. »Wir nehmen unser Flugzeug nach Chicago, und dann … und dann …?«

»Ich weiß es nicht, Zac. Ich weiß es doch auch nicht.« Lus Stimme überschlug sich, und ihr Atem ging stoßweise. »Wir müssen nach Hause. Wir dürfen … wir dürfen nicht mehr hierbleiben. Ich muss zu Sophia. Ich muss zu Rufus. Ich muss …«

Sie vergrub das Gesicht in ihrem Kissen, und ihre Schultern bebten. Zac stand automatisch auf, aber was sollte er tun? Ihr sagen, dass alles wieder in Ordnung kommen würde? Das würde es nicht. Er hatte zwar keine Freunde in Chicago, so wie Lu, und er hatte auch keine Katzen, um die er sich kümmern musste, oder die Schule oder einen anderen Anker, der ihn dort hielt, aber immerhin war es ihr Zuhause, und ihr Vater war dort. Er wusste nicht, was er tun sollte.

Langsam ging er zu ihr und setzte sich neben sie aufs Bett. Bevor sie hierhergekommen waren, hatten sie kaum etwas miteinander zu tun gehabt, und er wusste nicht, wie er sie trösten sollte. Aber er wusste, was ihre Mutter getan hätte. Er legte den Arm um Lu.

»Mum hat die Wildlands verlassen«, erinnerte er sie. »Das heißt, dass nicht stimmen kann, was Penelope sagt. Irgendein Puzzleteil fehlt noch – etwas, das wir nicht wissen.«

Lu hob ihr rotes, tränenverschmiertes Gesicht. »Verstehst du denn nicht? Genau das hat Rowena gemeint, als sie gesagt hat, wir wären verloren. Wir können nie wieder zurück nach Hause, Zac. Wir werden Chicago nie wiedersehen. Und wenn wir es versuchen … wenn wir versuchen, zu gehen …«

Wieder begann sie zu schluchzen, und Zac drückte sie fester. »Wir werden einen Weg finden«, sagte er. »Versprochen. Ich lasse mir etwas einfallen, okay?«

Doch egal, was er sagte, Lu war untröstlich. Er blieb bei ihr sitzen, und seine Gedanken drehten sich im Kreis, während sie weinte und weinte. Als sie schließlich erschöpft eingeschlafen war, ging er in sein Bett zurück, um nachzudenken.

Sie waren nicht verloren. Das konnte nicht sein. Es musste einen Weg geben, den Fluch zu brechen – ihre Mutter hatte es bewiesen. Aber wie hatte sie es geschafft, und warum war es für den Rest der Familie nicht möglich? Was hatte sie getan, was sie von den anderen unterschied?

Er fand die Lösung schneller, als er erwartet hatte, und nachdem er eine Weile darüber nachgedacht hatte, wurde er ruhiger. Eigentlich war es ziemlich naheliegend, wer ihnen helfen konnte. Der, den alle fürchteten. Der, der sie gerettet hatte.

Der Phönix hatte die Antwort.

In dieser Nacht schlief Zac unruhig, und schon vor Sonnenaufgang war er wieder wach. Er schlich sich in die Küche, wo er etwas Obst in seinen Rucksack packte, und stahl sich durch die Hintertür in den Wald.

Es war das Dümmste, was er je getan hatte, und er wusste es, aber er konnte die Vorstellung nicht ertragen, seine Schwester eine weitere Nacht weinen zu hören. Er konnte den Gedanken nicht ertragen, dass sein Vorschlag, die Wildlands zu finden, ihr Leben unumkehrbar verändert hatte. Und er konnte nicht untätig bleiben, wenn er wusste, dass es da draußen eine Lösung gab.

Die Sonne kletterte gerade über den Horizont, als er durch den Baumbogen trat. Zwischen den Bäumen lag Nebel wie eine bedrohliche Vorahnung, und er schauderte. Als er den Stall erreichte, hörte er die Einhörner im Inneren ungeduldig stampfen und prusten. Sicher warteten sie auf ihr Frühstück.

Wie sollte er es anstellen? Er schaute sich um und suchte die Baumwipfel nach dem Phönix ab. Aber natürlich war er nicht da. Es würde nicht leicht werden.

»Hallo?«, rief er und kam sich wie ein Idiot vor. »Ich muss

dringend mit dir reden. Ich weiß, dass du mich hören kannst. Bitte, komm raus. Ich muss etwas mit dir besprechen.«

Nichts. Im Stall wieherte ein Einhorn, sonst blieb alles still. Zac runzelte die Stirn und ging seine Möglichkeiten durch. Er konnte versuchen, den knorrigen Baum wiederzufinden – der Phönix schien sich dort wohlzufühlen. Aber er hatte keine Ahnung, wie er den Weg finden sollte. Ansonsten konnte er entweder einfach draufloswandern oder in der Nähe des Stalls bleiben und darauf hoffen, dass sich der Phönix irgendwann zeigte. Die letzte Option war zwar die angenehmste, doch irgendwann würden seine Verwandten hier aufkreuzen und ihm Fragen stellen.

Seufzend wandte er sich zum Wald. Na schön. Wenn der Phönix Verstecken spielen wollte, musste Zac ihn eben suchen.

Am Vortag waren Penelope und er nach Westen geritten, also schlug er wieder den schmalen Pfad ein, der vom Rand der Weide westlich in den Wald führte. Er hatte nach dem Aufstehen inhaliert und sein Asthmaspray und mehrere Epi-Pens mitgenommen, außerdem ein paar Atemschutzmasken. Solange er sich nicht hetzte, hatte er nichts zu befürchten.

Er ging weiter und spähte zu den Baumkronen empor, in der Hoffnung, dort etwas Rot-Goldenes zu entdecken, aber er sah nur Grün. Nach und nach lichtete sich der Nebel, und es wurde wärmer. Zac hielt weiter nach dem knorrigen Baum Ausschau. Er hatte das Gefühl, die richtige Richtung genommen und schon ein gutes Stück zurückgelegt zu haben, aber er hatte keine Ahnung, wie groß der Wald tatsächlich war.

»Bist du da?«, rief er. »Bitte. Ich möchte –«

Hinter ihm raschelte etwas, und er wirbelte herum. Doch der Phönix war nirgends zu sehen, und er machte ein enttäuschtes Gesicht. Wo war der knorrige Baum? Lief er überhaupt in die richtige Richtung?

Er marschierte weiter, als nach wenigen Metern ganz in der Nähe ein Ast knackte. Wieder fuhr er herum und suchte das Dickicht ab. Vielleicht war es Hermes? Penelope hatte gesagt, dass er gestern nicht zurückgekommen war.

»Hallo?«, rief er. »Ist da jemand?«

Nichts. Der Wind rauschte durch die Blätter. Seine Handflächen wurden feucht. Was, wenn es nicht Hermes war? Was, wenn Surrey und Devon wieder mal im Wald unterwegs waren?

Die ganze Aktion war bescheuert. Er sollte nicht allein hier draußen sein. Wenn ihm irgendetwas zustieß, würde Rowena ihn umbringen – und dann würde Lu ihn höchstwahrscheinlich wiederbeleben, um ihn ihrerseits umzubringen.

Doch der Gedanke an seine Schwester half ihm, seine Angst beiseitezuschieben. Gestern Abend war sie so verzweifelt gewesen. Sie verdiente eine Antwort. Er war schon so weit gekommen – er würde noch etwa eine halbe Stunde weitergehen, beschloss er, und wenn er den Baum oder den Phönix bis dahin nicht gefunden hatte, würde er umkehren.

Er stapfte mehrere Hundert Meter weiter, bevor abermals ein lautes Knacken durch den Wald drang, diesmal viel näher. Mit klopfendem Herzen hob er einen abgebrochenen Ast auf und umklammerte ihn wie ein Schwert. Gegen Feuer speiende Bestien würde er damit nicht viel ausrichten können, aber vielleicht konnte er wenigstens ein paar gute Treffer landen, bevor er verputzt wurde – wer auch immer da unterwegs war.

»Ich bin bewaffnet!«, rief er, als könnte er damit irgendjemanden beeindrucken. »Wenn du näher kommst, werde ich –«

»Zac?« Ein Ruf drang durch die Stille, und er straffte die Schultern.

»Lu?«

»Zac? Zac!«

»Lu! Ich bin hier drüben!«

Seine Schwester erschien zwischen den Bäumen und stürmte durchs Unterholz auf ihn zu, schweißgebadet und mit roten Wangen. »Du bist so ein Idiot!«, schrie sie. »Hat dir die Sache gestern noch nicht gereicht? Willst du mich jetzt jeden Tag zu Tode erschrecken?«

»Ich wollte doch nur –« Er seufzte. Er hätte es wissen müssen. »Ich wollte dir keine Angst machen. Ich wollte nur den Phönix finden.«

»Warum?«, fragte sie und kam die letzten Schritte zu ihm herüber. »Glaubst du wirklich, er könnte irgendetwas ändern?«

»Ich weiß es nicht«, gab er zu. »Aber ich muss es versuchen.

Hör zu, weißt du noch, wo du mich gestern gefunden hast? Ich glaube, der Phönix mag diesen knorrigen Baum. Wenn wir dorthin –«

»Das ist etwa einen Kilometer nördlich von hier.« Penelope erschien hinter einem Strauch und trampelte mit den Gummistiefeln ein paar Brombeerranken platt. Sie trug nicht wie sonst ihre braune Latzhose, sondern T-Shirt und Jogginghose, und ihr Zopf war zerzaust, als hätte sie sich wenige Minuten zuvor aus dem Bett gerollt.

»Es tut mir leid«, sagte er, und seine Stimme machte einen kleinen Kiekser. »Ich wollte euch wirklich keinen Schrecken einjagen. Ich wollte nur den Phönix finden. Ich dachte, wenn ich ihn bitte, uns freizugeben …«

»Du glaubst, der Phönix würde euch gehen lassen?«, fragte Penelope verblüfft.

Zac zuckte die Schultern. Plötzlich war er verlegen. »Na ja, ich dachte, einen Versuch wäre es wert. Unsere Mum ist ja auch weggegangen. Vielleicht …«

In diesem Augenblick ertönte ganz in der Nähe ein tiefes, grollendes Knurren, und Zac erstarrte. Wie schon bei den Drachen sprang Lu vor ihn, um ihn abzuschirmen vor was auch immer es war, das da so furchterregende Geräusche machte. Gleichzeitig zerrte Penelope an seinem T-Shirt und zog ihn hinter einen Busch.

»Duck dich«, sagte sie leise. »Du auch, Lu.«

Gemeinsam kauerten sie sich hinter den Dornenbusch. Penelope, die links neben ihm hockte, hielt ganz still, während Lu auf der anderen Seite sich an seinem Ärmel festklammerte.

»Nicht bewegen«, flüsterte Penelope. Ihre Worte waren kaum mehr als ein Hauch, während Zacs Herz so laut hämmerte, dass er sicher war, jedes Lebewesen im Umkreis von fünfzig Metern müsste es hören. Er biss die Zähne zusammen und drehte den Kopf zu Lu, doch dabei stach ihm etwas in die Wange. Ein Dorn.

Er zischte leise vor Schmerz und betastete sein Gesicht. Seine Fingerspitze war blutverschmiert. Penelope riss die Augen auf und starrte ihn entsetzt an. Erst verstand Zac ihren Schrecken nicht – es war nur ein Kratzer. Doch dann schwoll das Knurren zu einem wilden Gebrüll an, und jeder Muskel seines Körpers verspannte sich.

Welches Ungeheuer auch immer da unterwegs war, es witterte sein Blut.

»Lauft!«, schrie Penelope. Während Zac noch wie angewurzelt dastand, war sie schon hinter dem Busch hervorgesprungen und hatte ein großes Jagdmesser aus dem Stiefel gezogen.

Sie nahm es ganz allein mit dem Ungeheuer auf. Sie wollte Zeit gewinnen, damit Zac und Lu fliehen konnten.

Lu zerrte an seinem Ellbogen. »Komm«, sagte sie eindringlich. »Wir müssen hier weg.«

»Aber Penelope –«, setzte er an und griff nach seinem Stock.

»Sie weiß, was sie tut. Jetzt *komm*!«

Zac drehte sich zu Penelope um, die der Kreatur Auge in Auge gegenüberstand.

Er wusste selbst nicht, womit er gerechnet hatte – mit einem Drachen vielleicht oder einem Säbelzahntiger. Doch dieses Geschöpf war anders als alles, was er je gesehen hatte. Der Skorpionschwanz, in dem der massige Löwenkörper endete, war schon schauderhaft genug, aber es war der Kopf, der ihm das Blut in den Adern gefrieren ließ. Er hatte menschliche Gesichtszüge mit Augenbrauen, Nase und Mund. Zugleich hatte er etwas Unmenschliches – etwas so Grauenvolles, wie er es nur aus den schlimmsten Albträumen kannte. Die anderen Geschöpfe der Wildlands konnten lebensgefährlich sein, das hatte er am eigenen Leib erfahren, aber sie versuchten in erster Linie, sich selbst zu schützen. Die Augen dieser Bestie dagegen waren nichts als blutrünstig.

»Der Mantikor!«, stammelte er. Das Ungeheuer, das auch die Meerjungfrauen angegriffen hatte – von dem Conrad gesagt hatte, es müsse ausgehungert und darum besonders gefährlich sein.

Und Penelope stand nur wenige Meter vor ihm.

»Zac – wir können nichts tun! Komm!« Lu riss wieder an seinem Ellbogen und zog so heftig daran, dass er in ihre Richtung stolperte. Aber er konnte Penelope nicht alleinlassen. Noch dazu, wo es seine Schuld war, dass sie und Lu sich hier draußen herumtrieben.

Mit aller Kraft riss er den Arm aus der Umklammerung seiner Schwester und rannte los, einen Bogen um die Bäume schlagend, bis er hinter dem Mantikor war. »He!«, schrie er und schwang seinen Stock. »Hier drüben, du Monster!«

Der Mantikor fuhr herum und richtete geifernd seinen Blick auf ihn. Er war so nah, dass Zac den Speichel sehen konnte, der ihm von den spitzen Zähnen triefte. Er schluckte.

»Was machst du denn?«, schrie Penelope panisch, worauf der Mantikor sich wieder zu ihr umdrehte. Zac biss die Zähne zusammen.

»Der Phönix wird nicht zulassen, dass mir etwas passiert«, rief er. Er hörte selbst, wie verrückt das klang, doch das war ihm egal. Er schlug mit seinem Stock gegen den nächsten Baum. »Huhu, du Riesenbestie, hier bin ich!«

Der Mantikor knurrte aus tiefster Kehle, und Zac hatte das Gefühl, dass sein ganzer Körper vibrierte. Er schauderte und umklammerte seinen Stock noch fester. Doch der Mantikor hatte sich wieder Penelope zugewandt und begann, sich in ihre Richtung zu bewegen, den tödlichen Schwanz hin und her schwingend.

Zac fluchte. Der Phönix würde vermutlich nichts tun, um Penelope zu retten – schließlich hatte er sich jahrelang vor ihr und dem Rest der Familie versteckt gehalten. Zac war sich nicht einmal sicher, ob der Phönix ihn beschützen würde, aber wenn der Mantikor sich einen von ihnen schnappen wollte, dann lieber ihn. Außerdem konnte Penelope rennen, er nicht – jedenfalls nicht schnell genug, um zu entkommen.

Während der Mantikor sich auf seine Cousine zubewegte, tat Zac das Einzige, was ihm einfiel: Er schleuderte seinen

Stock mit aller Kraft gegen sein Hinterteil. Wieder brüllte das Monster, drehte sich um und setzte zum Sprung auf Zac an.

Jetzt hatte er nicht einmal mehr seinen Stock. Zac kniff die Augen zu und streckte die Arme aus, als könnte er das Untier so abwehren. Der Phönix musste ihm helfen. Er hatte ihn schon vor den Meerjungfrauen und den Drachen gerettet. Er musste ihn auch jetzt retten – am besten sie alle.

Die Sekunde, in der er auf den Ruf des Phönix wartete, war die längste seines Lebens. Doch der Ruf erklang nicht – stattdessen hallte der Schrei eines Menschen durch den Wald, so laut und fürchterlich, dass Zac eiskalt wurde.

»Penelope!«, schrie Lu, und Zac öffnete endlich wieder die Augen. Wenige Meter vor ihm bäumte sich der Mantikor auf die Hinterbeine, und er begriff, dass Penelope auf seinem Rücken saß und auf dem Ungeheuer ritt wie tags zuvor auf Athene. Sie drückte ihm ihr Jagdmesser an die Kehle, doch obwohl die Klinge so aussah, als müsste sie mit Leichtigkeit durch Fell und Haut schneiden, floss kein Blut.

Kein Mensch konnte einem Geschöpf der Wildlands Schaden zufügen, erinnerte sich Zac. Es spielte keine Rolle, wie scharf Penelopes Messer war – sie war wehrlos.

Der Mantikor warf sich herum, bockte und peitschte seinen Schwanz hin und her. Stolpernd eilte Zac rückwärts, um dem tödlichen Ende auszuweichen. Penelope hielt sich tapfer an der zottigen Mähne fest und drückte das Messer weiter an seinen Hals, doch er war zu stark. Ihr Griff wurde sichtlich lockerer, und Zac blickte sich panisch um. Er konnte dem Ungeheuer nichts antun, aber vielleicht konnte er es ablenken, bis Penelope …

Unvermittelt hallte wildes Gebrüll durch die Bäume, und Oliver brach durchs Unterholz. Er hielt einen Schild, der beinahe so groß war wie er selbst, und mit einem drohenden Schrei ließ er eine lange Lederpeitsche durch die Luft sausen. Der Mantikor schlitterte rückwärts und zog verblüfft die Augen zusammen. Sein wildes Bocken stoppte so plötzlich, dass es Penelope zu Boden warf, und Oliver ließ seine Peitsche ein zweites Mal auf ihn niedersausen.

»Verschwinde!«, brüllte er. »Hau ab!«

Der Mantikor ließ ein letztes Knurren verlauten, bevor er sich abwandte und zwischen den Bäumen verschwand. Während das Knacken der Zweige unter seinen Pranken leiser wurde und schließlich gar nicht mehr zu hören war, rang Zac mühsam nach Luft. In seinem Kopf drehte sich alles durch den Adrenalinrausch in seinem Blut.

»Zac!« Lu lief auf ihn zu und sank neben ihm zu Boden. »Geht es dir gut? Bist du verletzt?«

Er schüttelte den Kopf, den Blick über ihre Schulter gerichtet. Oliver kniete neben Penelope, die reglos am Boden lag.

»Ist alles okay mit ihr?«, fragte er heiser und rappelte sich auf. »Penelope?«

Kaum hatte er ihr Gesicht gesehen, wurde ihm schlecht. Sie war bewusstlos und leichenblass. Als Oliver sie sanft zur

Seite drehte, kam in ihrem T-Shirt ein Riss zum Vorschein, unter dem sich ein roter Fleck ausbreitete.

Der Mantikor hatte sie gestochen.

ZWANZIGSTES KAPITEL

Lu

Es gab kein Mittel gegen das Gift eines Mantikors. Das war das Einzige, was Lu denken konnte, während sie Penelope auf einer behelfsmäßigen Trage aus Ästen und zwei Pullovern den langen Weg zurück zu den Ställen schleppten. Es war das Einzige, was sie denken konnte, als Conrad die Trage entgegennahm und zusammen mit Oliver zum Haus eilte. Es war das Einzige, was sie denken konnte, während Zac und sie Conrads Instrumente einsammelten, die noch herumlagen, und die Tiere versorgten, bevor auch sie zum Haus zurückkehrten.

Zac hatte die ganze Zeit geschwiegen. Erst als sie unbemerkt in ihr Zimmer geschlüpft waren, das dem Aufruhr in Penelopes Zimmer direkt gegenüberlag, merkte Lu, dass er völlig am Ende war. Sein Gesicht war rot, seine Augen waren glasig, und mit einem erstickten Schluchzer ließ er seinen Rucksack achtlos zu Boden fallen und warf sich auf sein Bett.

Lu näherte sich ihm zaghaft. »Es ist nicht deine Schuld«, sagte sie leise. »Das weißt du doch, oder?«

»Na…türlich ist es meine … Schuld«, brachte er hervor. »Ich bin da rausgegangen. Ich wollte … den Phönix finden. Ich wollte mit ihm sprechen. Ich … ich wollte …«

Sein Atem ging pfeifend, er hatte sich in einen richtigen Anfall hineingesteigert. Lu kniete sich neben seinen Rucksack und zog das Asthmaspray aus der Vordertasche. »Hier«, sagte sie und reichte ihm die Flache. Zac rührte sich nicht, und ihre Unruhe wuchs. Sie nahm seine Hand, legte seine Finger um die Flasche und drückte sie ihm an die Lippen. »Nimm es, Zac.«

Einen Moment lang dachte sie, er würde sich weigern. Sein Gesicht hatte einen Ausdruck, den sie von sich selbst kannte – dieselbe dumme Sturheit, die sie bisweilen überkam. Sie sah ihn streng an, und endlich nahm er ein paar Züge.

Als seine Atmung sich beruhigt hatte, setzte sie sich neben ihn und verschränkte nervös die Finger im Schoß. »Es ist nicht deine Schuld«, wiederholte sie. »Es war Penelopes Entscheidung. Niemand hat Schuld.«

»So werden sie es aber nicht sehen«, murmelte er und wischte sich die Augen. »Das weißt du doch selbst.«

Er hatte recht, doch das sagte sie nicht. Sie legte ihm den Arm um die Schultern. »*Ich* sehe es so«, sagte sie. »Was du getan hast, um sie zu schützen, war das Mutigste, was du je getan hast. Und das Dümmste«, fügte sie hinzu. »Aber auch das Mutigste.«

Zac schüttelte den Kopf. »Ich hätte nicht allein in den Wald gehen sollen.«

»Wahrscheinlich nicht«, gab sie zu. »Aber du hast den Mantikor nicht absichtlich angelockt. Du konntest nicht wissen, dass er über den Fluss gekommen ist. Es ist nicht deine Schuld.«

»Du kannst es noch so oft sagen«, murmelte er, »ich werde es trotzdem nicht glauben.«

Ein leises Klopfen ließ sie aufblicken. Tante Merle schob mit dem Ellbogen die Tür auf, ein volles Frühstückstablett in den Händen. »Wie geht es euch beiden?«

Lu zuckte die Schultern. »Ist Penelope …?«

Tante Merle verzog sorgenvoll das Gesicht. »Conrad tut, was er kann«, sagte sie und stellte das Tablett auf die Kommode. »Alles andere … liegt nicht in unseren Händen.«

»Es muss doch irgendetwas geben«, sagte Zac mit Panik in der Stimme. »Sie kann doch nicht einfach … Sie kann doch nicht …«

»Vielleicht finden wir ein Gegengift, das die Wirkung lindern kann«, sagte Tante Merle, doch sie schien selbst nicht daran zu glauben. »Es ist schon mehrere Hundert Jahre her, dass ein Mensch von einem Mantikor gestochen wurde, und unser Wissen über ihr Gift ist … begrenzt. Oliver und Rowena recherchieren die Möglichkeiten.«

»Dürfen wir zu ihr?«, fragte Lu mit einem Kloß im Hals. Zac hatte recht – es musste doch irgendetwas geben.

»Ich fürchte, nein«, sagte ihre Tante sanft. »Penelope ist

bewusstlos und wird es vermutlich auch bleiben, bis … bis das Gift nicht mehr in ihrem Körper ist. Das ist immerhin ein Vorteil«, fügte sie hinzu. »Sonst hätte sie schreckliche Schmerzen.«

Ihre Worte waren alles andere als beruhigend. Aus dem Augenwinkel sah Lu, wie ihr Bruder die Hände vors Gesicht schlug.

»Können wir nicht irgendetwas tun?«, fragte Lu verzweifelt. »Können wir bei der Recherche helfen? Oder … oder …«

»Im Augenblick ist es für alle das Beste, wenn ihr einfach hierbleibt und keine Dummheiten anstellt«, sagte Tante Merle sanft. »Das wäre eine Sorge weniger.«

Sie gab ihnen einen Kuss auf die Stirn, bevor sie wieder ging und die Tür leise hinter sich zuzog. Lu drückte ihren Bruder fest. Während das Rührei auf ihren Tellern kalt wurde, saßen sie dicht aneinandergeschmiegt da und malten sich in den düstersten Farben aus, was passieren würde, wenn sich kein Gegengift fand.

Irgendwann, als der Adrenalinpegel abgenommen hatte, schliefen sie erschöpft ein, dicht zusammengekuschelt und einander so nah wie seit dem Tag nicht mehr, als Lu zum ersten Mal in den Kindergarten marschiert war und Zac zu Hause bleiben musste.

Wieder fand Lu sich in einem lebhaften Traum wieder, dem sie nicht entrinnen konnte. Es war derselbe Traum wie zuvor – derselbe verstaubte Flügel des Hauses, derselbe Raum voller Grausamkeiten. Doch als sie diesmal durch die verstörenden Trophäen wandelte, entdeckte sie Oliver. Er saß neben dem großen Bücherregal auf dem Boden und blätterte hastig durch einen Stapel ledergebundener Bücher.

»Oliver?«, sagte sie überrascht. Was machte er hier?

Er antwortete nicht, blickte nicht einmal auf. Sie ging vorsichtig auf ihn zu, um ihn nicht zu erschrecken.

»Oliver«, wiederholte sie etwas lauter. »Wie geht es Penelope? Warum bist du hier?«

Sie stand nun direkt vor ihm, doch er beachtete sie nicht. Er konnte sie nicht sehen, wurde ihr klar. Sie war nur ein Geist. Vielleicht nicht einmal das.

Stirnrunzelnd schaute sie ihm über die Schulter. Die Worte schienen vor ihren Augen zu verschwimmen und ineinanderzufließen, als wollten sie sich vor ihr verstecken. Sie kniff die Lider zusammen und beugte sich näher heran.

Sobald sie ein einziges Wort in dem ansonsten unleserlichen Durcheinander ausgemacht hatte, löste sich der Traum auf, und sie erwachte abrupt.

Es musste früher Nachmittag sein. Sie lag am Fußende von Zacs Bett. Ihr Bruder lag halb neben, halb auf ihr und schlief fest. Vorsichtig zog sie die Beine unter seinen weg, um ihn nicht zu wecken.

Ihr Traum war so lebhaft gewesen wie die vorherigen, und ihr Puls raste, während sie zu ihrem eigenen Bett hinüberwankte. Was hatte Oliver gemacht? Was hatte er gelesen?

Falle. Das war das Wort, das sie gesehen hatte – das einzige Wort, das sie hatte entziffern können. Aber was bedeutete es?

Warum war dieses Wort so wichtig, dass der Phönix ihr diesen Traum geschickt hatte?

Der Phönix. Sie schluckte verbittert. Er hätte den Mantikor vertreiben können – stattdessen hatte er zugelassen, dass das Monster sie aufspürte. Zac war sich so sicher gewesen, dass der Phönix sie beschützen würde, aber das dumme Ding hatte sich nicht einmal gezeigt. Wenn Oliver nicht gekommen wäre … Und wenn sie jetzt kein Gegengift fanden …

Sie hörte Schritte auf dem Flur und schlich eilig zur Tür, um sie leise einen Spalt zu öffnen. Sie hatte Tante Merles Bitte nicht vergessen, aber sie musste wissen, wie es Penelope ging. Die Tür zu ihrem Zimmer war geöffnet, und Rowena stand auf der Schwelle und wandte Lu den Rücken zu.

»Das Fieber steigt«, hörte sie Conrads raue Stimme. Er klang, als wäre er seit dem Morgen um Jahre gealtert. »Nicht einmal Feenstaub hilft.«

»Passt keins der Gegengifte?«, fragte Rowena. Conrad schien den Kopf zu schütteln, denn sie seufzte. »Warum hatte sie keine Taschenlampe dabei? Sie weiß doch, wie man einen Mantikor verjagt.«

»Bis auf das Messer hatte sie gar nichts dabei«, sagte Conrad. »Sie war gar nicht für die Wildlands gekleidet.«

»Diese verdammten Zwillinge«, murmelte Rowena. »Nach dem ganzen Ärger, den Jocelyn der Familie eingebrockt hat, machen ihre Kinder jetzt alles nur noch schlimmer.«

Lu zog den Kopf ein. Der Zorn in Rowenas Stimme war glühend. Sie hätte sich gerne verteidigt, aber sie wusste, dass ihre Worte auf taube Ohren stoßen würden. Es spielte ohnehin keine Rolle, warum Zac in die Wildlands gegangen war oder warum sie und Penelope ihm nachgeeilt waren. Es spielte keine Rolle, dass Zac versucht hatte, seine Cousine zu retten. Penelope war gestochen worden. Und jetzt lag sie im Sterben.

Rowena knurrte: »Ich sollte ihren Vater anrufen.«

»Und dann?«, fragte Conrad. »Soll er sie nach Chicago zurückholen? Es bringt doch nichts, ein Unglück mit einem anderen zu begleichen.«

Erst verstand Lu nicht, was er meinte, doch dann fiel ihr wieder ein, was Penelope am Vorabend gesagt hatte – der Grund, warum Zac überhaupt allein in die Wildnis gerannt war. Sie konnten die Wildlands nicht verlassen. Sie waren verflucht.

Sie starrte das W auf ihrer Handfläche wütend an. Bis gestern war es eine Erinnerung an ihre Mutter gewesen und an das, was sie geliebt hatte. Aber jetzt wusste sie, was es bedeutete – dass sie die Nachkommen eines Menschen waren, der unschuldige Geschöpfe gnadenlos gejagt und ausgebeutet hatte, und dass sie deshalb für immer hier festsaßen –, und bei seinem Anblick wurde ihr schlecht.

»Sie hätte eine Chance gehabt, wenn sie hätte kämpfen können«, sagte Rowena verbittert. »Dieser verdammte Phönix – will er, dass wir alle unser Leben opfern? Mein Bruder ist in den Bergen gestorben, und er war nicht der Erste. Wenn wir uns wenigstens verteidigen könnten …«

»Der Phönix hat ein gutes Gedächtnis«, erwiderte Conrad seufzend. »Er begreift Zeit anders als wir.«

»Vielleicht begreift er sie besser, wenn wir nicht mehr für die Tiere sorgen«, sagte Rowena. »Der Fluch bestimmt nur, dass wir die Wildlands regelmäßig aufsuchen. Was wir dort tun, ist unsere eigene Entscheidung.«

Conrad schwieg eine Weile. »Du weißt selbst, dass das nichts bringen würde. Die Tiere sind unschuldig.«

»Penelope auch«, gab Rowena zurück. »Und sie ist deine Tochter!«

»Das ist mir bewusst«, entgegnete Conrad scharf. »Ich tue alles, um ihr zu helfen. Nur darauf sollten wir uns jetzt konzentrieren, anstatt alte Geschichten aufzuwärmen.«

Es folgte angespannte Stille. Schließlich holte Rowena tief Luft. »Du hast recht. Es tut mir leid«, sagte sie. »Ich suche jetzt weiter in den Aufzeichnungen, ob ich irgendetwas Brauchbares finden kann.«

»Danke«, sagte Conrad sanfter. »Wenn du Oliver siehst, schickst du ihn bitte zu mir?«

Rowena nickte. »Er schaut gerade die alten Tagebücher durch. Es gibt in der Natur kein Gift ohne Gegengift, nur kommt es manchmal aus unerwarteten Quellen. Wenn es irgendetwas gibt, was wir tun können …«

Rowena räusperte sich und drehte sich um. Schnell zog Lu den Kopf ein. Falls ihre Großtante merkte, dass die Tür nur angelehnt war, so ließ sie es sich nicht anmerken. Wortlos humpelte sie mit ihrem Stock zur Treppe.

»Lu?«, murmelte Zac, setzte sich in seinem Bett auf und rieb sich die Augen. »Was ist los?«

»Nichts«, log Lu. »Ich muss nur schnell was erledigen. Kann ich dich kurz allein lassen?«

Zacs Nicken überraschte sie nicht. Er hasste es, beaufsichtigt zu werden. Und im Moment schien es ihm einigermaßen gut zu gehen. Sein Asthmaanfall von vorhin war vollständig abgeklungen, und sollte er doch noch Probleme bekommen, war Conrad gleich gegenüber.

Lu schlüpfte durch die Tür und warf einen Blick in Penelopes Zimmer. Augenblicklich wünschte sie, sie hätte es nicht getan. Ihre Cousine lag mit geschlossenen Augen im Bett, ihre hellblaue Steppdecke war eng um ihren reglosen Körper festgesteckt. Sie war leichenblass, und ihre Brust hob und senkte sich in schnellen, flachen Atemzügen. Conrad stand über sie gebeugt und hörte ihr Herz mit einem Stethoskop ab, und obwohl er Lu das Profil zuwandte, war seine Sorge nicht zu übersehen.

Sie holte tief Luft und huschte weiter. Als sie die große Treppe erreichte, stieg ihr aus der Küche der Duft von Mittagessen in die Nase, und ihr knurrender Magen erinnerte sie daran, dass sie den ganzen Tag noch nichts gegessen hatte. Aber das war egal. Im Augenblick hatte sie Wichtigeres zu tun.

Leise eilte sie die Treppe hinunter, wobei sie die Stufe ausließ, von der sie wusste, dass sie knarrte. Anstatt nach rechts zur Küche zu laufen, bog sie links ab – in Richtung der Flügeltür, die immer verschlossen gewesen war, wenn sie nachgesehen hatte. Sie bog um die Ecke und blieb wie angewurzelt stehen. Die Kette hing lose an einem der Griffe, und das Vorhängeschloss lag auf dem Boden.

Vorsichtig zog sie an einem Türflügel. Er öffnete sich mit einem lauten Quietschen, das durchs ganze Haus zu hallen schien.

»Oliver?«, rief Rowena aus ihrem Büro. »Bist du das?«

Lu schob sich flink durch die Tür und zog sie hinter sich zu. Ihr war ganz schwindlig vor Anspannung, und während sie sich umsah, hatte sie das Gefühl, ihr Herz müsste gleich explodieren.

Sie war wirklich hier – in dem langen, staubigen Gang, der so aussah, als hätte ihn seit einem Jahrhundert niemand mehr betreten. Es war genau wie in ihrem Traum. Sonnenlicht fiel durch die Löcher in den schweren Vorhängen und ließ den Staub glitzern, der alles bedeckte. Zu ihrer Rechten reihte sich Tür an Tür, und sie huschte daran vorbei, ohne sie eines Blickes zu würdigen.

Endlich erreichte sie die Tür, die sie suchte. Wie in ihrem Traum drang Licht durch die Ritzen, und wie in ihrem Traum wurde sie geradezu magisch davon angezogen. Sie holte tief Luft, drehte mit klammen Fingern den Türknauf und schob die Tür langsam auf.

Als Erstes sah sie das Drachenskelett, das irgendwie noch größer wirkte als die lebendigen Drachen, die sie gesehen hatten. Es überragte alles andere im Raum, erstreckte sich sicher über zwei Stockwerke und warf seinen Schatten auf die anderen Jagdtrophäen. Einhörner, Feen, gedrehte Geweihe, die sie nicht zuordnen konnte, schimmernde Flossen, die nur von Meerjungfrauen stammen konnten – alles, was sie in ihrem Traum gesehen hatte, und mehr.

Obwohl sie gewusst hatte, was sie erwartete, stieg heftige Abscheu in ihr auf. Dann fiel ihr Blick auf das große Bücherregal, und sie blieb stehen. Vor dem Regal, genau wie sie geträumt hatte, saß Oliver.

Neben ihm lag ein Stapel ledergebundener Bücher, denen ihr Alter deutlich anzusehen war. Oliver blätterte eines von ihnen durch und schien hastig die Überschriften zu überfliegen. Er suchte etwas.

Er suchte ein Heilmittel.

Langsam ließ sie sich auf die Knie nieder und krabbelte weiter, duckte sich hinter Säulen und Podeste, um näher an ihren Cousin heranzukommen – warum eigentlich? Sie wusste es selbst nicht. Rowena hatte gesagt, dass die Natur zu jedem Gift ein Gegengift lieferte. Glaubten sie und Oliver, dass sich in diesen Büchern die Antwort fand?

Lu hielt sich weiter hinter dem Drachenskelett verborgen. Ihr Cousin legte das Buch, das er gerade durchgeblättert hatte, auf den Boden und nahm ein neues. Und dann noch eins, und noch eins.

Es mochten etwa zehn Minuten vergangen sein, doch Lu kamen sie wie eine Ewigkeit vor. Ihr Fuß war eingeschlafen, und sie verlagerte vorsichtig das Gewicht. Das alles war eine total bescheuerte Idee. Was machte sie überhaupt hier? Rowena würde einen Anfall kriegen, wenn sie wüsste, dass sie hier war, kein Zweifel. Dieser Raum war nicht für ihre Augen bestimmt, die Kette an der Tür sprach für sich. Der Trophäenraum war schon in ihren Träumen verstörend gewesen, doch noch schlimmer war es, wirklich hier zu sein. Sie schauderte und konnte es kaum erwarten, in das Zimmer ihrer Mutter zurückzukehren.

Gerade als sie sich wieder wegschleichen wollte, hielt Oliver inne. Lu beobachtete ihn aus ihrem Versteck und sah, dass er die Augenbrauen zusammenzog. »Ja«, sagte er leise. »Ja!«

Er ließ den Finger über die Seite gleiten, und seine Lippen bewegten sich, während er den Text lautlos vor sich hin murmelte. Sehr viel behutsamer, als er mit den anderen Bänden umgegangen war, stellte er das Buch ins Regal zurück und eilte aus dem Raum.

Lus Herz hämmerte. Er hatte es gefunden – das Heilmittel. Sie steuerte ebenfalls auf die Tür zu, um den Raum so schnell wie möglich zu verlassen. Doch auf halbem Weg blieb sie stehen. Die Neugier siegte über die Angst, und sie lief zum Regal und nahm das Buch heraus, in dem Oliver gelesen hatte.

Das Leder fühlte sich alt und brüchig an, als würde das Buch bei der ersten falschen Bewegung auseinanderfallen. Mit zitternden Fingern schlug sie es auf und strich vorsichtig über die dünne Seite, wobei sie darauf achtete, nicht die verblasste Tinte zu berühren.

Es war ein Tagebuch, erkannte sie, und zwar ein ziemlich altes. Alles war von Hand geschrieben. Und nicht in den ordentlichen, runden Buchstaben, die sie kannte – die Schrift war steil und schnörkelig und für ihre Augen nicht zu entziffern. Die Buchstaben waren hoch und geschwungen und drängten sich so eng aneinander, dass sie eher hübsche Muster bildeten als Wörter, und an vielen Stellen war die Tinte verschmiert.

Sie blätterte um. Auf manchen Seiten waren kleine Zeichnungen und Diagramme, doch nichts davon ergab für sie Sinn. Enttäuscht klappte sie das Buch wieder zu und betrachtete den Einband, doch der war leer.

Schließlich schlug sie die allererste Seite auf, in der Hoffnung, wenigstens einen Titel oder ein Datum zu finden. Dort stand nur eine einzige Zeile. Die Buchstaben waren etwas größer als auf den anderen Seiten und dadurch auch leserlicher. Sie waren mit Bedacht geschrieben worden, nicht in der nachlässigen Handschrift, mit der man hastig ein paar Gedanken festhielt, bevor sie wieder verschwanden. Es war ein Name.

Thomas Wilde.

EINUNDZWANZIGSTES KAPITEL

Zac

Noch am Morgen hätte Zac es nicht für möglich gehalten, dass seine Lage noch schlimmer werden konnte, als sie ohnehin schon war. Doch als er jetzt durch die Tür zum gegenüberliegenden Zimmer spähte, übertrafen seine Schuldgefühle alle vorherigen Qualen.

Er konnte Penelopes Beine unter der blauen Decke sehen, die ganz still lagen. Conrad wuselte um sie herum und maß alle paar Minuten ihren Blutdruck und fühlte ihren Puls, und dazwischen blätterte er hastig in verschiedenen medizinischen Büchern, die er auf ihrem Nachttisch deponiert hatte.

Und das alles war einzig und allein Zacs Schuld. Er hätte nicht allein in die Wildlands gehen dürfen. Er hätte noch entschiedener gegen den Mantikor kämpfen müssen. Dann wäre jetzt vielleicht alles in Ordnung. Dann läge Penelope vielleicht nicht im Sterben.

Schuldgefühle waren ihm nicht neu. Er trug sie wie eine

schwere Last mit sich herum, seit er seine Mutter in der Küche gefunden hatte. Seit diesem Tag fragte er sich immer wieder, warum er nicht früher nach ihr gesehen hatte. Sie hatte ihr Leben lang über ihn gewacht. Warum hatte er nicht dasselbe für sie getan?

Natürlich hatte ihm niemand Vorwürfe gemacht. Alle – sogar Lu – hatten beteuert, dass es nicht seine Schuld war. Aber das hier … das war seine Schuld. Ganz allein seine. »Conrad, könntest du kurz kommen?« Tante Merles Stimme erklang vom Fuß der Treppe, und Zac zog schnell den Kopf ein. Onkel Conrad seufzte.

»Ich bin gleich zurück«, sagte er leise, vermutlich zu Penelope, und Zac lauschte seinen Schritten, die sich über den Flur entfernten.

Wieder spähte er durch die Tür. Penelope lag nach wie vor reglos im Bett. Obwohl Zac wusste, dass er sich von ihr fernhalten sollte, konnte er den Gedanken nicht ertragen, dass sie allein war.

Auf Zehenspitzen schlich er über den Flur in ihr Zimmer und blieb unsicher an ihrem Bett stehen. Er hatte erwartet, dass sie still war – so still, wie seine Mutter vor einem Monat zu Hause in der Küche gewesen war –, doch ihre Brust hob und senkte sich keuchend. Sie schien sich mit aller Kraft ans Leben zu klammern, und in ihm wurde es schwarz.

»Es tut mir so leid.« Seine Worte waren erstickt, und sein Gesicht wurde heiß. Neben dem Bett stand ein Stuhl, und er setzte sich zögernd darauf. Er hatte gar kein Recht, hier zu sein. Wenn Penelope es wüsste, würde sie überhaupt wollen, dass er hier war? Oder würde sie ihn anschreien, dass er verschwinden sollte?

Zac konnte sich nicht vorstellen, dass sie irgendjemanden anschrie, nicht einmal ihn. Er nahm ihre Hand. Sie war warm, und er holte tief Luft. Noch war sie nicht tot. Vielleicht … vielleicht würden sie ein Heilmittel finden.

Der Phönix musste es wissen. Der Phönix wusste alles über die Wildlands, und er hatte magische Kräfte – immerhin hatte er ein geheimes Land voller mythischer Kreaturen erschaffen. Wenn es einen Weg gab, musste der Phönix ihn kennen. Er musste ihn nur fragen.

Doch bei dem Gedanken, in die Wildlands zurückzukehren, wurde ihm schlecht. Jedes Mal, wenn er dort gewesen war, hatte er es vermasselt. Erst mit Surrey, dann mit den Meerjungfrauen, dann mit Hermes. Und heute Morgen mit dem Mantikor …

Natürlich war nichts davon seine Absicht gewesen, aber was änderte das? Seine Absichten waren völlig egal, wenn Penelope seinetwegen im Sterben lag.

»Der Phönix muss wissen, wie man dich heilen kann«, sagte er leise. Er kam sich wie ein Idiot vor, aber er hielt die Stille nicht mehr aus. »Ich weiß, dass er euch aus dem Weg geht, aber … er hat ein paarmal mit mir gesprochen. Also … nicht mit Worten. Aber durch Träume. Durch Bilder.«

Er schluckte gegen den Kloß in seinem Hals an. Laut ausgesprochen klang das alles noch verrückter. Aber Lu hatte auch zugegeben, dass sie seltsame Träume hatte. Das musste doch etwas bedeuten. Außerdem, wenn der Phönix Penelope wirklich retten konnte, war es egal, wie verrückt es klang.

»Er muss es wissen«, wiederholte er. »Aber ich habe keine Ahnung, wie ich ihn finden soll. Heute Morgen ist es mir nicht gelungen. Vielleicht hat er gewusst, dass ich etwas von ihm wollte. Vielleicht ist das der Trick – er zeigt sich nur, wenn man nichts von ihm will.« Und jetzt wollte Zac etwas von ihm, so inbrünstig, dass es ihm fast den Atem nahm.

Penelope keuchte weiter, als liefe sie im Traum einen Marathon. Zac presste die Lippen zusammen. »Ich weiß nicht, was ich tun soll. Wenn ich alleine zurückgehe, wird Lu nach mir suchen, und dann könnte der Mantikor sie auch noch angreifen. Oder ein Drache. Aber wenn ich es ihr sage, wird sie mitkommen wollen. Und dann …« Nach dem, was seiner Mutter und jetzt Penelope geschehen war, konnte er den Gedanken nicht ertragen, dass auch noch Lu ihr Leben riskierte.

In diesem Moment näherten sich schnelle Schritte über den Flur, und er zuckte zusammen. Conrad kam zurück, und es klang so, als wäre er schon fast vor der Tür. Zac blieb keine Zeit, zurück in sein Zimmer zu huschen, und das hieß, dass er seinem Onkel gleich in die Augen sehen musste.

Er wurde panisch und tat das Einzige, was ihm einfiel – er kroch blitzschnell unters Bett, zwischen Schuhkartons und verschollene Socken, und lauschte auf die näher kommenden Schritte. Vor Penelopes Zimmer hielten sie inne, und er fragte sich, ob er sich umsonst versteckte. Vielleicht war es

Lu. Vielleicht suchte sie ihn, und er würde herauskommen und ihr vorflunkern müssen, dass sein Bleistift unter Penelopes Bett gerollt war.

Er hoffte inständig, dass sie es war. Doch als er an einem Stapel Bücher über Tierpflege vorbeispähte, entdeckte er ein Paar schwarze Stiefel, die ganz sicher nicht Lu gehörten – und auch Conrad und seinen Tanten nicht.

Es war Oliver.

Sein Cousin trat ins Zimmer und steuerte den Stuhl an, den Zac gerade erst verlassen hatte. Kurz fürchtete Zac, Oliver würde merken, dass er noch warm war, und misstrauisch werden. Doch wahrscheinlich würde er denken, Conrad oder Rowena hätten darauf gesessen. Oder Tante Merle.

Der Stuhl knarrte, als Oliver sich setzte, und Zac atmete lautlos ein und hielt den Atem an. In diesem Moment begannen seine Nasenlöcher zu jucken und seine Augen zu tränen, und er spürte den schrecklichen Drang, zu niesen.

Staub, stellte er bestürzt fest. Noch dazu eine ganze Menge, und er konnte nirgendwo hin.

»Es tut mir so leid, dass ich nicht bei dir war«, sagte Oliver leise. »Wir hätten uns nicht trennen dürfen. Ich hätte dich nicht alleine nach diesem Idioten suchen lassen dürfen. Die Zwillinge wissen nichts über die Wildlands, und ich war auch noch so dumm, zu glauben, dass dir mit Lu nichts passieren würde. Das war natürlich falsch. Dieser Vogel … dieses … *dieses Monster*!«

Seine Stimme überschlug sich, und Zac schloss die Augen

und bemühte sich verzweifelt, nicht zu niesen. Er hielt sich die Nase zu und kniff die Augen zusammen.

Oliver räusperte sich. »Aber das ist jetzt egal. Ich habe das Heilmittel gefunden«, flüsterte er, und Zacs Herz machte einen Satz. »In den alten Tagebüchern … Ich weiß jetzt, was ich tun muss. Aber ich muss eine Weile weg. Nicht lange, versprochen. Du musst auf mich warten, in Ordnung? Du darfst nicht aufgeben!«

Zac bohrte die Nase in die Ellenbeuge. Lange würde er das Niesen nicht mehr unterdrücken können. Welche Entschuldigung sollte er dann vorbringen, dass er hier lag und Oliver belauschte? Es gab keine. Jedenfalls keine, die nicht völlig verrückt klang.

Sein Cousin senkte die Stimme. »Wenn ich zurück bin, musst du nie wieder in die Wildlands. Keiner von uns. Wir werden wieder bei Mum wohnen und unser eigenes Leben führen können. Wir werden nicht mehr in der Falle sitzen und …« Er verstummte, und Zac war sicher, dass er weinte. »Wenn du wieder aufwachst, wird alles gut sein«, brachte er schniefend hervor. »Und ich werde nie wieder zulassen, dass dir etwas passiert, versprochen.«

Oliver stand auf und beugte sich über das Bett, während der Juckreiz in Zacs Nase immer unerträglicher wurde. Noch nie im Leben hatte er so lange ein Niesen unterdrückt. Vermutlich würde demnächst sein Kopf explodieren. Ihm wurde schon ganz schwindlig, weil er so lange die Luft angehalten hatte.

Doch endlich, *endlich*, huschte Oliver über den weichen Teppich nach draußen, verließ das Zimmer und entfernte sich über den Flur. Da erst, als er es keine Sekunde länger mehr aushielt, nieste er. Und gleich noch einmal. Und wieder. Und wieder.

»Zac?« Ein anderes Paar Schuhe erschien – hellgrüne Sneaker, die er sofort erkannte. »Was machst du da unten?«, fragte Lu.

Verlegen krabbelte Zac unter Penelopes Bett hervor und nieste noch einmal. Sein T-Shirt war voller Staub. »Ich wollte nur kurz nach Penelope sehen, und dann ist Oliver ins Zimmer gekommen«, murmelte er. »Ich wollte nicht, dass er mich hier findet.«

»Und dann bist du unters Bett gekrochen?« Sie reichte ihm die Hand, und er nahm sie und rappelte sich auf die Füße. »Schau mal – du hast schon einen Ausschlag.«

»Es ist – *hatschi!* – etwas staubig da unten«, sagte Zac und wischte sich mit dem Handrücken die Nase. Seine Arme waren von roten, juckenden Quaddeln bedeckt. »Oliver hat gesagt, dass er ein Heilmittel gefunden hat.«

Lu sah nicht so überrascht aus, wie er erwartet hatte. Sie warf einen raschen Blick auf das ledergebundene Buch in ihrer Hand. »Hat er gesagt, was?«

»Nein. Aber ich glaube, er muss in die Wildlands, um das Mittel zu besorgen. Und er hat noch etwas Seltsames gesagt«, fügte er hinzu. »Er hat Penelope versprochen, dass sie, wenn sie wieder gesund ist, nie wieder in die Wildlands muss.«

Lu zog die Augenbrauen hoch. »Er hat einen Weg gefunden, den Fluch zu brechen?«

»Scheint so«, erwiderte Zac, und in seinem Kopf erschien eine erschreckende Idee, über die er gar nicht genauer nachdenken wollte. »Conrad kann jeden Moment zurückkommen. Er weiß nicht, dass ich hier bin.«

»Es wird ihm nichts ausmachen«, sagte Lu, verließ aber trotzdem das Zimmer. »Ich hole dir eine Benadryl.«

Zac folgte ihr. Während sie in seiner Medikamententasche wühlte, musterte er das Buch, das sie auf die Kommode gelegt hatte. »Was ist das?«

»Ein Tagebuch, glaube ich. Thomas Wildes Tagebuch«, fügte sie hinzu. »Oliver hat darin gelesen, in dem ... im Westflügel. Er hat irgendetwas darin entdeckt und war auf einmal ganz aufgeregt. Dann ist er losgerannt. Aber ich kann die Schrift nicht lesen. Vielleicht kannst du sie entziffern. Mum hat dir doch mal alte Handschriften gezeigt, oder?«

»Ja. Sie dachte, ich könnte sie für meine Comics brauchen.« Zac nahm das Buch behutsam in die Hände. Die Seiten waren dünn und zerfleddert, als wäre zahllose Male darin geblättert worden. Die Buchstaben standen sehr eng, doch die meisten Wörter konnte er erkennen. »Hast du irgendeine Ahnung, wonach wir suchen?«

»Leider nicht«, sagte Lu. Endlich hatte sie die richtige Pillendose gefunden. Sie reichte ihm eine Tablette, und er schluckte sie, ohne den Blick von der Seite zu lösen.

»Es sind Anleitungen«, murmelte Zac und kratzte sich gedankenverloren den Arm. »Hier steht zum Beispiel, wie man Basiliskengift extrahiert.«

»Basilisken?«, fragte Lu alarmiert. »Sind das nicht diese riesigen Schlangen?«

Zac nickte. Wieder stieg der unangenehme Gedanke in ihm auf, und er blätterte schnell weiter, auf der Suche nach … er wusste es selbst nicht genau. Aber er wusste, er würde es erkennen, wenn er es sah. *Falls* er es sah. Vielleicht lag er falsch. Vielleicht hatte Oliver auch einen anderen Weg gefunden. »Hier geht es darum, wie man einen Feenfluch bricht. Und hier …« Er verzog das Gesicht. »Wie man einen Drachenschild herstellt. Deshalb ist Rowenas Schild vermutlich feuerfest.«

Lu schaute ihm über die Schulter. »Was noch?«, fragte sie aufgeregt. »Da muss doch irgendetwas stehen, wie man Penelope retten kann.«

Er suchte weiter, blätterte immer hastiger. Eine Liste der wertvollsten magischen Zutaten. Lieder, mit denen sich Meerjungfrauen ablenken ließen. Die besten Orte in den Bergen, um Dracheneier zu finden. Alles entsetzlich und faszinierend zugleich. Doch nichts davon konnte Oliver helfen, Penelope zu retten.

Dann schlug Zac eine Seite im hinteren Teil des Buchs auf. Dort, so deutlich, dass auch Lu es lesen konnte, standen die Worte, die er gefürchtet hatte:

Wie man einen Phönix tötet.

ZWEIUNDZWANZIGSTES KAPITEL

Lu

Lu schaute ihrem Bruder mit gerunzelter Stirn über die Schulter und überflog die Seite. Ein Großteil der Schrift war auch hier unleserlich, doch die Überschrift war klar und deutlich.

»Warte mal«, sagte sie verwirrt. »Steht da wirklich …?«

»Ja«, sagte ihr Bruder so dumpf, als hätte er seine Zunge verschluckt. »Es ist … eine ganze Reihe von Anweisungen. Nicht nur, wie man einen Phönix tötet, sondern auch, wie man sein Blut extrahiert und es verwendet.«

Ihr Mund wurde trocken, und ihr wurde schwindlig. »Er wird es tun, um Penelope zu retten, oder?«

Zac nickte und blätterte um. »Die gute Nachricht – es ist kompliziert. Zuerst muss Oliver den Phönix fangen, und das ist nicht leicht. Und selbst wenn er es schafft, braucht er dann noch … Eis und Schläuche und … einen Haufen anderes Zeug.«

»Und die schlechte Nachricht?«, fragte Lu ängstlich.

Zac verzog das Gesicht. »Er braucht nur einen Tropfen, um Penelope zu retten, aber er hat gesagt, dass er den Fluch brechen will, und damit meint er bestimmt, dass er den Phönix tötet.«

»Was?« Sie machte große Augen. »Aber … das darf er doch nicht. Penelope würde es nicht wollen.«

»Ich glaube nicht, dass das Oliver interessiert.« Zacs Miene wurde noch finsterer. »Der Phönix hat die Wildlands mit seiner Magie erschaffen und hält sie verborgen. Wenn Oliver es wirklich durchzieht, werden die Wildlands verschwinden … und die Tiere werden in der normalen Welt landen. Kannst du dir vorstellen, wie ein paar Drachen London verwüsten könnten? Oder was manche Leute tun würden, um an das Horn eines Einhorns zu kommen?«

Seine Worte drangen drohend in ihr Bewusstsein, sie konnte es sich nur allzu deutlich ausmalen. Wenn der Phönix starb, würden die Wildlands verschwinden, und die Folgen würden entsetzlich sein, sowohl für die Geschöpfe der Wildlands als auch für alle anderen. Ihre Familie würde frei sein – *sie* würde frei sein –, aber zu welchem Preis?

»Wir müssen es Conrad und Rowena sagen«, stammelte sie. »Wenn sie Oliver finden …«

»Conrad wird Penelope nicht allein lassen, und Rowena kann mit ihren Verletzungen kaum laufen«, wandte Zac ein. »Außerdem glaube ich nicht, dass sie uns helfen würden. Sie würden Oliver helfen. Sie wollen Penelope retten – das will ich ja auch«, setzte er hinzu. »Aber der Phönix darf dabei nicht sterben.«

Lu schürzte die Lippen. »Also, was sollen wir tun? Den Phönix warnen?«

»Wir warnen ihn«, sagte Zac mit einer Entschlossenheit, die sie nicht von ihm kannte. »Wir müssen den Phönix vor Oliver finden.«

»Du willst zurück in die Wildlands?«, fragte sie, und ihr Mut sank. Er nickte.

»Was bleibt uns anderes übrig?«

Lu schloss die Augen und holte tief Luft. »Und Mum hat immer behauptet, *ich* wäre die Todesmutige von uns beiden!«

»Mum wäre meiner Meinung, und das weißt du auch. Sie hat den Phönix geliebt. Er war ihr Freund.«

Er hatte recht. Ihre Mutter wäre seiner Meinung gewesen – besser gesagt, sie hätte sich die Frage gar nicht erst gestellt. Sie wäre längst auf dem Weg in die Wildlands gewesen. »Also gut«, sagte sie. »Aber dann musst du auf mich hören und darfst nicht einfach drauflosrennen, wie es dir passt. Wir sind ein Team.«

»Wir sind ein Team«, wiederholte Zac, und als sie die Augen öffnete, rieb er sich eine Pustel am Hals und grinste. »Auf geht's. Retten wir die Wildlands!«

Es war überraschend einfach, sich unbemerkt nach draußen zu schleichen. Rowena und Tante Merle hielten sich irgendwo im Erdgeschoss auf, während Conrad an Penelopes

Bett Wache hielt. Mit ihren Rucksäcken über den Schultern schlichen Lu und Zac über den Flur und die große Treppe hinunter, bereit, sich bei der geringsten Bewegung zu verstecken.

Lu hörte die entfernten Stimmen ihrer Tanten aus dem Speisesaal. Als sie an Rowenas Arbeitszimmer vorbeikamen, zögerte sie. »Wir brauchen eine Landkarte«, flüsterte sie. »Ich hole eine. Wenn jemand vorbeikommt, tu so, als hättest du einen Asthmaanfall, okay?«

»Okay«, sagte Zac, und sie huschte durch die Tür. Das Büro war dunkel und staubig, die Nachmittagssonne schien nur spärlich zwischen den Samtvorhängen hindurch, doch ohne Rowena hinter dem großen Schreibtisch war der Raum nur noch halb so einschüchternd. Auf Zehenspitzen schlich Lu an den bunt zusammengewürfelten Stühlen vorbei zur Wand, wo etwa ein Dutzend Landkarten der Wildlands an die Tapete geheftet waren.

»Lu«, flüsterte Zac an der Tür. »Ich höre Schritte.«

Ohne genauer hinzusehen, schnappte sie sich die nächstbeste Karte – eine mittelgroße mit zerfledderten Rändern. Sie konnte nicht sehen, wie detailliert sie war. Sie würden damit auskommen müssen.

Sie faltete die Karte zusammen, eilte aus dem Zimmer und folgte ihrem Bruder zur Hintertür. Rowenas schlurfende Schritte näherten sich vom Speisesaal. Lu hielt den Atem an, während Zac am Türschloss herumfummelte.

»Geschafft«, murmelte er. Er stieß die Tür auf, und sie schlüpften hindurch. Vorsichtig zog er die Tür wieder zu, und sobald sie sich mit einem leisen Klicken geschlossen hatte, rannten Lu und er in den rückwärtigen Garten.

Endlich erreichten sie die Bäume, wo Zac stehen blieb, um zu verschnaufen. Lu musterte ihn besorgt, doch er fing ihren Blick auf und grinste.

»Alles bestens«, versicherte er. »Ich bin nur etwas kurzatmig.«

Lu war nicht sicher, ob sie ihm glauben sollte. Im Augenblick hätte er alles behauptet, um die Wildlands zu retten. Doch nach wenigen Sekunden ging sein Atem tatsächlich ruhiger, und schon bald liefen sie weiter.

»Wie wollen wir den Phönix überhaupt finden?«, fragte Lu, als der Baumbogen in Sicht kam. Ein Blick in das Gesicht ihres Bruders verriet ihr, dass ihn dieselbe Frage beschäftigte.

»Der Phönix findet uns«, sagte er. »Aber vielleicht können wir bei dem knorrigen Baum anfangen. Es scheint sein Lieblingsplatz zu sein. In fast jeder Erinnerung, die er mir gezeigt hat, waren Mum und er bei diesem Baum.«

Lu spürte einen Anflug von Eifersucht, doch sie schob ihn beiseite. Dafür war jetzt keine Zeit. »In sieben Stunden geht die Sonne unter«, sagte sie. »Nach Einbruch der Dunkelheit sollten wir uns lieber nicht im Wald aufhalten, wenn wir nicht gefressen werden wollen.«

»Vielleicht würde der Phönix ja dann zu uns kommen«, bemerkte Zac, doch Lu war nicht überzeugt. Am Morgen hatte er ihnen auch nicht geholfen, und das hieß, dass sie nicht auf ihn zählen durften. Sie waren auf sich gestellt.

Als sie durch den Baumbogen traten, spürte Lu den mittlerweile vertrauten Schauer, als sich die Luft um sie herum ein klein wenig veränderte. Es war unbestreitbar, dass die Wildlands magisch waren. Bei dem Gedanken, dass all das wegen Oliver verschwinden sollte – nein, eigentlich wegen *ihnen* –, zog sich etwas in ihr vor Kummer zusammen.

»Wo geht's lang?«, fragte Zac, als sie auf der Wiese angekommen waren. Lu faltete die Karte auseinander, die sie in ihren Rucksack gesteckt hatte, und ihre Hoffnung schwand. An den Rändern war die Karte gut lesbar, doch der ganze mittlere Teil war verblasst und verschmiert, als wäre Wasser daraufgelaufen.

»Soll das ein Witz sein?«, fragte Zac. »Die Tinte ist fast weg.«

»Tut mir leid«, sagte Lu zerknirscht. »Es war total dunkel im Büro. Ich habe einfach die erstbeste Karte genommen.«

Zu ihrer Überraschung hob Zac die Hände. »Ist ja nicht deine Schuld«, sagte er beschwichtigend. Dabei klang er allerdings so mutlos, dass Lu sich doppelt schuldig fühlte.

»Wir kennen zumindest die Richtung«, sagte sie und zeigte nach Westen. »Wir gehen einfach hier entlang und hoffen, dass der Mantikor nicht mehr da ist.«

Zac hob abrupt den Kopf. »Den Mantikor hatte ich ganz vergessen.«

»Das hab ich mir gedacht.« Lu stöhnte. »Ich habe gehört, wie Rowena und Conrad darüber gesprochen haben, wie man den Mantikor vertreibt. Sie haben etwas von einer Taschenlampe gesagt.« Zac zog die Augenbrauen hoch. »Eine Taschenlampe? Wozu soll die gut sein?«

»Ich weiß es auch nicht genau«, erwiderte Lu. »Vielleicht irritiert ihn der Lichtstrahl? Jedenfalls habe ich vorsorglich eine mitgenommen. Penelope hat auch immer eine dabei.« Sie zog eine große Stabtaschenlampe hervor.

Zac pfiff anerkennend und klopfte ihr auf die Schulter. »Du bist ein Genie!«

»So weit würde ich nicht gehen«, murmelte Lu verlegen, doch dann musste sie grinsen. »Wenn ich falschliege, verputzt uns der Mantikor heute zum Abendessen. Hoffen wir einfach mal, dass ich recht habe.«

»Etwas Optimismus kann niemals schaden«, sagte Zac und steuerte auf den Waldrand zu. »Komm. Heute Morgen habe ich diesen Weg genommen, und Penelope meinte, ich wäre zu weit südlich gewesen, also …«

In diesem Moment begann der Boden unter ihnen zu zittern, und Zac und Lu stolperten vornüber und landeten in den Wildblumen. Wenige Meter vor ihnen im Wald stürzten mehrere Bäume krachend zu Boden. Lu schrie auf und warf sich schützend über ihren Bruder.

Der Himmel, der eben noch sommerlich blau gewesen war, überzog sich mit dunklen Gewitterwolken, und ein heftiger Windstoß brauste über die Wiese. Die Einhörner auf der Weide wieherten unruhig, und Lu blickte sich ängstlich um.

»Was ist los?«, schrie sie, gerade als ein Blitz durch die Luft zuckte.

»Ich weiß es nicht!« Obwohl Zac ebenfalls schrie, konnte sie ihn über das ohrenbetäubende Donnergrollen kaum hören. »Lass uns zurückgehen!«

Panisch rappelte Lu sich hoch und hielt sich mühsam auf den Beinen. Sie griff nach Zacs Hand und zog ihn auf den Baumbogen zu. Dieser Sturm musste magisch sein. Am besten, sie verließen die Wildlands, bis das Unwetter vorbei war.

Doch bevor sie einen Schritt weiter machen konnten, erhellte ein blendendes Licht die Luft. Direkt vor ihren Augen schlug ein riesiger Blitz in das verschlungene alte Baumpaar ein und ließ es splitternd auseinanderbrechen.

So plötzlich, wie das Unwetter gekommen war, legte es sich wieder. Der Himmel wurde strahlend blau, der Boden ruhig. Es war ganz still. Doch all das nahm Lu kaum wahr.

Sie starrte nur auf die zerstörten Überreste ihres einzigen Wegs nach draußen.

DREIUNDZWANZIGSTES KAPITEL

Zac

Zac hatte schon seit Tagen keine Panikattacke mehr gehabt, doch als er den zerstörten Baumbogen sah, wurde ihm schwarz vor Augen, und seine Brust zog sich schmerzhaft zusammen.

Nein. Nein, nein, nein. Sie durften nicht in der Falle sitzen. Vielleicht funktionierte das Tor trotzdem noch. Auf wackligen Beinen stolperte er zwischen den verkohlten Baumstümpfen hindurch. Nichts geschah. Er war noch immer in den Wildlands.

Sie waren gefangen.

»Atmen«, sagte Lu, die zu ihm gelaufen war. »Atmen, Zac! Alles wird gut.«

»Gar nichts wird gut«, keuchte er und sank zu Boden. »Nichts … gar nichts …«

Was würde aus ihrem Vater werden? Wie würde Tante Merle ihr Verschwinden erklären? Würde sie behaupten, sie seien entführt worden? Weggelaufen? Oder würde sie ihm die Wahrheit sagen?

Was würde aus Rowena und Conrad werden, wenn sie die Wildlands nicht mehr betreten konnten? Würde der Fluch sie treffen, obwohl sie keine Schuld hatten?

Und was würde mit Penelope geschehen?

Zac hyperventilierte, sein Atem ging hechelnd und stoßweise. Er nahm gerade noch wahr, dass Lu die Arme um ihn schloss, doch es half nichts. Nichts half mehr.

»Der … der Phönix …«, stieß er hervor. Der Phönix konnte das Tor reparieren. Er hatte magische Kräfte. Er musste das Tor reparieren, und alles würde wieder gut, versuchte Zac sich einzureden. Alles würde wieder gut.

»Wir werden ihn finden.« Lus Stimme erreichte ihn wie aus weiter Ferne. »Ich verspreche dir, dass wir ihn finden.«

Zac kniff die Augen zu und zog die Knie an die Brust. Er zitterte am ganzen Körper. Es würde alles wieder gut. Es würde alles wieder gut. Es würde …

Unvermittelt trat ein Bild in sein Bewusstsein, das alle anderen Wahrnehmungen ausblendete. Er stand wieder unter dem knorrigen Baum und sah den Phönix vorbeitrippeln. Zacs Herz machte einen Hüpfer. »Da bist du ja!«, rief er und lief auf ihn zu. »Ich dachte schon, du würdest mir aus dem Weg gehen. Was ist passiert? Der Baumbogen ist zerstört. Kannst du ihn reparieren? Lu und ich sind eingesperrt, aber wir müssen unbedingt zurück. Es ist wichtig. Penelope ist verletzt, und wir …«

Er verstummte. Der Phönix nahm ihn gar nicht wahr. Er blickte nicht einmal in seine Richtung. Er eilte weiter, als wäre Zac gar nicht da.

Ihm wurde klar, dass es eine Erinnerung war, und seine Hoffnung schwand. Aber warum zeigte der Phönix ihm das? Es musste wichtig sein.

Während Zac ihm folgte, bemerkte er einen seltsamen Busch, auf den der Phönix direkt zusteuerte. Er war nicht sehr groß, die Zweige standen in alle Richtungen ab, und der untere Teil war sonderbar dunkel und verzweigt. Stirnrunzelnd trat er näher. Erst als er direkt davor stand, sah er, dass es gar kein Busch war.

Es war ein Käfig. Drinnen, auf einem Bett aus Laub und Moos, lag eine einzelne, purpurrote Phönixfeder.

»Stopp!«, rief Zac und versuchte, sich vor den Käfig zu stellen. Doch der Phönix stolzierte durch ihn hindurch, als wäre er gar nicht da, und Zac hörte ihn leise schnurren, während er sich der Feder näherte.

»Nein, sieh doch – es ist ein Käfig!«, flehte er, doch umsonst. Es war eine Erinnerung. Es geschah nicht in diesem Moment. Hilflos musste er mit ansehen, wie der Phönix in die Falle tappte.

Augenblicklich schloss sich die Tür, und jemand jubelte triumphierend. Oliver trat hinter einem Strauch hervor, einen dünnen Draht in der Hand, der an der Tür des Käfigs befestigt war.

»Hab ich dich!«, sagte er grimmig. Er hob den Käfig hoch,

und der Phönix im Inneren kreischte. »Du wirst jetzt meine Schwester retten.«

Der Phönix versuchte, die Flügel auszubreiten, doch der Käfig war viel zu klein. Oliver schob einen Lederriemen durch die Gitterstäbe und legte ihn sich über die Schultern, sodass er den Käfig auf dem Rücken tragen konnte. Der Phönix begann jetzt ernsthaft zu protestieren, und Zac spürte, wie sich Spannung in der Luft aufbaute. Der Himmel wurde dunkel, und die Erde begann zu beben.

»Was …« Oliver schwankte und hätte beinahe das Gleichgewicht verloren. »Was machst du da? Hör auf!«

Doch das Beben wurde stärker, und mit einem Schrei wich Oliver einem umstürzenden Baum aus und rannte los. Zac verlor ihn aus den Augen, und die Szene verblasste.

»Zac? *Zac!*« Lu zitterte, ihr Gesicht war angstverzerrt. »Kannst du mich hören?«

Zac nickte schwach und blinzelte, während der Wald und das zerstörte Tor vor seinen Augen wieder Gestalt annahmen. »Oliver hat ihn«, brachte er mit erstickter Kehle heraus. »Ich habe es gesehen. Der Phönix … Oliver hat ihn in einen Käfig gesperrt!«

Lu reichte ihm sein Asthmaspray, doch Zac schob es weg. Das war kein Asthmaanfall. »Bist du dir sicher?«, fragte sie.

»Ganz sicher. Deshalb ist es zu dem Sturm und dem Erdbeben gekommen. Es war der Phönix.«

Seine Schwester atmete scharf aus und musterte das zerstörte Tor. »Oliver kann ihm nichts anhaben, solange er in den Wildlands ist. Deshalb hat der Phönix den Ausgang zerstört – um Zeit zu gewinnen.«

»Aber wir sind auch gefangen«, sagte Zac, dessen Atem sich langsam wieder beruhigte. »Und Oliver auch.«

»Nur in diesem Teil der Wildlands. Es gibt noch einen Ausgang, weißt du nicht mehr?« Lu lief zur Wiese und kam mit der nutzlosen Karte zurück. »Schau mal – siehst du dieses Zeichen hier?«

Zac kniff die Augen zusammen. Am oberen Rand der Karte entdeckte er einen dunklen Fleck. »Sieht aus wie ein Tintenklecks.«

Lu musterte den Fleck stirnrunzelnd. »Das glaube ich nicht. Schau mal hier …« Sie zeigte ans untere Ende der Karte, wo sich ein ähnlicher Fleck befand. »Das ist der Baumbogen.«

Er runzelte die Stirn. »Glaubst du wirklich?«, fragte er skeptisch.

»Ja. Siehst du? Das hier ist die Wiese, und hier – ich weiß, es ist verschwommen –, ich glaube, das ist das Grasland, und das ist ein See. Und dahinter müssen die Berge sein, die wir in der Ferne gesehen haben.«

Es konnte stimmen. Zac betrachtete die feinen Linien aufmerksam. »Aber wo ist der Stall?«

»Conrad hat gesagt, dass er ihn erst nach seinem Studium gebaut hat. Die Karte ist wahrscheinlich älter.«

Mit zitternden Fingern nahm Zac ihr die Karte aus der Hand und suchte die schwer entzifferbare Mitte ab. »Du glaubst, der andere Ausgang ist im Norden, im Grasland?«

»*Hinter* dem Grasland«, korrigierte sie. »Penelope hat gesagt, dass er sich an einem gefährlichen Ort befindet. Vielleicht ist er im Schwarzen Wald, hinter den Bergen.«

»Na wunderbar«, sagte Zac. »Wir müssen also nur einmal quer durch die Wildlands, aufpassen, dass wir nicht von Drachen oder Mantikoren oder anderen ausgehungerten Bestien gefressen werden, und hoffen, dass wir den richtigen Weg genommen haben. Und wenn nicht …«

»Wir könnten auch auf Oliver warten«, schlug sie vor. »Schließlich sitzt er mit uns hier fest. Er weiß bestimmt, wo der andere Ausgang ist.«

Zac zog die Augenbrauen hoch. »Glaubst du wirklich, er würde uns helfen, obwohl wir den Phönix retten wollen?«

Sie warf ihm einen Blick zu. »Glaubst du wirklich, er würde uns hier sterben lassen?«, fragte sie zurück.

Er zögerte. »Ich weiß es nicht«, sagte er schließlich. »Ich glaube, dass er alles tun würde, um seine Schwester zu retten.«

Lu schwieg, aber er konnte ihr ansehen, dass sie seiner Meinung war. »Er muss ja nicht wissen, dass wir ihm folgen«, sagte sie. »Wir könnten uns im Wald verstecken und ihm auflauern –«

»Ähm … Lu?« Zac richtete den Blick über ihre Schulter. »Ich glaube, zum Auflauern ist es zu spät.«

»Was? Warum?«, fragte sie und wirbelte herum. Ihre Augen wurden groß, und sie fluchte.

Halb versteckt hinter einem Baum am Rande der Wiese stand Oliver und starrte sie an.

VIERUNDZWANZIGSTES KAPITEL

Lu

Lu hatte sich immer für eine schnelle Läuferin gehalten. Immerhin war sie in der Leichtathletik-Mannschaft ihrer Schule. Zac konnte nicht rennen, sie aber schon, und sie liebte es.

Doch Oliver war schneller als alle Sprinter, die sie je gesehen hatte. Während ihre Turnschuhe kaum den Boden berührten, schien er trotz des schweren Käfigs auf seinem Rücken regelrecht durch den Wald zu fliegen. Natürlich waren seine Beine länger, vor allem aber hatte er Talent. Nach nur einer Minute hatte sie ihn aus den Augen verloren.

Als sie zu dem zersplitterten Baumbogen zurückkehrte, erwartete Zac sie dort. Er sah etwas besser aus als wenige Minuten zuvor. »Alles okay?«, fragte er besorgt.

»Ja, ich bin nur sauer«, schnaufte sie. »Er ist echt schnell.«

»Du aber auch«, sagte Zac beeindruckt. »Ich wusste gar nicht, dass du so rennen kannst.«

»Du und Mum seid ja auch nie zu meinen Wettkämpfen gekommen«, gab sie zurück. Zac verzog das Gesicht, und bevor er etwas erwidern konnte, fügte sie schnell hinzu: »Ist nicht schlimm. Ich weiß ja, dass du nicht kommen konntest. Ich meine nur – du warst nie da, deshalb konntest du es auch nicht wissen.«

»Das nächste Mal komme ich«, versprach er leise, doch dann musste er schlucken, als ihm klar wurde, dass es kein nächstes Mal geben würde. So oder so, sie saßen fest.

»Wir brauchen einen Plan«, sagte Lu. »Wenn wir Oliver nicht folgen können, müssen wir einfach davon ausgehen, dass die Karte stimmt und der andere Ausgang im Norden liegt.«

»Und wenn nicht?«, fragte Zac. Sie schüttelte den Kopf.

»Wie war das – etwas Optimismus kann niemals schaden?«, fragte sie mit einem Hauch von Spott. »Wenn es nicht stimmt, können wir uns immer noch etwas anderes überlegen. Aber dieser Ausgang ist im Moment unser einziger Weg. Wir müssen versuchen, ihn zu finden.«

Wieder betrachteten sie die verblichene Karte. »Was glaubst du, wie lange es dauert, bis wir beim Schwarzen Wald sind?«, fragte Zac.

»Ich weiß es nicht«, gab sie zu. Sie würden regelmäßig Pause machen müssen, damit ihr Bruder sich ausruhen konnte, und sie war sich immer noch nicht sicher, wie groß die Wildlands eigentlich waren. Selbst wenn es ihnen gelang, die Berge zu überqueren, mussten sie immer noch durch den heimtückischen Wald auf der anderen Seite. »Zwei Tage vielleicht?«

Zac schürzte die Lippen. Als könnte er ihre Gedanken lesen, fragte er: »Und wie lange würdest du ohne mich brauchen?«

Sie schüttelte entschieden den Kopf. »Ich lasse dich hier bestimmt nicht allein. Wir finden einen Weg. Wenn es sein muss, trage ich dich.«

Zac schnaubte. »Wie willst du das denn machen? Ich bin doch genauso schwer wie du.«

»Keine Ahnung«, entgegnete sie gereizt. »Aber wir bleiben zusammen. Allein ist es zu gefährlich. Außerdem ist es völlig egal, wie schnell ich bin, wenn mich unterwegs ein tollwütiges Einhorn anfällt.«

»Glaubst du etwa, *ich* könnte dich vor einem tollwütigen Einhorn beschützen?«, fragte Zac, doch als sie den Blick hob, grinste er. Sie grinste zurück.

»Du bist jedenfalls verrückt genug, um es zu versuchen. Und jetzt komm – wenn wir Oliver finden wollen, bevor er die Wildlands mit dem Phönix verlässt, müssen wir jetzt los. Er ist nach Norden zum Fluss gelaufen. Vielleicht haben wir Glück und erreichen die Berge noch vor Sonnenuntergang, dann können wir uns eine Höhle suchen, in der wir die Nacht verbringen.«

Lu marschierte so schnell los, dass Zac beinahe rennen musste. »Du weißt schon, dass in den Bergen Drachen leben, oder?«, fragte er schnaufend. Sie verlangsamte ihren Schritt.

»Trotzdem ist eine Höhle besser, als unter freiem Himmel

zu schlafen, wo sie uns aus jeder Richtung angreifen können«, erwiderte sie. Dabei war sie selbst nicht sicher, wie sie die Nacht verbringen würden. Sie würden improvisieren müssen. Etwas anderes blieb ihnen nicht übrig.

Sie suchte stabile Wanderstöcke für sie beide, und so trabten sie zum Fluss. Der Weg kam ihr länger vor als vor zwei Tagen. Mehrmals mussten sie haltmachen, damit Zac Atem schöpfen konnte. Sein Keuchen wurde immer schlimmer, doch er weigerte sich, länger als ein oder zwei Minuten stehen zu bleiben. Sie ließ ihn das Tempo vorgeben, und als sie endlich das Grasland erreichten, seufzte sie erleichtert.

»Warte hier«, sagte sie und lief zu einem Baum mit kräftigen Ästen. »Ich schaue von oben, wie weit es ungefähr ist.«

»Wie bitte?«, fragte Zac, doch sie war schon dabei, den Baum hochzuklettern. Die Äste waren nicht allzu weit voneinander entfernt, und sie zog sich mit Leichtigkeit in die Höhe. Zac beobachtete sie sprachlos vom Boden, und als sie nach unten schaute, sah sie, dass sein Mund offen stand. Lu lächelte. Anscheinend gab es einiges, was sie nicht voneinander wussten.

Als sie den Wipfel erreicht hatte, schlang sie die Arme um den Stamm und ließ den Blick über die Wildlands schweifen. Von hier oben sah das Grasland gar nicht mehr so groß aus, selbst die Berge wirkten näher, als sie in Wirklichkeit waren. In der Ferne entdeckte sie eine Einhornherde, und sie konnte auch den Weiher sehen und glaubte sogar, eine Meerjungfrau auszumachen, die sich auf einem Felsen sonnte.

»Was siehst du?«, rief Zac. »Ist Oliver da draußen?«

Sie kniff die Augen zusammen. Soweit sie von hier aus auch sehen konnte, von Oliver war keine Spur zu entdecken. Aber es war gut möglich, dass er sich am Waldrand hinter den Bäumen verbarg oder einen anderen Weg genommen hatte, von dem sie nichts wussten. »Nein«, rief sie. »Wahrscheinlich ist er noch im Wald.«

»Sollen wir auf ihn warten?«, rief Zac. Sie schüttelte den Kopf.

»Der Wald geht kilometerweit. Er könnte überall sein, und dann würden wir ihn nicht mehr einholen.«

Sie machte sich an den Abstieg, und als sie wieder auf festem Boden stand, wischte sie sich die Hände an der Jeans ab und zeigte auf die Berge. »Ich denke, wir sollten in diese Richtung gehen.«

Schweigend begannen sie ihren Weg durch das Grasland. Die Sonne brannte auf ihre Köpfe, und Lu wünschte, sie hätten Hüte mitgenommen. Ohne die Schatten spendenden Bäume des Waldes war die Hitze beinahe unerträglich, und als sie die dritte Hügelkuppe erreichten, ging Zacs Atem wieder keuchend. Während er auf dem Boden saß und sich ausruhte, schaute sie sich um und entdeckte überrascht ein braunes Fohlen mit einem winzigen goldenen Horn auf der Stirn, das sie neugierig beobachtete.

»Zac«, flüsterte sie und stupste ihn an. Er hob den Blick, noch immer schnaufend.

»Oh«, machte er und rappelte sich auf. Während sie beide

dastanden und das Fohlen anstarrten, trabte das kleine Einhorn neugierig auf sie zu.

»Hallo«, sagte Lu sanft und hielt ihm die ausgestreckte Hand hin. Das Fohlen beschnupperte sie hoffnungsvoll, und sie lächelte. »Tut mir leid, wir haben leider nichts für dich.« Sie hatten selbst kaum genug zu essen, um die nächsten Tage zu überstehen. »Wo ist denn deine Familie?«

»Äh, da drüben, glaube ich«, sagte Zac und griff nach seinem Rucksack. »Lu …«

Ein wütendes Wiehern drang durch die Stille, und auf dem nächsten Hügel bäumte sich ein großer Hengst auf, der ebenfalls ein goldenes Horn trug. Hinter ihm erschienen weitere Einhörner, deren spitze Hörner in der Sonne funkelten. Das Fohlen stellte die Ohren auf, kehrte jedoch nicht zu seiner Herde zurück. Lu schluckte nervös.

»Es ist alles in Ordnung«, rief sie den Einhörnern zu und bewegte sich langsam rückwärts. »Wir tun ihm nichts, versprochen. Wir sagen nur Hallo, das ist alles.«

Der Hengst schnaubte, eine eindeutige Warnung. Lu trat noch einen Schritt zurück und hätte beinahe das Gleichgewicht verloren. Sie fing sich gerade noch rechtzeitig und ließ den Hengst nicht aus den Augen. Sie war sicher, wenn sie den Blick abwandte, würde er angreifen.

»Was du auch tust, nicht rennen«, sagte sie leise zu ihrem Bruder.

»Keine Sorge, ich renne nie«, keuchte Zac. »Wenn er angreift, läufst du nach links und ich nach rechts, okay?«

Lu nickte, doch sie nahm seine Worte kaum wahr. Das Fohlen kam schon wieder zu ihnen, es schien die Lage offensichtlich nicht zu begreifen. Hartnäckig wollte es in Lus Hand nach Futter suchen, und der Hengst verlor keine Zeit mehr. Er stieß einen wütenden Kriegsschrei aus, der über das Grasland hallte, bäumte sich auf und stürmte dann geradewegs auf sie zu.

Lu dachte nicht nach. Das spitze Horn war nur noch wenige Meter von ihnen entfernt, als sie Zac zur Seite stieß und mit vollem Gewicht auf ihm landete. Während die donnernden Hufe immer näher kamen, kullerten sie den Hügel hinunter in das sanfte Tal unter ihnen.

»Aua!«, schrie Zac, als sie endlich nicht mehr weiterrollten. »Ich hab doch gesagt, du sollst nach links laufen!«

»Das war ein Unfall«, murmelte sie und spähte den Hügel hinauf. Der Hengst stand auf der Kuppe neben dem Fohlen. Seine Silhouette zeichnete sich vor dem hellen Himmel ab, und er blickte drohend zu ihnen hinunter, bevor er sein Junges mit einem weiteren Wiehern zurück zur Herde trieb. Lu setzte sich auf und rieb sich die brennenden Wangen. »Alles okay?«

»Ja, aber ich glaube, ich habe mir die Hand aufgeschürft«, sagte er, und tatsächlich, auf der Handfläche, die nicht gezeichnet war, waren mehrere blutige Kratzer. »Du hast nicht zufällig Pflaster dabei, oder?«

Lu holte ein Päckchen Pflaster aus dem Rucksack. Es waren alte Kinderpflaster, aber Zac beschwerte sich nicht, als sie die Wunde mit etwas Wasser aus ihrer Trinkflasche auswusch und sorgfältig ein pinkfarbenes Pflaster daraufklebte. »So«, sagte sie. »Keine weiteren Verletzungen?«

»Ich werde morgen ein paar blaue Flecke haben, aber wenigstens wurde ich nicht aufgespießt. Bei dir alles okay?«

Sie nickte. Sie hatte schon schwerere Stürze erlebt, und die paar Kratzer störten sie nicht. »Komm, lass uns hier verschwinden, bevor die Einhörner es sich anders überlegen.«

»Ich weiß gar nicht, was die haben«, murrte Zac, als sie ihn auf die Füße zog. »Das Fohlen ist doch zu uns gekommen, nicht andersrum. Dass Einhörner sanftmütig sind, muss wirklich ein Märchen sein.«

»Na ja, sie wurden ja auch jahrhundertelang von Monstern wie Thomas Wilde gejagt«, gab Lu zu bedenken. »Außerdem, wenn ich so ein Horn auf der Stirn hätte, würde ich auch öfter mal ausrasten.«

»Tust du doch auch so«, sagte Zac spitz. Lu sah ihn finster an, allerdings mit Mühe, und sie gab es schnell wieder auf. Sie waren ganz allein in der Wildnis, und sie wären gerade fast von einem wütenden Einhorn getötet worden. Es war nicht der beste Moment, um sich zu zanken.

»Komm«, sagte sie und stieg langsam den nächsten Hügel hinauf. Im Augenblick konnten sie nur weitergehen, und genau das sollten sie auch tun.

Trotz ihrer Entschlossenheit, die Berge vor Einbruch der Dunkelheit zu erreichen, zogen sich die Hügel endlos dahin. Lu bemühte sich, so zu gehen, dass der Weg Zac so wenig wie möglich beanspruchte. Ab und zu warf sie ihrem Bruder einen verstohlenen Blick zu, während er neben ihr durchs Gras schnaufte. Sie war sich nicht sicher, wie lange er noch durchalten würde, und als sie an ein kleines Wäldchen kamen, dessen Bäume kaum größer waren als sie selbst, bestand sie darauf, dass sie eine Pause machten und etwas aßen.

»Es müsste bald Zeit fürs Abendessen sein«, sagte sie und reichte ihm einen Apfel, der auf ihrem Frühstückstablett gelegen hatte. »Vielleicht sollten wir heute Nacht hierbleiben.«

»Machst du Witze?«, fragte Zac, bevor er herzhaft in den Apfel biss. »Hier kann man uns aus allen Richtungen sehen.«

»Wir schaffen es nicht zu den Bergen, bevor es dunkel wird«, sagte sie und lehnte sich an einen Baumstamm. »Wir schaffen es höchstens bis zum See, aber ich habe dort nichts gesehen, wo man sich verstecken könnte.«

»Wir müssen weiter«, widersprach er. »Im Grasland sind wir auch nicht schutzloser als hier, also können wir ebenso gut weitergehen. Außerdem wissen wir nicht, wie weit Oliver schon ist. Vielleicht kennt er eine Abkürzung.«

»Das glaube ich auch«, sagte sie nachdenklich, und der Gedanke machte sie mutlos. »Wie könnte er sonst jeden Tag in die Berge gehen und zum Abendessen wieder zurück sein?«

Sie verfielen in Schweigen und verspeisten ihre karge Mahlzeit. Lu war völlig ausgehungert und hätte alles für einen großen Teller Nudeln mit Käsesoße gegeben, aber vorerst mussten der Müsliriegel und die Kekspackung aus dem Flugzeug, die sie in ihrem Rucksack gefunden hatte, reichen.

Während sie langsam kaute, um möglichst lange etwas von ihren Keksen zu haben, bemerkte sie ein dunkles Augenpaar, das hinter einem Baum hervorlugte. Sie hielt ganz still. Es war ein Rotfuchs – ein ganz junger, wie es aussah, fast noch ein Baby.

»Zac«, flüsterte sie. »Nicht bewegen.«

»Was?«, fragte er, den Mund voll Apfel. Er folgte ihrem Blick, und gemeinsam beobachteten sie gebannt, wie die Nase des kleinen Tieres zuckte.

Mit langsamen Bewegungen brach Lu ein kleines Stück von ihrem Keks ab und hielt es dem Tierchen hin. Gespannt wartete sie, und endlich kam der Fuchs hinter seinem Baum hervor. Es war kein normaler Fuchs, stellte sie fest. Er hatte zwei Schwänze.

»Na, du«, murmelte sie mit sanfter Stimme, so wie sie immer mit ihren Katzen sprach. »Komm ruhig her. Wir tun dir nichts.«

Der Fuchs wagte sich vorsichtig näher und hob schnuppernd die Nase. Zu Lus Entzücken fraß er vorsichtig die Krümel von ihren Fingerspitzen und schaute sie mit aufgerichteten Ohren an, als hoffte er auf mehr.

Lu lächelte und brach vorsichtig noch ein Stückchen ab. »Er ist noch ein Welpe«, flüsterte sie. »Ein Baby. Oder zumindest noch sehr klein. Du bist doch nicht allergisch gegen Füchse, oder?«

Zac zuckte die Schultern. »Ich war noch nie in der Nähe von einem Fuchs.« Lu konnte jedenfalls keine tränenden

Augen ausmachen, und er schnaufte nicht mehr als vorher. Gutes Zeichen.

»Wo ist denn deine Mama?«, fragte sie das kleine Wesen. »Und deine Geschwister?«

»Die machen sich bestimmt schon zum Angriff bereit«, sagte Zac und schaute sich nervös um. »Warum wollen uns eigentlich alle hier umbringen?«

»Weil die Tiere hier wild sind«, sagte Lu. Das Füchschen begann, ihr den Finger zu lecken, und sie ließ es gewähren. Da es keine Krümel mehr fand, kletterte es auf ihren Schoß und beschnupperte die leere Kekspackung. »Menschen gehören nicht hierher. Das ist so, als ob man ... in ein Löwengehege spazieren würde. Dieses Land gehört den Tieren, nicht uns. Wir sind hier nur zu Besuch.«

»Ich war noch nie im Zoo, schon vergessen?«, grummelte Zac, doch er sah fasziniert zu, wie der kleine Fuchs mit der knisternden Folie spielte. »Es tut mir leid, dass wir keine Haustiere haben konnten«, sagte er unvermittelt.

»Was?« Lu blickte überrascht auf. »Das war doch nicht deine Schuld.«

»Ich weiß, aber ...« Er verzog das Gesicht. »Es hätte dich so glücklich gemacht, wenn wir einen Hund oder eine Katze gehabt hätten. Es tut mir leid, dass das nicht geht. Es tut mir leid, dass ich ständig krank bin und ... dir das Leben schwer mache.«

Sie starrte ihn an. Der Fuchs war vergessen. »Wovon redest du?«

Er zuckte die Schultern, senkte den Blick und zupfte ein paar Grashalme aus. »Ich bin ja nicht blöd. Ich weiß, dass sich immer alles um mich dreht. Die Arzttermine, die Krankenhausaufenthalte, die Medikamente, was ich essen darf, was ich nicht essen darf, wogegen ich allergisch bin und so weiter. Du hast es selbst gesagt – Mum und ich sind zu keinem einzigen deiner Wettkämpfe gekommen.«

»Das ist mir egal«, sagte sie entgeistert. »Also, klar, es ist nicht das tollste Gefühl der Welt, wenn niemand in der Menge dich anfeuert. Aber du kannst doch nichts dafür. Du hast dir deine Krankheiten doch nicht ausgesucht.«

»Du dir aber auch nicht«, entgegnete er. »Ich glaube, manchmal waren Mum und Dad so damit beschäftigt, ob ich atmen konnte oder ob irgendwelche Allergene im Haus waren, dass sie vergessen haben, sich auch um dich zu kümmern.«

Lu streichelte das Füchschen, und Tränen stiegen ihr in die Augen. Sie schwieg eine ganze Weile. Er hatte recht. Sie hatte sich oft genug vergessen oder nicht beachtet gefühlt, aber irgendwann hatte sie sich einfach daran gewöhnt. Während ihre Mum damit beschäftigt gewesen war, über Zac zu wachen, war Lu draußen bei ihren Freunden und ihren Katzen und allem, was ihr Bruder nicht hatte. Nicht haben konnte.

»Ich habe dich nicht vergessen«, sagte Zac leise, kaum hörbar. »Ich weiß, das hilft dir nicht, aber … ich habe immer an dich gedacht. Ich weiß, dass ich dir nicht so wichtig bin wie Sophia oder deine Katzen, aber … du warst immer meine einzige Freundin.«

Sie rieb sich die Augen. Seine Worte trafen sie wie ein Stoß in den Magen. »Es tut mir leid, dass ich so eine schlechte Schwester war«, murmelte sie und vergrub die Finger in dem weichen Fell des Füchschens. »Ich hätte öfter bei dir zu Hause bleiben und Zeit mit dir verbringen sollen, so wie Mum. Ich hätte mit dir spielen sollen, statt in den Park zu gehen. Ich hätte mir deine Bilder anschauen sollen und –«

»Ich wäre ziemlich sauer geworden, wenn du meinetwegen deine Freunde aufgegeben hättest«, unterbrach Zac sie fest. »Ich hatte Mum. Sie war die ganze Zeit bei mir, ich war nicht allein. Wirklich nicht.«

Aber es gab einen Unterschied zwischen allein und einsam, und Lu kannte ihn nur zu gut. Sie schniefte, und der Fuchs begann zu schnurren. »Es tut mir leid, dass wir uns so … fremd geworden sind. Es hat mich schon lange traurig gemacht, aber … ich wusste einfach nicht, wie ich es ändern sollte.«

»Das ist jetzt vorbei«, sagte Zac und streckte zögernd den Zeigefinger aus, um dem Welpen über den Kopf zu streicheln. »Dass Mum gestorben ist, war das Schlimmste, was uns je passiert ist. Aber dass wir hierhergekommen sind, und dass ich meine Schwester zurückbekommen habe …«

Er verstummte, aber mehr musste er auch nicht sagen. Sie verstand ihn. Wortlos drehte sie sich zu ihm und umarmte ihn fest. Das hatte sie seit ihrer Ankunft in England schon viele Male getan, doch diese Umarmung war die erste, bei der sie spürte, dass sie ihn wirklich umarmen wollte.

FÜNFUNDZWANZIGSTES KAPITEL

Zac

Als sie ihren Weg über das hügelige Grasland fortsetzten, bedauerte Zac beinahe, das kleine Wäldchen zu verlassen. Ein größerer Fuchs – mit drei Schwänzen – war gekommen, um das Junge abzuholen, das auf Lus Schoß eingeschlafen war. Zu seiner Überraschung war es ohne Knurren und Zähnefletschen vonstattengegangen. Die Mutter war einfach auf Lu zuspaziert, hatte ihr Junges vorsichtig am Nackenfell gepackt und war mit ihm davongezogen.

Die Sonne stand schon tief, und Zac wusste, dass sie höchstens noch zwei Stunden Tageslicht vor sich hatten. »Das südliche Ende des Sees müsste etwa einen Kilometer entfernt sein«, sagte Lu, während sie durch das hüfthohe Gras stapften.

»Dann sollten wir am Ufer entlanggehen, bis wir einen Weg über die Berge finden.«

»Oder eine Höhle«, sagte Lu. »Wir brauchen einen sicheren Platz zum Schlafen.«

Sie hatte recht. Zac konnte sich nicht erinnern, wann er in seinem Leben je so müde gewesen war. Am liebsten hätte er auf der Stelle die Augen geschlossen. Doch dann sah er, dass sich einige Meter vor ihnen etwas durchs hohe Gras bewegte, und war mit einem Schlag hellwach. Er blieb stehen und gab Lu ein Zeichen, ebenfalls anzuhalten.

»Was ist?«, flüsterte sie. Das Gras wogte weiter – was auch immer hindurchschlich, kam auf sie zu. Lu stellte sich schützend vor ihn. »Ich übernehme das.«

»Vielleicht noch ein Fuchs«, flüsterte er und versuchte, an ihr vorbeizuspähen. »Immerhin hat es uns noch nicht angegriffen …«

»Könnte es aber noch.« Lu nahm ihren Wanderstock in beide Hände und schwang ihn wie einen Baseballschläger. »Halt ein bisschen Abstand.«

Während sie sprach, bemerkte Zac eine Bewegung zu seiner Linken – und dann zu seiner Rechten. Entsetzt stellte er fest, dass sich das Gras überall um sie herum bewegte. Sie waren umzingelt.

»Lu …« Er umklammerte nun ebenfalls seinen Wanderstock und wandte sich um. Sie würden sicher nicht alle Geschöpfe erwischen können, was auch immer sie waren, aber vielleicht konnten sie ein paar gute Treffer landen und die anderen so vertreiben. »Die Viecher sind überall. Was soll ich …«

»Oh!«, machte Lu plötzlich, und Zac wirbelte herum, bereit, zuzuschlagen. Doch Lu kniete neben einem kleinen braunen Kaninchen – mit einem Geweih auf dem Kopf. »Guck mal – es ist ganz zutraulich!«

Zac kniff die Augen zusammen. »Das Einhornfohlen war auch zutraulich«, erinnerte er sie, als sich ein weiteres kleines Wesen näherte. Es ähnelte dem Kaninchen, hatte jedoch Flügel und einen Eichhörnchenschwanz.

»Der Fuchs auch«, erklärte sie. »Und bei dem ist ja auch alles gut gegangen.«

Zwei weitere wunderliche Kaninchen erschienen, jedes ein bisschen anders, und Zac sah verblüfft noch weitere Kreaturen zwischen den Grashalmen auftauchen. »Was sind das für Geschöpfe?«, fragte er. Er wagte es nicht, sie anzufassen, es waren einfach zu viele. Sie waren klein, aber wenn alle zusammen angriffen, hätten sie gegen ihre spitzen Hörner und scharfen Krallen keine Chance.

»Keine Ahnung«, sagte Lu und kraulte dem ersten Kaninchen das Fell. »Von solchen Wesen habe ich noch nie gehört.«

Ein weiteres Kaninchen näherte sich und beschnupperte Zacs Hosenbein. »Egal, was sie sind, komm ihnen nicht zu nahe«, warnte er. »Guck mal, das da hat Reißzähne.«

»Die tun nichts«, widersprach Lu. »Schau doch …«

In diesem Moment ertönte ganz in der Nähe ein tiefes, seltsam menschliches Knurren, und Zac fuhr zusammen. Er sah Lu an, deren Augen sich weiteten, und beide erstarrten.

Sie kannten dieses Geräusch.

Der Mantikor.

»Lu«, flüsterte Zac panisch, doch sie tastete bereits nach

der Taschenlampe. »Nicht bewegen. Weißt du, wo er ist?«, fragte sie, knipste die Lampe an und ließ den Lichtstrahl über das hohe Gras gleiten.

»Direkt vor mir«, brachte Zac heraus. Der Mantikor knurrte wieder, diesmal noch näher. Zac konnte kaum atmen. »Da … da ist er«, keuchte er und zeigte mit dem Finger.

»Ich sehe ihn nicht«, erwiderte Lu nervös, obwohl sie den Lichtstrahl in die richtige Richtung lenkte. »Kannst du –«

In diesem Augenblick stieß der Mantikor ein ohrenbetäubendes Brüllen aus, erhob sich aus dem Gras und sprang auf sie zu. Lu schrie auf, und bevor Zac etwas tun konnte, stieß seine Schwester ihn zur Seite und richtete die Taschenlampe der Bestie direkt in die Augen.

Zac stürzte nach hinten und landete hart auf der Schulter, doch er nahm den Schmerz kaum wahr. »Lu!«, schrie er und rappelte sich auf.

»Nicht bewegen«, zischte sie. Zu seinem Schrecken stand sie nur wenige Schritte vor dem Mantikor und hielt die Taschenlampe wie eine Waffe auf ihn gerichtet. Das Monster versuchte, dem hellen Lichtstrahl auszuweichen, doch wohin es sich auch wandte, immer war sie da und leuchtete ihm ins Gesicht.

»Es funktioniert«, flüsterte er, benommen vor Erleichterung. »Es funktioniert wirklich.«

»Stell dich hinter mich«, befahl Lu. »Langsam. Wenn du dich zu schnell bewegst, greift er vielleicht an.«

Zentimeterweise schlich er durchs Gras und versuchte,

nicht an die scharfen Zähne, die spitzen Krallen oder den giftigen Stachel am Ende des Skorpionschwanzes zu denken. Diesmal konnten sie nicht einmal darauf hoffen, dass der Phönix sie rettete. Sie waren ganz auf sich allein gestellt.

»Wir gehen jetzt schön langsam weiter«, sagte Lu leise, ohne den Blick vom Mantikor zu lösen. »Bleib dicht neben mir.«

Zac bemühte sich, seine wachsende Panik unter Verschluss zu halten, während seine Schwester und er langsam den nächsten Hügel hinaufstiegen. Die Bestie folgte ihnen mit gesenktem Blick und einigen Metern Abstand, und Lu hielt die Taschenlampe weiter auf sie gerichtet.

»Wie sollen wir ihm entkommen?«, flüsterte Zac. »Wegrennen können wir nicht.«

»Irgendwann wird er das Interesse an uns verlieren und sich eine leichtere Beute suchen. Wir müssen nur Geduld haben«, erwiderte Lu, doch er konnte den Zweifel in ihrer Stimme hören.

Er verzog das Gesicht. »Diese Kaninchen-Viecher findet er bestimmt nicht halb so lecker wie –«

Plötzlich erlosch der Lichtstrahl, und Zacs Herz setzte aus. Lu schüttelte die Lampe, aber sie flackerte nur. Der Mantikor knurrte, und sein menschlicher Mund verzog sich zu einem furchterregenden Grinsen.

»Lu …«, jammerte Zac, während erneut die Panik in ihm aufstieg.

»Ich versuche es ja«, zischte sie und schüttelte die Lampe

wieder. Ihr Strahl flammte auf, doch obwohl der Mantikor kurz zurückwich, schien er zu spüren, dass sich das Blatt zu seinen Gunsten wendete, und er wagte sich näher und näher.

Zac umklammerte seinen Wanderstock. Eine Schweißperle rann ihm über die Stirn. »Es ist egal, was mir passiert, aber du musst hier verschwinden«, krächzte er. »Ich kann nicht rennen, aber vielleicht kann ich ihn lange genug hinhalten –«

»Nicht schon wieder diese Diskussion«, knurrte Lu, während sie weiter die Taschenlampe schwenkte. »Ich bleibe hier.«

»Und dann sterben wir beide, oder wie?«, sagte Zac. »Ich bin sowieso nutzlos.«

»Du bist nicht nutzlos«, widersprach sie. »Du bist mein Bruder, und ich lasse dich nicht im Stich.«

Er wollte einwenden, dass sie ohnehin keine Möglichkeit hatten, den Mantikor zu besiegen, da sie keinem Geschöpf der Wildlands etwas antun konnten. Wenn sie beide blieben, würden sie beide sterben.

Doch dann erlosch der schwache Strahl der Taschenlampe vollends, und es blieb keine Zeit für weitere Debatten.

Wieder grinste der Mantikor, von seinen Reißzähnen triefte Geifer. Zac umklammerte seinen Stock und wollte sich vor Lu stellen, doch die drängte sich neben ihn.

»Wir sind ein Team«, sagte sie fest. »Wir kämpfen zusammen.«

So standen sie Seite an Seite und warteten auf das Unausweichliche. Zacs Atem ging stoßweise, und seine Handflächen schwitzten, aber er stellte sich breitbeinig auf und starrte den Mantikor drohend an. Wenn er sie fressen wollte, musste er schon um sein Festmahl kämpfen.

Die Bestie brüllte und setzte zum Sprung an. In diesem Augenblick jedoch ertönte das Donnern von Hufen, und ein großer Apfelschimmel erschien auf dem Hügel und richtete sein langes silbernes Horn direkt auf den Mantikor.

»Hermes!«, japste Zac. Der Mantikor schnellte herum, aber er war nicht flink genug, um dem heranstürmenden Einhorn auszuweichen. Das silberne Horn bohrte sich tief in seine Flanke, und ein markerschütternder Schrei drang durch die laue Abendluft.

Zac stolperte rückwärts und zog seine Schwester mit sich. Mit Schaudern beobachteten sie, wie Hermes den Mantikor in Schach hielt, wobei er geschickt dem peitschenden Skorpionschwanz auswich. Der Mantikor konnte noch so wild kämpfen, der Stoß durch das Horn war lebensgefährlich gewesen, und als es dem Einhorn gelang, noch ein zweites Mal zuzustechen, war es vorbei.

»Oh mein Gott«, flüsterte Lu, als es um sie herum still wurde und das Einhorn sich über dem leblosen Mantikor aufrichtete. »Hast du das gesehen?«

»Mhmm«, murmelte Zac, zu benommen für eine längere Antwort. »Hermes – ist alles in Ordnung mit dir?«

Zu seiner Erleichterung schien der Apfelschimmel unversehrt zu sein. Zac ging vorsichtig auf ihn zu und vergewisserte sich, dass der Mantikor auch wirklich tot war, bevor er Hermes den letzten Apfel aus seinem Rucksack anbot. Nach zwei Bissen war er weg, und das Einhorn neigte den Kopf, beugte die Vorderbeine und senkte den Rücken.

»Was macht er da?«, fragte Lu, während sie die nutzlose Taschenlampe in den Rucksack stopfte.

»Ich … ich glaube, er will, dass wir aufsteigen«, sagte Zac unsicher. »Penelope hat gesagt, dass sie ihm das beigebracht hat.«

Lu warf dem Mantikor einen letzten finsteren Blick zu. »Na schön. Andernfalls kommen wir vor Einbruch der Dunkelheit nirgends mehr an.«

Zac nickte und machte sich an den Aufstieg. Lu folgte ihm, und als sie beide saßen, richtete das Einhorn sich auf.

»Ganz ruhig«, sagte Zac nervös, griff nach der silbernen Mähne und bemühte sich, einen halbwegs sicheren Sitz zu finden. Den Sattel musste Hermes irgendwo verloren haben, aber immerhin trug er noch den Zügel. Zac streckte den Arm danach aus, doch Hermes hatte andere Pläne und galoppierte ohne Vorwarnung los.

»Festhalten!«, schrie Zac, schlang die Arme um den Hals des Einhorns und kniff die Augen zu. Lu klammerte sich an ihn, und er betete still vor sich hin, nicht hinunterzufallen.

Wie beim letzten Mal, als Hermes mit Zac auf dem Rücken durch den Wald geprescht war, fühlten sich die Sekunden wie Minuten an und die Minuten wie halbe Ewigkeiten. Er hatte keine Ahnung, wie lange Hermes schon mit hämmernden Hufen über den weichen Boden des Graslands galoppierte.

Irgendwann verfiel das Einhorn endlich in ein holpriges Schritttempo. »Wo sind wir?«, fragte Zac, das Gesicht noch immer an Hermes Hals gepresst.

Lu schnappte nach Luft. »Schau mal – der See!«

Zac blickte auf. Tatsächlich, zu ihrer Rechten lag der See, und dahinter erhoben sich die Berge in den rosa-orangen Abendhimmel. Weiter im Osten trennte ein dichter Wald das Grasland von den Bergen, und die Baumwipfel glühten im Licht des prachtvollen Sonnenuntergangs. »Das ist ja das nördliche Ufer des Sees«, sagte er verblüfft. »Hermes hat uns zu den Bergen gebracht!«

»Fast«, erwiderte Lu. »Glaubst du, in dem Wald lebt irgendwas Gefährliches?«

»Vermutlich«, sagte Zac trocken und suchte das Seeufer ab. Das Wasser schimmerte silbrig, und er hätte schwören können, dass sich direkt unter der Oberfläche ein großer Schatten bewegte. »Ich würde es vorziehen, nicht zu schwimmen. Wenn wir schon gefressen werden, dann lieber an Land.«

Zac trieb Hermes sanft weiter, und das Einhorn trabte auf den Wald zu. Vielleicht würde es ja gar nicht so schlimm werden, überlegte er. Schließlich lebten die wirklich gefährlichen Biester auf der anderen Seite der Berge. Mit Hermes' Hilfe standen ihre Chancen sicherlich besser. Und vielleicht fanden sie ja sogar eine Abkürzung. Wenn es den zweiten Ausgang wirklich gab, mussten ihre Vorfahren sich doch etwas überlegt haben, wie man einigermaßen sicher dorthin kam.

Zac war so in seine Gedanken versunken, dass er erst nach einer ganzen Weile bemerkte, wie still es geworden war. Nicht einmal der Wind schien hier zu wehen, und das Rascheln der Blätter und Zweige unter Hermes' Hufen wirkte viel lauter als zuvor. Und düster war es. Die Baumkronen hoch über ihren Köpfen waren so dicht, dass sie das Abendlicht vollständig abschirmten.

»Vielleicht war das doch nicht so eine gute Idee«, bemerkte Lu mit piepsiger Stimme.

»Mach dir keine Sorgen«, erwiderte er, wobei er sich allerdings argwöhnisch umsah. »Hermes würde uns nicht hierherbringen, wenn es gefährlich wäre.«

Noch während er sprach, hörte er Hufgetrappel, das näher kam, auch wenn in der Dunkelheit nichts zu erkennen war. Gleich darauf ertönten die Hufe eines weiteren Tiers, und dann noch eines und noch eines, bis Zac sicher war, dass sie von einer ganzen Einhornherde eingekreist waren.

»Glaubst du, der wütende Hengst hat Verstärkung geholt?«, flüsterte er und drehte sich zu seiner Schwester um. Lu war blass, schüttelte den Kopf und starrte an ihm vorbei in die Dunkelheit.

Als Zac ihrem Blick folgte, stellte er fest, dass sie gar nicht von Einhörnern verfolgt wurden. Wenige Schritte vor ihnen stand ein stattlicher Zentaur.

Und er hielt seinen Speer genau auf sie gerichtet.

SECHSUNDZWANZIGSTES KAPITEL

Lu

Die Zentauren waren, wie Lu schnell feststellte, nicht zu Scherzen aufgelegt.

Alle zehn, die sie zählte, richteten ihre Waffen auf sie – Pfeil und Bogen, Säbel, Speere und Messer. Als der Kräftigste von ihnen näher auf sie zukam, schlang sie die Arme fest um ihren Bruder, als könnte sie ihn so schützen.

»Wir wollen niemandem etwas tun«, sagte sie und bemühte sich, selbstsicher zu klingen. »Wir möchten nur die Berge überqueren.«

»Menschen ist der Zutritt zu unserem Wald verboten«, erwiderte der Zentaur mit dröhnender Stimme. »Ihr seid ohne Befugnis in unser Gebiet eingedrungen.«

»Das haben wir nicht gewusst«, antwortete Lu schnell. »Dann gehen wir wieder.«

»Wer unbefugt in unseren Wald eindringt«, fuhr der Zentaur unbeirrt fort, »bezahlt mit dem Leben.«

Lu spürte, wie Zac erstarrte, während die anderen Zentauren beifällig murmelten. Hermes tänzelte nervös auf der Stelle. Es gefiel ihm offensichtlich nicht, dass die Zentauren immer dichter an sie heranrückten, und Lu hoffte mit aller Kraft, dass das Einhorn nicht einfach losgaloppierte. Die Zentauren würden sich die Gelegenheit, sie zu jagen, sicher nicht entgehen lassen. Hermes war zwar schnell, aber sie hatte das ungute Gefühl, dass die Zentauren ihm ebenbürtig waren.

»Wartet«, stammelte sie, als der erste Zentaur seinen Bogen hob. »Alcor … kann für uns bürgen.«

Der stattliche Zentaur, der anscheinend der Anführer der Gruppe war, zog die Augenbrauen zusammen und gab dem Bogenschützen ein Zeichen, seine Waffe zu senken. »Ihr kennt Alcor, Sohn des Mizar?«

»Ja … genau den«, sagte Lu schnell. »Wir haben ihn vor ein paar Tagen kennengelernt. Er … er ist wieder hier, oder?« Jedenfalls war er gestern nicht im Stall gewesen.

»Alcor, Sohn des Mizar, ist zu uns zurückgekehrt, das ist richtig«, sagte der Anführer langsam und musterte sie abschätzig. »Und ihr meint, er wird sich für euch aussprechen?«

»Er ist unser Freund«, krächzte Zac. Lu war nicht sicher, ob sie es genau so formuliert hätte, aber es schien die Zentauren vorerst zu besänftigen.

»Nun gut«, sagte der Anführer, nachdem er einen Moment nachgedacht hatte. »Ihr werdet uns folgen. Sollte Alcor nicht gewillt sein, die Verantwortung für eure Anwesenheit in unserem Wald zu übernehmen, werden wir die Höchststrafe vollziehen.«

»Klingt fair«, murmelte Lu.

Während sie inmitten der Zentauren durch den dichten Wald ritten, flüsterte sie Zac ins Ohr: »Vielleicht hätten wir doch lieber schwimmen sollen.«

Schließlich erreichten sie eine Lichtung tief im Wald. Lu, die mit einer Art Zeltlager gerechnet hatte, war erstaunt, im Schein eines Feuers die Umrisse zahlreicher Gebäude zu sehen. »Das sieht ja aus wie eine Stadt!«, sagte sie verblüfft.

»Nach der großen Migration ist unser Volk sesshaft geworden«, erklärte der Anführer schroff. »Lange haben wir es bevorzugt, frei umherzuziehen. Doch unser Volk wurde beinahe ausgerottet, und wir hatten keine andere Wahl, als hier Zuflucht zu suchen. Da wir nun dauerhaft hier leben, haben wir keinen Grund mehr, die unzivilisierte Wanderkultur unserer Vorfahren fortzuführen.«

Lu wusste nicht, was sie darauf erwidern sollte, also hielt sie den Mund. Als sie näher an das Lagerfeuer herankamen, das sich in der Mitte der Stadt befand, entdeckte sie eine große Statue von einem sich aufbäumenden Zentauren. »Wer ist das?«

»Chiron«, sagte der Anführer mürrisch. »Du bist so neugierig wie ein Hasenbock. Pass auf, dass du nicht im Kochtopf landest.«

»Kannst du bitte mal aufhören, Fragen zu stellen?«, zischte Zac, und Lu presste die Lippen zusammen.

Um das Lagerfeuer herum hatten sich mehrere Dutzend Zentauren versammelt – Männer, Frauen, sogar einige spielende Kinder. Sie unterhielten sich lebhaft und aßen Fleisch, das auf kleineren Feuerstellen geröstet wurde. Abgesehen davon, dass sie alle einen Pferdekörper hatten, sah es nach einem ganz normalen geselligen Abend aus.

»Von hier an geht ihr zu Fuß weiter«, befahl der Anführer und brachte Hermes zum Stehen.

»Ihr tut ihm doch nichts, oder?«, fragte Zac ängstlich. »Es ist nicht seine Schuld, dass wir hier sind.«

»Unschuldige sind bei uns sicher«, sagte der Zentaur würdevoll. »Man wird sich gut um ihn kümmern und ihn morgen früh in die Freiheit entlassen.«

Na immerhin, dachte Lu. Sie schwang das Bein über Hermes' Rücken, sprang zu Boden und wankte kurz, bevor sie wieder sicher stand. Erst nachdem sie ihrem Bruder heruntergeholfen hatte, merkte sie, wie groß die Zentauren waren – selbst die jüngsten Kinder waren größer als Zac und sie. Während sie Hermes nachblickte, der am Zügel weggeführt wurde, schob sie sich dichter an ihren Bruder heran. Sie hatte das Gefühl, von Riesen umgeben zu sein.

»Alcor!«, rief der Anführer der Jägergruppe mit lauter Stimme. »Wir haben Freunde von dir in unserem Wald gefunden.«

Keine Antwort.

Lu klammerte sich an Zacs Ärmel und hoffte, dass Alcor nicht glaubte, es handele sich um einen Witz. Endlich löste sich eine Silhouette aus den Schatten um das Lagerfeuer und hinkte auf sie zu.

»Menschen?«, fragte Alcor mit unverhohlenem Abscheu. »Du behauptest, ich hätte Menschenfreunde?«

Nach allem, was sie an diesem Tag durchgemacht hatten, hatte Lu keine Geduld mehr, und sie ballte die Fäuste. »Du kennst uns«, sagte sie wütend. »Wir haben uns im Stall kennengelernt, als Conrad dich versorgt hat.«

Der große Zentaur kam näher. »Ah, ja«, murmelte er. »Ihr seid die Kinder, die den Wildhütern eine Menge Ärger gemacht haben. Aber ich kann mich nicht daran erinnern, euch meine Freundschaft angeboten zu haben.«

Lu fühlte sich, als hätte er ihr ins Gesicht geschlagen. Zornig starrte sie ihn an, während sich ihre letzte Chance auf Rettung in Luft auflöste. Wenn Alcor nicht für sie eintrat, würde man sie töten. Und warum? Nur, weil sie versehentlich in das Gebiet der Zentauren eingedrungen waren?

»Du hast gesagt, dass du unsere Mutter kanntest«, sagte sie laut. Sie sprach nicht mehr nur an Alcor gerichtet, sondern auch an den Rest der Herde. »Josie – Tochter des Alastair. Du hast gesagt, sie sei deine Freundin gewesen.«

Ein Raunen ging durch die Menge, sogar einige Kinder hielten in ihrem Spiel inne und sahen zu ihnen hinüber. Alcor stand mit dem Hinterteil zum Feuer, sodass sein Gesicht im Dunkeln lag. »Du hast recht«, räumte er ein. »Ich habe erwähnt, dass unsere Herde eurer Mutter einst freundschaftlich verbunden war.«

»Du hast noch mehr gesagt.« Lu ließ nicht locker. »Du hast gesagt, wenn wir mal einen Führer bräuchten, wäre es dir eine Ehre, uns die Wildlands zu zeigen. Und jetzt brauchen wir dringend einen Führer, denn wenn wir den anderen Ausgang nicht finden –«

In diesem Augenblick begann die Erde unter ihren Füßen zu beben, noch stärker als beim letzten Mal. Bäume wankten, Äste krachten, und Kinder schrien laut und rannten zu ihren Eltern. Ein heftiger Stoß warf Lu auf den bemoosten Waldboden, gleich darauf landete Zac mit vollem Gewicht auf ihr, und wenige Zentimeter vor ihrem Gesicht schlugen die Hufe eines Zentauren auf den Boden, der mühsam versuchte, das Gleichgewicht zu halten. Lu zog die Knie an die Brust und machte sich ganz klein, während um sie herum Zweige auf den Boden prasselten und das Gebäude hinter ihnen gefährlich schwankte.

Nach einer gefühlten Ewigkeit ließ das Beben nach. Lu fühlte sich ganz zittrig, während ihr Adrenalinpegel langsam sank. Mehrere Zentauren murmelten erleichtert auf und trabten zu den Gebäuden. Zac jedoch, der immer noch am Boden lag, rührte sich nicht.

»Zac?«, fragte Lu und rüttelte seine Schultern. Hatte er sich beim Aufprall den Kopf gestoßen? »Zac, wach auf!«

Unvermittelt schlug er die Augen an und starrte sie an, als sähe er durch sie hindurch. »Oliver ist in den Bergen«, keuchte er. »Ein Drache hat ihn gejagt, und er musste eine Höhle für die Nacht finden und konnte nicht weiter. Der

Phönix hat versucht, aus dem Käfig zu entkommen, aber er … hat es nicht geschafft.«

»Wisst ihr, was das alles zu bedeuten hat?«, fragte Alcor, der unbemerkt zu ihnen gekommen war und bedrohlich vor ihnen aufragte. Lu half Zac auf die Beine und hob den Blick.

»Unsere Cousine Penelope ist von einem Mantikor gestochen worden«, erwiderte sie. »Sie liegt im Sterben. Ihr Bruder Oliver glaubt, das Blut des Phönix könnte sie heilen. Er hat den Phönix gefangen. Darum bebt die Erde.«

Alcor starrte sie an, und sein Zorn war spürbar, obwohl sie seine Gesichtszüge nicht erkennen konnte. »Euer Volk wagt es, die Magie unseres Wächters zu bedrohen?«, fragte er drohend.

»Wir versuchen ja, sie zu retten!«, gab sie gereizt zurück. »Deshalb sind wir hier – deshalb versuchen wir, über die Berge zu kommen. Der südliche Ausgang wurde heute Nachmittag zerstört. Wenn wir nicht den nördlichen Ausgang finden und Oliver daran hindern, den Phönix aus den Wildlands zu bringen, wird er ihn töten. Und dann …«

»Werden die Wildlands sterben«, sagte Alcor düster. »Und wir auch.«

Lu bekam zittrige Knie, als würde erneut die Erde beben. »Ihr sterbt?«, fragte sie mit belegter Stimme. »Aber wir dachten …«

»Wir dachten, die Grenzen würden einfach … verschwinden«, stammelte Zac erschrocken. »Und dass ihr dann alle wieder in der normalen Welt wärt.«

»Unsere Existenz ist an die Wildlands gebunden«, sagte Alcor, die buschigen Augenbrauen dicht zusammengezogen. »Wenn die Wildlands verschwinden, verschwinden auch wir.«

Tja, das war es dann wohl. Wenn sie den Phönix nicht retten konnten – wenn sie Oliver nicht aufhalten konnten –, wären nicht nur die Wildlands verloren. Alle Geschöpfe, die darin lebten, würden ebenfalls verschwinden. Nein, nicht einfach verschwinden. Sie würden sterben.

Lu wurde schlecht. Während sich die Mitglieder der Herde dichter um sie scharten, verkrampfte sich ihr Körper vor lauter Verzweiflung. »Bitte«, flehte sie und sah einem nach dem anderen ins Gesicht. »Wir wollen ihn aufhalten, aber wir brauchen eure Hilfe. Oliver verbringt die Nacht in einer Höhle. Wenn ihr uns gehen lasst, können wir ihn vielleicht noch einholen. Aber wenn ihr uns hierbehaltet …«

Sie verstummte. Die Zentauren sahen einander an. Alcor stand sehr still, während er ihre Worte verarbeitete. Lu biss die Zähne zusammen. Wenn sie jetzt nicht überzeugt waren, konnten sie nichts mehr tun. Dann wären die Wildlands für immer verloren. Genau wie Zac und Lu.

»Hört zu«, sagte sie, und ihre Verzweiflung schlug in Wut um. »Ihr habt genau zwei Möglichkeiten. Ihr könnt uns jetzt umbringen und morgen selbst sterben, oder ihr könnt uns helfen, die Wildlands zu retten und mit etwas Glück weiterleben. Das war's. Andere Optionen gibt es nicht.«

Alcor schnaubte. »Glaubt ihr wirklich, dass ihr euren Cousin aufhalten könnt?«

»Wir sind die Einzigen, die es können«, sagte Lu forsch, und Zac hob das Kinn.

»Große Worte für so kleine Menschen«, spottete ein anderer Zentaur, doch Alcor brachte ihn mit einem Blick zum Schweigen.

»Dein Mut ist beachtlich, Tochter der Josie«, sagte er. »Sollten die Wildlands wirklich in Gefahr sein, wie ihr behauptet, so wären wir dumm, eure Worte zu missachten.«

»Wie bitte?«, prustete der Anführer der Jagdgruppe und griff nach seinem Speer. »Alcor, sei vernünftig!«

»Ich bin vernünftig. Du dagegen willst lieber deinem Jagdinstinkt nachgeben, als die ganze Situation zu bedenken. Wenn die Kinder die Wahrheit sagen –«

»Das bezweifle ich«, unterbrach ihn der Jäger. »Ihre Geschichte ist lächerlich.«

»Und doch bebt die Erde, und Stürme toben über das Land.« Alcor wandte sich an den Jäger, sodass Zac und Lu sein Gesicht im Profil vor dem Feuer sehen konnten.

»Um zu bewältigen, was nie zuvor geschehen ist, müssen wir tun, was nie zuvor getan wurde. Wir werden ihnen diese Nacht Obdach gewähren«, verkündete er der versammelten Herde. »Wir werden ihnen Speis und Trank geben und jeden Rat, den wir für sie haben. Morgen früh werden wir sie in die Berge geleiten. Darüber hinaus«, sagte er ernst, den Blick wieder auf Zac und Lu gerichtet, »gibt es wenig, was wir für euch tun können. Wir begeben uns nicht in den Schwarzen Wald und würden auch euch nicht dazu raten. Der Mantikor ist nur einer der vielen tödlichen Ungeheuer, die dort ihr Unwesen treiben.«

»Der Mantikor ist tot«, sagte Zac leise. »Er hat uns im Grasland angegriffen. Hermes – das Einhorn – hat ihn getötet.«

Alcor seufzte. »Dann werden wir heute Nacht seinen Verlust beklagen. Jedes Geschöpf ist heilig, selbst solche, die uns Unannehmlichkeiten bereiten.«

»Auch Kaninchen?«, fragte Zac mit Blick auf den Rost über der nächsten Feuerstelle. Lu stellte fest, dass das, was dort gegrillt wurde, große Ähnlichkeit mit den kleinen Tierchen hatte, die sie im Grasland getroffen hatten, und ihr drehte sich der Magen um.

»Das ist kein Kaninchen. Das ist ein Wolpertinger«, sagte Alcor. »Es gibt noch andere ähnliche Geschöpfe in unserem Gebiet – Hasenböcke und Rasselböcke zum Beispiel. Wir jagen nur, was wir zum Überleben brauchen, und wir ehren jedes Tier für sein Opfer. Ob groß oder klein, kein Leben ist mehr wert als das andere.«

Da sagte er endlich einmal etwas, womit Lu einverstanden war, doch als er ihr eine Keule anbot, lehnte sie dankend ab. Zac dagegen biss nach kurzem Zögern hungrig hinein.

Sie setzten sich ans Feuer, und Alcor leistete ihnen Gesellschaft. Wenn sie nicht hier gewesen wären, um den Untergang der Wildlands zu verhindern, wäre es richtig gemütlich gewesen.

»Wie lange brauchen wir über die Berge?«, fragte Lu. »Gibt es eine Abkürzung?«

»Ich kenne einen Tunnel nicht weit von hier«, sagte der Zentaur. »Wir kontrollieren regelmäßig den Eingang, um sicherzugehen, dass sich keine gefährlichen Wesen von drüben in unseren Wald schleichen. Leider arbeiten nicht alle mit der gleichen Sorgfalt«, fügte er mit einem düsteren Blick auf die Jägergruppe hinzu. »Schon gar nicht, wenn sich ihr Anführer von einer Verletzung erholt. Ich vermute, dass der Mantikor so ins Grasland gekommen ist. Dafür möchte ich mich aufrichtig entschuldigen. Wenn meine Leute ihn nicht durchgelassen hätten, wäre das alles nicht passiert.«

»Das ist doch nicht deine Schuld«, sagte Lu. »Du warst doch gar nicht hier.«

»Aber es ist meine Herde«, entgegnete er. »Ich trage die Verantwortung. Deshalb werde ich euch auch helfen, so gut ich kann. Ich will nicht schuld sein, dass unser Land untergeht.«

»Wir werden alles tun, um das zu verhindern«, versprach Zac. »Aber wenn Oliver vor uns den nördlichen Ausgang erreicht …«

»Wenn er den Phönix auf die andere Seite bringt, ist alle Hoffnung verloren«, sagte Alcor mit einem tiefen Seufzer. »Wir Zentauren konnten noch nie viel mit den Menschen anfangen. Eure Mutter war eine seltene Ausnahme. Ich hoffe, ihr kommt in Geist und Stärke nach ihr, Sohn und Tochter der Josie.«

Lu starrte ins Feuer und wünschte mit aller Kraft, dass er recht hatte.

SIEBENUNDZWANZIGSTES KAPITEL

Zac

Die Nacht verbrachten sie unter dem sternklaren Himmel, im Schutz einer Herde wachsamer – und Furcht einflößender – Zentauren. Obwohl Zac das Gefühl nicht loswurde, wie ein Gefangener behandelt zu werden, tat es ihm doch leid, die Zentaurenstadt am nächsten Morgen kurz nach Sonnenaufgang zu verlassen.

»Die Berge sind trügerisch«, warnte Alcor sie, während sie den Wald Richtung Norden durchquerten, Zac und Lu wieder auf Hermes' Rücken. »Ihr müsst sehr vorsichtig sein. Auf den Klippen treiben sich Drachen herum, und sogar tief im Inneren der Berge gibt es viele unangenehme Geschöpfe. Nicht alle können Feuer speien, dafür sind viele von ihnen giftig, auch wenn sie noch so klein sind.«

»Na super«, stöhnte Zac. »Genau, was wir brauchen – es haben uns auch wirklich noch nicht genug wilde Tiere angegriffen.«

»Deshalb haben wir euch das Licht mitgegeben«, erklärte Alcor, und Zac schloss die Finger fester um die brennende Fackel, die ihm beim Auszug aus der Zentaurenstadt überreicht worden war. »Die meisten Geschöpfe der Dunkelheit fürchten das Licht. Solange die Fackel brennt, seid ihr in Sicherheit.«

»Gut zu wissen«, sagte Zac. Er blickte auf die lodernde Flamme, und plötzlich fühlte sich die Fackel nicht mehr ganz so schwer an wie noch einen Moment zuvor.

Als der Wald sich lichtete und das steinerne Antlitz der Berge sichtbar wurde, verlangsamte Alcor seinen Schritt. Ihm war anzusehen, dass er den Felsen nicht zu nahe kommen wollte. »Hier nehmen wir Abschied«, sagte er feierlich. »In der Spalte, die ihr dort seht, findet ihr den Eingang zum Tunnel, der euch durch die Berge führt. Ich wünsche euch viel Glück und Geschick auf eurer Reise, Sohn und Tochter der Josie, und hoffe auf ein Wiedersehen unter besseren Vorzeichen.«

Sollten sie sich nicht wiedersehen, war ihre Mission gescheitert, doch Zac schob den Gedanken weit von sich. »Wenn diese Sache geregelt ist, kommen wir auf jeden Fall mal wieder zum Lagerfeuer vorbei«, sagte er. »Danke für den Hasenbraten. Und die Gastfreundschaft.«

»Es war mir eine Ehre«, sagte der Zentaur mit einer Verbeugung. Damit verschwand er in den Wald und ließ Zac und Lu allein zurück.

Nein – nicht ganz allein. Als sie absaßen, blieb Hermes ruhig neben Zac stehen, während Lu sich im dichten Gestrüpp auf die Suche nach dem Tunneleingang machte. »Glaubst du, ein Einhorn kann sich gegen einen Drachen behaupten?«, fragte er.

»Gegen einen kleinen vielleicht«, murmelte sie. »Aber bestimmt nicht gegen so große wie Devon und Surrey.«

Zac legte Hermes sanft die Hand auf die Nase. So beruhigend es auch war, von diesem scharfen Horn beschützt zu werden, er wusste, was er zu tun hatte. »Du kannst nicht mitkommen«, sagte er leise. »Es ist zu gefährlich.«

Hermes wieherte und stupste ihn gegen die Wange. Zac lächelte, doch er wurde schnell wieder ernst.

»Mach dir keine Sorgen«, sagte er. »Egal, was uns im Berg erwartet, wir haben unsere Fackel. Uns passiert nichts. Aber dich können wir nicht beschützen. Und wenn wir beim Schwarzen Wald sind …« Seine Kehle wurde eng. Er wollte gar nicht daran denken, wie sie sich durch den gefährlichsten Teil der Wildlands schlagen sollten, auch wenn er das Problem nicht mehr lange würde aufschieben können. »Du hast uns vor dem Mantikor gerettet. Du hast deinen Teil getan. Ab hier kommen wir allein zurecht.«

»Da ist der Eingang!«, rief Lu. »Der Tunnel ist größer, als ich gedacht habe. Ich glaube, man kann sogar stehen.«

Zac streichelte Hermes die Schnauze, dann löste er den Zügel. »So – du bist jetzt frei. Lauf zurück zum Stall oder such deine Herde – du kannst selbst entscheiden. Nur mitkommen kannst du nicht. Es tut mir leid.«

Das Einhorn wieherte laut. Zac trat einen Schritt zurück und stopfte den Zügel in seinen Rucksack. Hermes schien ihn verstanden zu haben, denn er versuchte nicht, ihnen zu folgen. Ruhig blieb er am Waldrand stehen, während Zac zu seiner Schwester an den zerklüfteten Berghang lief.

»Du wirst ihn wiedersehen«, sagte Lu fest. »Wir werden Oliver finden und ihn aufhalten.«

»Ja«, sagte Zac, obwohl er längst nicht so zuversichtlich war wie seine Schwester. Vielleicht tat sie aber auch nur so. »Komm – je schneller wir hinter den Bergen sind, desto länger können wir uns den Kopf zerbrechen, wie wir durch den Schwarzen Wald kommen.«

»Na, mit der Fackel«, erwiderte Lu. »Wenn der Mantikor helles Licht fürchtet, haben wir vielleicht Glück und bei den anderen ist es auch so.« Sie schob einen Vorhang aus wilden Weinranken beiseite, hinter dem eine Öffnung im Fels zum Vorschein kam. »Geh du vor«, sagte sie. »Du hast das Licht.«

Zac hielt die Flamme in die Dunkelheit, um sich zu vergewissern, dass ihnen dort kein Ungeheuer mit offenem Maul auflauerte. Die Luft in der feuchten Höhle fühlte sich zehn Grad kälter an als draußen, und der Tunnel war so eng, dass es ihm vorkam, als wollte er sie umschließen, doch er holte tief Luft und zwang sich vorwärts.

»Ich hoffe, du bekommst keine Platzangst«, sagte Lu und machte ein besorgtes Gesicht. »Bist du überhaupt schon mal in einer Höhle gewesen?«

»Du weißt doch selbst, dass ich noch nie in einer Höhle

war«, knurrte er. Mit jedem Schritt, den sie weiter in den Tunnel vordrangen, schwand das Tageslicht, das durch den Eingang fiel, bis es um sie herum stockfinster war, und plötzlich war Zac froh, dass er noch nie in einer Höhle gewesen war – sonst hätte er sich vermutlich geweigert, noch einmal eine zu betreten.

Noch konnten sie zurück. Er war kurz davor, einfach umzukehren, als er an die Felsmassen dachte, die sie von allen Seiten umgaben. Was, wenn es noch ein Erdbeben gab und der Tunnel einstürzte? Was, wenn er schon eingestürzt war und sie nur noch wenige Meter weiterkonnten? Doch die Furcht vor dem, was passieren würde, wenn sie nicht weitergingen – wenn sie Oliver nicht rechtzeitig fanden –, trieb ihn voran. Er konzentrierte sich darauf, einen Fuß vor den anderen zu setzen, während die Fackel ihnen den Weg leuchtete.

Schon bald brannte der Rauch in seiner Lunge, doch er weigerte sich, langsamer zu gehen. Gelegentlich zweigten kleinere Tunnel vom Haupttunnel ab, viel zu klein, als dass Zac und Lu hindurchgepasst hätten, und Zac fragte sich ängstlich, welche Wesen hier wohl unterwegs waren. Doch solange sie sich nicht zeigten, spielte es keine Rolle.

»Was glaubst du, wie weit es noch ist?«, fragte er keuchend, nachdem sie seinem Gefühl nach mehrere Kilometer zurückgelegt hatten.

»Es kann nicht mehr weit sein«, sagte Lu, obwohl sie es natürlich überhaupt nicht wissen konnte. Sie wollte nur verhindern, dass er Panik bekam.

Hinter ihnen ertönte ein Rascheln. »Was war das?«, fragte er und drehte sich hastig um. Der Gang war leer.

»Komm schon«, sagte Lu und zog ihn am Arm. »Wir sind gleich da.«

Er lief so schnell, wie seine Lunge es zuließ, doch bei dem Rauch der Fackel war das nicht allzu schnell. Wieder ertönte ein Rascheln hinter ihnen, und wieder war nichts zu sehen.

»Vorsicht!«, warnte Lu, als der Gang sich abwärts neigte. »Hier ist es rutschig. Ich glaube, von irgendwoher kommt Wasser.«

Zac tappte langsam weiter, die Fackel fest umklammert. »Meinst du, der Tunnel ist überflutet?«

»Tja, es gibt nur eine Möglichkeit, das herauszufinden«, sagte Lu und übernahm die Führung.

Es war wirklich rutschig, merkte Zac schnell. Er stützte sich mit der freien Hand an der Wand ab und bemühte sich, das Gleichgewicht zu halten. Ihre Gummistiefel patschten durch Pfützen, und irgendwo in der Nähe plätscherte es.

»Soll ich die Fackel mal halten?«, fragte Lu. »Dein Arm ist doch bestimmt schon müde.«

»Geht schon«, sagte Zac und biss die Zähne zusammen. »Ich muss nur … *oh nein*!«

Er war auf einem besonders glitschigen Stein ausgerutscht und stürzte zu Boden. Zu seinem Entsetzen fiel ihm die Fackel aus der Hand und landete in einer Pfütze, wo die Flamme binnen Sekunden zischend erlosch. Um sie herum war nur noch pechschwarze Finsternis.

»Zac?«, fragte Lu ängstlich. »Alles okay?«

»Mir geht's gut«, ächzte er und rappelte sich mit rasendem Herzen auf. »Wo bist du?«

»Hier.« Ihre Hand landete auf seinem ausgestreckten Arm, und er tastete daran entlang, bis er ihren Ellbogen gefunden hatte. »Komm. Ich stütze dich.«

Er folgte ihr blind durch den Tunnel, während alle Alarmglocken in seinem Kopf schrillten. Er konnte nichts sehen – nicht denken –, seine Lunge zog sich zusammen, und er musste sich überwinden, um weiterzugehen. Er durfte nicht stehen bleiben. Sie mussten hier raus.

Wieder raschelte es, diesmal dicht hinter ihnen. Die Fackel bot ihnen keinen Schutz mehr, und das Rascheln wurde lauter. »Lu!«, sagte er panisch, und sie hielt seinen Arm noch fester.

»Geh vor«, sagte sie. »Stütz dich an der Wand ab. Wenn es angreift, wehre ich es ab.«

Das gefiel ihm zwar ganz und gar nicht, aber er hatte keine Kraft, um zu widersprechen. Er spürte nur noch Panik, und er wollte rennen, um so schnell wie möglich dieser Höhle zu entkommen, doch seine verdammte Lunge ließ ihn nicht. Seine Brust fühlte sich an wie in einem Schraubstock, so schmerzhaft eng, dass er sich fragte, ob sein Herz demnächst explodieren würde. Während das Rascheln immer näher kam und er Lus Hand auf seiner Schulter spürte, nahm er all seinen Mut zusammen und stolperte vorwärts.

»Au!«, schrie Lu, und er hörte ein Klatschen.

»Was ist? Beißen sie dich?«, rief er ängstlich.

»Sie zerkratzen mir die Beine«, antwortete sie. »Es geht schon – lauf weiter!«

Sie hatten das Wasser hinter sich gelassen, und er hatte das Gefühl, dass die Felswand, an der er sich entlangtastete, etwas wärmer wurde. Näherten sie sich dem Ausgang? Gab es überhaupt einen Ausgang, oder war der Tunnel an irgendeiner Stelle eingestürzt, wie er befürchtet hatte?

Nach langer Zeit sah er endlich ein schwaches Licht. Er zog seine Schwester hinter sich her, die sich noch immer gegen die hartnäckigen unsichtbaren Geschöpfe zur Wehr setzte. Plötzlich spürte er selbst einen kleinen Biss am Knöchel, doch das Wesen hatte anscheinend zu kurze Zähne, um ihn durch die dicken Gummistiefel ernstlich zu verletzen, und er trat es beiseite.

»Wir sind gleich da«, keuchte er erschöpft. Seine Lunge brannte, doch es gelang ihm, noch etwas schneller zu laufen. Wenn sie erst im Tageslicht und in Sicherheit waren, konnte er sich ausruhen.

Der Tunnel nahm eine Biegung, und endlich schlug ihnen heller Sonnenschein entgegen. Doch bevor Zac jubeln konnte, stieß Lu einen Schrei aus, und ihre Hand verschwand von seiner Schulter.

»Lu!«, rief er und wirbelte herum. Sie war mehrere Schritte hinter ihm. Fünf oder sechs kleine, glänzend schwarze Drachen kletterten mit sichtlich scharfen Krallen an ihr hinauf. Einer saß sogar in ihren Haaren und zerkratzte ihr das Gesicht.

»Lasst sie in Ruhe!«, schrie Zac und packte den ersten Drachen, den er in die Finger bekam. Er schleuderte das knochige Geschöpf mit aller Kraft gegen die Höhlenwand. Es landete unversehrt am Boden, als wäre nichts geschehen, und mit Entsetzen fiel Zac ein, dass er ihm nichts anhaben konnte.

Na schön. Er konnte die Viecher nicht bekämpfen, aber wenn er Lu näher ans Licht brachte, war das auch gar nicht nötig. Er packte seine Schwester am Arm und zerrte sie, so energisch er konnte, durch den Tunnel. Sie stolperte und wäre beinahe gestürzt, doch er fing sie auf und stützte sie. Sie hatte ihn so viele Male beschützt. Jetzt war er an der Reihe.

Als ein weiterer Drache versuchte, ihr ins Gesicht zu springen, schleuderte er ihn wieder weg – diesmal jedoch ins Sonnenlicht. Der Drache zog den Kopf ein und huschte mit einem gequälten Schrei in die nächste Felsspalte.

Zac atmete erleichtert auf. Es funktionierte. »Halt still«, befahl er, pflückte einen weiteren Drachen vom Kopf seiner Schwester und schleuderte ihn ins Licht. Auch dieser schrie auf und flüchtete. »Lauf weiter. Gleich hast du's geschafft.«

Endlich – endlich! – trat Lu aus der Dunkelheit, und die restlichen Drachen ließen von ihr ab und huschten zurück in den Tunnel. Sobald sie unter freiem Himmel standen, brach Lu schluchzend am Boden zusammen.

»Bist du verletzt?«, fragte Zac und kniete sich neben sie. Sie hatte Kratzer im Gesicht und am Hals, tiefe Schürfwunden an den Armen und einen Riss in der Jeans. Doch soweit er sehen konnte, hatte sie keine Biss- oder Stichwunden.

Ihre Schultern zitterten, und sie weinte heftiger, als er sie je hatte weinen sehen – sogar heftiger als im Krankenhaus, als der Arzt ihnen in einem ruhigen Bereich abseits des geschäftigen Krankenhaustreibens gesagt hatte, dass ihre Mutter gestorben war. Ihr ganzer Körper bebte unter den Schluchzern, und Zac konnte nur dasitzen und ihr den Rücken streicheln.

»Du warst so mutig«, sagte er schließlich. »Ohne dich hätten sie uns fertiggemacht.«

Sie holte mehrmals zittrig Luft, ihre Schultern bebten noch immer. »Du hast sie … ins Licht geworfen«, stieß sie hervor. »Das war echt … genial.«

Zac brachte ein kleines Grinsen zustande. »Könntest du das bitte noch einmal sagen? Ich glaube, ich habe nicht richtig gehört.«

Lu kniff ihn in den Arm und hob endlich den Kopf. Ihre Augen waren rot und geschwollen, und die Kratzer in ihrem Gesicht bluteten, doch sie lächelte schwach. Nur darauf kam es an.

»Bei dir alles klar?«, murmelte sie, und er nickte.

»Alles in Ordnung. Nur ein paar Kratzer«, sagte er schulterzuckend. Jetzt erst spürte er, wie erschöpft er selbst war, und er setzte sich neben sie und betrachtete zum ersten Mal den Wald, der am Fuß der Berge lag. Sie waren weiter oben aus dem Berg herausgekommen, als sie auf der anderen Seite hineingegangen waren, und Zac konnte über die dunklen Baumwipfel hinwegsehen. Nur etwa die Hälfte der Bäume war belaubt, weite Flächen waren schwarz und verkohlt –

das passierte wohl, wenn Drachen gegen die mythischen Geschöpfe des Schwarzen Waldes kämpften.

»Wie sollen wir da ohne Fackel durchkommen?«, fragte Lu mutlos. Zurück konnten sie nicht – um nichts in der Welt würde er noch einmal diese Höhle betreten. Aber wenn man den Schwarzen Wald nun so vor sich sah …

»So, wie wir übers Grasland gekommen sind«, sagte er. »Mit einer Extraportion Glück.«

Aber sie konnten sich nicht auf das Glück verlassen, und außerdem lief ihnen die Zeit davon. Oliver war bestimmt schon halb durch den Schwarzen Wald, wenn nicht noch weiter. Zac hatte keine Gedankenbilder vom Phönix mehr erhalten, und das machte ihm Sorgen. Hatte Oliver die Wildlands vielleicht schon verlassen?

Nein, das hätten sie mitbekommen. Alle Bewohner der Wildlands hätten es mitbekommen. Noch blieb ihnen Zeit. Aber wie viel – das war die Frage.

Über ihnen hallte das Brüllen eines Drachen durch die Berge, und Zac zog den Kopf ein. »Wir müssen hier weg«, sagte er. Er stand auf und reichte Lu die Hand. Er hätte ihr gerne mehr Zeit gelassen, um sich auszuruhen, aber sie saßen hier oben wie auf dem Präsentierteller.

»Hier muss doch irgendwo ein Weg nach unten führen …«

Wieder brüllte der Drache. Er war jetzt direkt über ihnen. Zac hielt den Atem an und presste sich gegen den Felsen. Er spürte einen heftigen Windstoß, als der Drache mit den Flügeln schlug, und fühlte Lus Hand an seinem Ärmel. Ihnen würde nichts passieren, redete er sich ein. Solange sie stillhielten, würde der Drache sie in Ruhe lassen.

Ein weiterer Windstoß traf ihn so heftig, dass er sich am Boden zusammenkauerte. Der Drache brüllte noch einmal, und Zac verbarg das Gesicht in der Ellenbeuge, um die Augen vor den Funken zu schützen. Dann hörte er scharfe Klauen über den Fels scharren.

Der Drache hatte sie entdeckt.

Lu schnappte nach Luft. »Zac!«, flüsterte sie. »Schau mal!«

Halb benommen vor Angst zwang er sich dazu, den Kopf zu heben und den Staub wegzublinzeln. Er wollte nicht als Frühstückstoast eines Drachen enden. Doch als er ängstlich aufblickte, schaute der Drache neugierig zurück, und in seinem Herzen flammte der erste Hoffnungsfunke des Tages auf.

Der Drache war violett.

ACHTUNDZWANZIGSTES KAPITEL

Lu

Lu starrte den violetten Drachen ungläubig an.

»Ist das Devon?«, fragte sie und musterte die roten Schuppen über den Augen, die wie Augenbrauen aussahen. Aber was, wenn es nicht Devon war? Was, wenn es noch andere violette Drachen in den Bergen gab?

Der Drache senkte den Kopf, um sie zu beschnüffeln, und ein tiefes Schnurren drang aus seinem Rachen. »Er ist es«, sagte Zac grinsend. »Na, erinnerst du dich an uns?«

Devon kroch behäbig auf den Höhleneingang zu, sodass Lu und Zac einige Schritte in die Dunkelheit zurückweichen mussten. Lu schauderte. Sie konnte noch immer die scharfen Krallen der winzigen schwarzen Drachen spüren. Da war ihr dieser Drache sehr viel lieber.

»Wir haben leider keine Leckerli für dich«, sagte Lu und zeigte dem Drachen ihre leeren Hände. »Tut mir leid.«

Das schien Devon nicht zu stören. Er legte sich flach auf

den Boden und zog die Flügel dicht an den Körper. Lu runzelte die Stirn. Was machte er da?

Zac ging vorsichtig auf den Drachen zu und strich mit der Hand über die glänzenden Schuppen. »Du weißt nicht zufällig, wie man über den Schwarzen Wald kommt, oder?«, fragte er. Devon wedelte mit dem Schwanz.

Lu zog die Augenbrauen zusammen. »Er macht das Gleiche, was Hermes gemacht hat, nachdem er uns gerettet hat«, sagte sie langsam. »Er macht sich klein, damit wir auf seinen Rücken steigen können.«

Ihr Bruder starrte sie an. »Hör zu, ich weiß, dass wir diese Woche etwa zwanzig Mal dem Tod entkommen sind, aber *das* wäre wirklich Selbstmord.«

»Sieh doch«, beharrte sie. Devon hatte den Kopf gesenkt und sah sie geduldig an. »Ich weiß, es klingt verrückt, aber Hermes hat uns auch geholfen, als wir Hilfe brauchten. Die Tiere wissen, was los ist. Sie wissen, dass die Wildlands in Gefahr sind. Und ich glaube … ich glaube, sie wissen, dass wir ihnen helfen wollen.«

Ihr Bruder verzog das Gesicht, doch er widersprach nicht. Er trat nur einen Schritt zurück und gab ihr ein Zeichen, vorzugehen. »Wenn Devon dich nicht frisst, werde ich drüber nachdenken.«

Lu holte tief Luft. Die Aufregung in der Höhle hatte ihr mehr als gereicht, aber sie hatten keine andere Wahl, über den Schwarzen Wald zu kommen. Sie mussten es versuchen.

Sie wusste selbst nicht, woher sie den Mut nahm, doch

sie trat auf den Drachen zu und kletterte vorsichtig auf seinen Rücken. Devon verlagerte behutsam das Gewicht. Seine Muskeln waren straff und seine Schuppen so glatt, dass man leicht daran abrutschen konnte, doch es gelang ihr, sich einigermaßen sicher zwischen zwei lange Rückenwirbel zu setzen. Es war etwas eng, aber die Hauptsache war, dass sie nicht herunterfiel.

Devon ließ es geschehen. Er blickte Zac auffordernd an, als wollte er fragen, worauf er noch wartete. Lu sah ihren Bruder grinsen, und sehr viel unvorsichtiger, als sie selbst gewesen war, kletterte er zwischen die Wirbel hinter ihr.

»Mann, ist das cool!«, jubelte er.

Lu lag eine nicht ganz so begeisterte Antwort auf der Zunge, doch die blieb ihr im Halse stecken, als Devon sich unvermittelt von dem schmalen Felsvorsprung abstieß und die Flügel ausbreitete. Ihr Magen sackte ein paar Zentimeter tiefer, und sie klammerte sich mit aller Kraft an den glatten Schuppen fest, während sie über den Schwarzen Wald sausten.

Zac hinter ihr johlte, er schien einen Riesenspaß zu haben. Devon flog tiefer, so dicht über die Baumwipfel, dass Lu die Hände nach den Blättern hätte ausstrecken können. Auf einem niedergebrannten Waldstück entdeckte sie ein Wesen, das an einen Löwen erinnerte, und ein anderes, das wie eine Schlange mit drei Köpfen aussah. Sie schluckte. Plötzlich war sie sehr froh, dass Devon sie über den Wald trug.

»Glaubst du, er weiß, wo der Ausgang ist?«, rief sie gegen das Sausen des Flugwinds an.

»Vielleicht«, rief Zac zurück. »Hauptsache, wir finden Oliver.«

Sie betrachtete die Landschaft unter ihnen und versuchte, sich etwas zu entspannen, den Flug sogar ein bisschen zu genießen. Natürlich war es völlig wahnsinnig, aber es war auch berauschend. Vielleicht würde Devon sie noch einmal fliegen lassen, wenn sie lebend aus den Wildlands herauskamen. Vielleicht würde sie dann nicht mehr ganz so viel Angst haben.

Nach einer Weile steuerte Devon auf eine verkohlte Wiese zu. Der Wald schien sich auch hinter der Wiese weiter zu erstrecken, doch Lu entdeckte am Rande der Lichtung einen sonderbaren steinernen Bogen.

»Zac!«, schrie sie. »Der nördliche Ausgang!«

Insgeheim hatte sie mehr als einmal daran gezweifelt, ob es wirklich einen zweiten Ausgang gab. Aber da war er, und ihr Herz hüpfte vor Erleichterung. Sie glitt von Devons Rücken und tätschelte ihm dankbar den Hals, bevor sie auf den Bogen zulief.

»Ist er es?«, rief Zac, der noch auf dem Rücken des Drachen saß.

»Ich glaube schon«, sagte sie und berührte vorsichtig den Bogen. Sie hatte irgendeine Reaktion erwartet – eine Art magischen Stoß vielleicht –, doch der Stein fühlte sich einfach so glatt und kalt an wie die Felswand in der Höhle. »Ich kann nicht glauben, dass wir wirklich hier sind.«

»Ich auch nicht.« Zac war kaum vom Rücken des Drachen gerutscht, als Devon sich auch schon wieder in die Lüfte erhob und sie allein auf der schwarzen Wiese zurückließ. Lu wünschte, er wäre bei ihnen geblieben, aber schließlich hatten sie nicht vor, Oliver zu braten. Sie wollten nur mit ihm reden.

Durch Asche und verkohlte Blätter, die Devon aufgewirbelt hatte, musterte Lu die verbrannten Bäume. Es war nur eine Frage der Zeit, bis die tödlichen Bewohner des Schwarzen Waldes sie wittern und Jagd auf sie machen würden. »Vielleicht ist es am besten, wenn du auf der anderen Seite wartest«, sagte sie zu ihrem Bruder. »Ich bleibe hier und versuche, Oliver aufzuhalten.«

Lu hatte erwartet, dass er protestierte – das tat er schließlich immer, wenn sie versuchte, ihm Vorschriften zu machen –, doch er schwieg. Sie drehte sich zu ihm um.

»Zac?« Er stand wie angewurzelt da, und sein Gesicht hatte einen seltsamen Ausdruck. Seine Augen waren geöffnet, doch sie schienen etwas zu sehen, das weit fort war. Vorsichtig trat sie auf ihn zu. Sie wollte ihn nicht erschrecken, aber jetzt war eindeutig der falsche Zeitpunkt für Visionen. »Zac«, wiederholte sie. »Hörst du mich?«

Sein Körper war angespannt. Ihr Blick traf seinen, und sie glaubte, er wolle etwas sagen. Stattdessen machte er einen Satz nach vorn und warf sich vor sie.

In diesem Augenblick hörte sie es – ein leises Pfeifen. Es verstummte im selben Moment, in dem ihr Bruder gegen sie stieß und ein dumpfer Aufprall ertönte, gefolgt von Zacs durchdringendem Schrei.

Lu taumelte rückwärts und versuchte mit aller Kraft, ihren Bruder zu stützen. Zu ihrem Entsetzen breitete sich Blut auf seinem Ärmel aus, und hinter ihm ragte etwas Gefiedertes aus dem Boden.

Ein Pfeil.

Jemand hatte mit einem Pfeil auf Zac geschossen.

Nein, jemand hatte mit einem Pfeil auf *sie* geschossen, und Zac hatte ihr das Leben gerettet.

»Alles wird gut«, sagte sie automatisch und kämpfte gegen die Panik an, während sie mit einem heftigen Ruck den Saum ihres T-Shirts abriss und den Stoff um Zacs Oberarm wickelte. »Nicht bewegen.«

»Tut mir leid – ich wollte dich nicht treffen«, ertönte eine Stimme am Waldrand. Oliver kam über die Wiese gehumpelt. Er war schmutzig, und seine Latzhose hatte ein großes Loch am Knie, unter dem eine blutige Wunde zu sehen war, doch er trug noch immer den Käfig auf dem Rücken, und Lu konnte das leuchtende Gefieder des Phönix erkennen. »Ich wollte zwischen euch durchschießen. Wenn du dich nicht auf sie geworfen hättest, wäre niemand verletzt worden.«

»Du hast schlecht gezielt«, sagte Zac und zuckte zusammen, als Lu den behelfsmäßigen Verband um die Wunde wickelte. »Der Phönix hat mich gewarnt. Wie bist du durch den Schwarzen Wald gekommen?«

Oliver blickte stirnrunzelnd an ihnen vorbei, bevor er seinen Bogen erneut spannte. »Zu Fuß. Solange ich den Phönix habe, lassen die Monster mich in Ruhe.«

Erst jetzt folgte Lu seinem Blick und stellte fest, dass sie nicht mehr allein waren. Am Rand der Lichtung hatte sich eine kleine Armee aus den wunderlichsten Geschöpfen versammelt.

Eine Chimäre mit den Köpfen eines Löwen und einer Ziege und dem Schwanz einer Schlange.

Ein Greif mit dem Vorderteil eines Adlers und dem Hinterteil eines Löwen.

Eine Hydra mit drei Schlangenköpfen.

Ein Mantikor, kräftiger und wohlgenährter als der, mit dem sie es zu tun gehabt hatten.

Dunkle, kniehohe Wesen mit mehr Zähnen, als man zählen konnte. Zottige Hühner mit Drachenflügeln. Winzige Drachen mit Hühnerflügeln. Eine gefiederte Schlange mit einer Schuppenkrone.

Doch keins der Wesen kam näher. Lu musterte ihre Mienen und ihre Körperhaltung aufmerksam und zählte eins und eins zusammen.

Sie waren nicht hinter ihr und Zac her. Sie jagten Oliver.

»Ich bin beeindruckt, dass ihr so weit gekommen seid«, sagte Oliver und kam ganz zu ihnen heran. »Ich hätte eure Hilfe gut gebrauchen können, aber ich fürchte, dass es euch nicht um das Wohl meiner Schwester geht, so nett sie auch zu euch war.«

Lu stellte sich vor ihren Bruder. »Wir wollen Penelope helfen«, sagte sie, »genau wie du. Dafür musst du den Phönix nicht töten. Du brauchst nur einen einzigen Tropfen Blut.«

»Ich weiß«, erwiderte Oliver. »Aber ich muss ihn töten, um den Fluch zu brechen.«

Trotz seiner schmerzenden Verletzung richtete Zac sich auf, und seine dunklen Augen blitzten vor Zorn. »Wenn du den Phönix tötest, werden die Wildlands untergehen, und jedes einzelne seiner Geschöpfe wird sterben.«

Oliver zuckte so ungerührt die Schultern, wie es nur jemand tun konnte, der sein Leben lang verbittert gewesen war. »Diese Kreaturen sollten längst ausgestorben sein. Die Geschichte hat sie zu Legenden gemacht, nur unsere Familie sitzt noch immer hier fest, Generation um Generation. Diese Welt hier, die Wildlands, sind unsere einzige Option. London? Vergiss es. Freundschaften? Halten nie lang. Eltern, die sich nicht trennen? Gibt's nicht.« Seine Stimme überschlug sich, und er schob den schweren Käfig auf seinem Rücken zurecht. »Ihr seid erst ein paar Tage hier. Ihr habt keine Ahnung, wie es wirklich ist. Aber ich lebe seit Jahren hier, und ich bin nicht bereit, mein Leben für die Fehler irgendeines verdammten Vorfahren zu opfern. Und schon gar nicht das Leben meiner Schwester.«

»Das verlangt ja auch niemand«, sagte Lu mit trockenem Mund. »Wir bitten dich nur, dem Phönix eine Chance zu geben.«

»Der Phönix hatte seine Chance«, entgegnete Oliver heftig. »Er hätte den Mantikor daran hindern können, Penelope zu stechen. Er hätte diesen blöden Fluch schon vor Jahrhunderten aufheben können. Aber er hat sich dafür entschieden, es nicht zu tun, und jetzt entscheide ich mich dafür, das Leben meiner Schwester zu retten – und mein eigenes.« Er lockerte den Pfeil wieder. »Nach allem, was der Phönix eurer Familie angetan hat, hätte ich gedacht, ihr wärt auf meiner Seite.«

»Was soll das heißen?«, fragte Lu verwirrt. »Der Phönix ist unser Freund.«

Oliver starrte sie einen Augenblick an. »Ihr wisst es nicht, oder?«, fragte er dann verblüfft. »Ihr habt euer Leben riskiert, um diesen aufgeblasenen Papagei zu retten, und habt nicht die leiseste Ahnung.«

»Wovon redest du?«, fragte Zac und trat herausfordernd vor, doch Lu packte ihn am T-Shirt und zog ihn zurück.

Ihr Cousin schüttelte den Kopf, als hätte er Mitleid mit ihnen. »Tante Josie ist jedes Jahr zu Besuch gekommen. Sie ist nie lange geblieben – nur ein oder zwei Tage –, aber sie ist jeden August in die Wildlands gekommen. Sie hat den Phönix besucht.«

Noch während Oliver sprach, bildete sich ein Eisblock in Lus Magen, und ihr kam ein entsetzlicher Gedanke.

»Mum war nicht verflucht«, sagte sie und bohrte die Fingernägel in die Handflächen. »Sie hat mit uns in Chicago gelebt.«

»Der Phönix mochte sie lieber als uns«, sagte Oliver. »Er hat sie für längere Zeit gehen lassen. Aber er hat sie nicht von dem Fluch erlöst – sie nicht und auch sonst niemanden. Einmal im Jahr musste sie zurückkommen.«

»Du lügst«, sagte Zac, doch seine Stimme zitterte.

»Ich lüge nicht«, entgegnete Oliver, und etwas in seiner Stimme überzeugte Lu davon, dass er die Wahrheit sagte. »Ihr habt es doch selbst gesehen – das Mal auf ihrer Hand. Sie war gezeichnet, so wie wir. Jeden Sommer hat sie den Phönix besucht. Aber letztes Jahr ist sie nicht gekommen.«

Lu fror nun am ganzen Körper, die Welt um sie herum begann sich zu drehen, und ihr wurde schwindlig. »Er hat recht«, stieß sie mühsam hervor. »Letztes Jahr hat Mum ihre Reise abgesagt.«

»Was?«, fragte Zac wütend, doch als er den Blick hob, waren seine Augen rot, und Lu wusste, dass er verstand.

»Der Phönix hat eure Mutter getötet«, sagte Oliver. »Es tut mir leid. Wirklich. Aber ich kann nicht zulassen, dass er auch noch meine Schwester tötet.«

Den Pfeil auf sie gerichtet, hinkte er um Zac und Lu herum und steuerte auf den Ausgang zu. Lu stand reglos da, doch ihre Gedanken rasten, während sie verzweifelt nach einer Lösung suchte. Auch Zac stand still wie eine Statue. Versteinert vor Schock und Schmerz, konnten sie nur zuschauen, wie Oliver mit dem Käfig auf dem Rücken durch den steinernen Bogen trat.

Als Lu blinzelte, war er verschwunden.

NEUNUNDZWANZIGSTES KAPITEL

Zac

Es war seine Schuld.

Zac konnte nichts anderes denken, während der Himmel schwarz wurde, Blitze durch die Luft zuckten und die Berge in der Ferne aufleuchteten. Aus allen Richtungen grollte Donner, und der Boden wackelte unter ihren Füßen, aber das war ihm egal.

Es war *seine Schuld*.

»Zac, komm!«, schrie Lu. Die Zerstörung um sie herum schien sie aus ihrer Schockstarre gerissen zu haben. Sie zog an seinem unverletzten Arm, doch er konnte sich nicht rühren, seine Füße waren fest mit der Wiese verwurzelt. Er sah nur seine Mutter, die letzten August an seinem Krankenhausbett gesessen hatte.

Er war von einer Wespe gestochen worden und hatte den schwersten anaphylaktischen Schock seines Lebens erlitten. Er wäre fast gestorben, hatte er später erfahren – er hatte während des Schocks das Bewusstsein verloren und konnte sich hinterher nur an wenige Einzelheiten des Tages erinnern. Aber sie hatte die ganze Woche lang seine Hand gehalten und war ihm nicht von der Seite gewichen.

Ein stechender Schmerz fuhr durch seinen Körper und holte ihn in die Wirklichkeit zurück. Stöhnend stolperte er vorwärts, als Lu nun auch an seinem verwundeten Arm zog und ihn entschlossen zum Steinbogen zerrte.

»Du wirst nicht hier drin sterben«, sagte sie und schubste ihn durch den Ausgang. »Und ich auch nicht.«

Stolpernd gelangte er auf die andere Seite und spürte augenblicklich das Schwinden der Magie. Das war bisher der einzige Unterschied gewesen, wenn er durch den Baumbogen gegangen war und die wirkliche Welt wieder betreten hatte. Heute jedoch hätte der Unterschied zwischen dem milden Sommertag hier draußen und den zuckenden Blitzen in den Wildlands nicht größer sein können.

Der Bogen wankte bedrohlich, und Zac merkte, dass seine Schwester noch in den Wildlands war. »Lu!«, brüllte er. In diesem Moment kam sie auch schon auf ihn zugesprungen. Kaum war sie auf seiner Seite, stürzte der Steinbogen ein, und die entsetzliche Szenerie dahinter verschwand.

Lange Zeit lagen sie auf dem verstörend stillen Boden und rangen nach Luft. Endlich richtete Zac sich auf und hielt sich den pochenden Arm. »Es ist wahr, oder?«, sagte er dumpf. Es war eigentlich keine Frage – er kannte die Antwort. Dennoch nickte sie.

»Es tut mir so leid.« Sie brachte die Worte erstickt heraus, und Zac starrte sie verständnislos an. »Es ist meine Schuld, dass Mum letztes Jahr nicht gekommen ist.«

Er blinzelte verwirrt. »Nein, meine«, sagte er. »Ich war im Krankenhaus.«

»Ja, wegen mir«, sagte sie kläglich und wischte sich die schmutzverschmierten Wangen. »Mir war die Klimaanlage zu stark, aber Mum wollte sie nicht runterdrehen, weil du es gerne so kalt hast. Ich bin sauer geworden und habe die Hintertür aufgemacht. So ist die Wespe reingekommen.«

Sie starrten einander an, und Zac brauchte eine Weile, um ihre Worte zu verdauen. Er hatte keine Erinnerung an den Stich. Auch nicht an Lus Auseinandersetzung mit ihrer Mutter.

Aber er erinnerte sich an Lus Gesicht, als der Arzt ihnen gesagt hatte, dass ihre Mutter gestorben war. Er erinnerte sich an die Trauer und den Schmerz, den jeder von ihnen mit sich allein ausgemacht hatte.

»Es ist nicht deine Schuld«, sagte er leise. »Das konntest du nicht vorhersehen. Niemand konnte das. Keiner von uns wollte, dass sie stirbt.«

Lu schluckte mühsam. »Wenn ich die Tür nicht geöffnet hätte –«

»Und wenn ich auf Mum gehört und meinen EpiPen bei mir gehabt hätte, wäre mir bestimmt nichts passiert«, sagte er mit Tränen in den Augen. Lu widersprach nicht, und das reichte ihm als Zustimmung.

»Wenn es nicht meine Schuld ist, ist es auch nicht deine«, sagte sie heiser. »Der Phönix ist schuld. Sein Fluch hat sie getötet, nicht wir.«

Zac wandte den Blick ab. Sie hatte recht. Trotzdem erhob er sich auf wackligen Beinen, den verletzten Arm an die Brust gedrückt. »Wir sind noch nicht fertig«, sagte er. »Es ist noch Zeit, bis Oliver den Phönix tötet. Er macht es bestimmt im Haus – er braucht alle möglichen Instrumente, und außerdem muss er das Blut so schnell wie möglich zu Penelope bringen.«

Lu sah ihn mit großen Augen an. »Du willst den Phönix immer noch retten?«, fragte sie ungläubig. »Aber –«

»Sein Fluch hat Mum umgebracht. Ich weiß. Aber wir können die Zeit nicht zurückdrehen. Mum hat den Phönix geliebt, und sie hat die Wildlands geliebt. Und die Wildlands haben sie geliebt. Wir können ihr Leben nicht mehr retten, doch wir können die Geschöpfe retten, die ihr so wichtig waren. Wir müssen es tun.«

Lu öffnete den Mund und schloss ihn wieder. »Ich … ich glaube nicht, dass ich das kann«, sagte sie leise. »Oliver hat recht. Der Phönix hat sich entschieden. Und … wenn du gestochen worden wärst, würde ich dasselbe tun, um dich zu retten.«

»Nein, würdest du nicht«, sagte Zac entschieden. »Weil du weißt, dass es einen anderen Weg gibt. Aber wenn wir Penelope *und* den Phönix *und* die Wildlands retten wollen, sollten wir uns jetzt beeilen.«

Lu war anzusehen, dass sie hin- und hergerissen war, ihre Stirn lag in Falten, und ihr Gesicht war blass, aber Zac hatte sich entschieden. Er ließ ihr noch ein paar Sekunden Zeit, dann drehte er sich um und marschierte los. Wenn sie ihm nicht helfen wollte, würde er es allein tun.

»Zac!«, rief sie. »Bitte – komm zurück!«

Doch er lief weiter. Obwohl seine arme Lunge an diesem Tag schon mehr durchgemacht hatte, als er ihr je zugetraut hätte, begann er zu joggen, und bei jedem Tritt zuckte der Schmerz durch seinen Arm. Er hatte nicht mehr viel Zeit, er durfte keine Sekunde verlieren.

Schnaufend erreichte er den vertrauten Waldweg. Er blieb stehen, bückte sich und wühlte in seinem Rucksack verzweifelt nach seinem Asthmaspray. Seine Lunge war so verkrampft, dass er kaum noch Luft holen konnte, und als er das Medikament einsog, wurde ihm mit Schrecken klar, dass es nicht reichen würde. Er konnte noch immer nicht atmen.

Mit surrendem Kopf stolperte er den Weg entlang. Es war nicht mehr weit. Er hatte Angst gehabt, dass zwischen den beiden Bögen in der echten Welt viele Kilometer lagen, wie in den Wildlands, doch auch der Steinbogen befand sich auf dem Grundstück. Eigentlich war es nur logisch – natürlich hatte der Phönix dafür gesorgt, dass nicht irgendjemand zufällig auf die Eingänge stoßen konnte. Allerdings hieß das auch, dass Oliver trotz seines verletzten Knies das Haus mit Sicherheit schon erreicht hatte.

Jeder halbwegs Vernünftige hätte jetzt aufgegeben und es

einem anderen überlassen, den Retter zu spielen. Zac konnte nicht mehr rennen. Er konnte kaum noch gehen, und er hatte am Morgen seine Medizin nicht genommen, was alles nur noch schlimmer machte.

Doch leider gab es niemanden, der ihm die Aufgabe abnehmen würde. Rowena, Conrad, Tante Merle – sie alle liebten Penelope, und er hatte keinen Zweifel, dass sie ihr Leben über das Leben des Phönix stellen würden. Aber er konnte nicht tatenlos zuschauen, wie jedes einzelne Geschöpf der Wildlands getötet wurde. Sein Leben lang hatte er zugeschaut, wie andere Entscheidungen trafen. Diesmal würde er selbst etwas tun.

Und so kämpfte er sich weiter, so schnell es ging, ohne dass sein Anfall schlimmer wurde. Sein Keuchen war so laut, dass Oliver ihn hören musste, aber dagegen konnte er nichts machen. Er konnte sich nur darauf konzentrieren, vorwärts zu kommen.

Als er endlich das Haus erreichte, stand die Eingangstür einen Spalt offen. Zac schob sie auf, wankte in die Halle und blickte sich um. In welche Richtung war Oliver gegangen? Nach oben, zu Penelope? In die Küche? Er hatte nicht mehr genug Kraft, um nach ihm zu suchen.

»Da lang«, sagte eine Stimme hinter ihm – Lu. Sie trat in die Halle und wies mit dem Kinn nach rechts. Zac war nie glücklicher gewesen, sie zu sehen.

»Woher … weißt du das?«, keuchte er. »Hat der Phönix es dir gezeigt?«

»Nein«, erwiderte sie knapp. »Aber ich weiß, dass die ganzen alten Instrumente da sind. Und außerdem – da sind Fußspuren.«

Zac blickte zu Boden. Sie hatte recht. Große, schlammige Schuhabdrücke führten in den ungenutzten Westflügel. Er folgte ihnen, so schnell er konnte. Im Gehen holte er sein Asthmaspray aus der Tasche und nahm eine weitere Dosis. So kurz nach der letzten sollte er das eigentlich nicht tun, aber das war ihm gerade ziemlich egal.

Lu lief den staubigen Gang entlang, und Zac musste sich sein T-Shirt vor die Nase ziehen. Es war nicht die beste Atemmaske der Welt, aber besser als nichts. Seine Augen tränten, doch es gelang ihm, das Niesen zu unterdrücken, bis sie den Raum am Ende des Korridors erreichten.

»Da ist es«, flüsterte Lu. Sanftes Licht fiel unter der Tür hindurch, und Zac hörte Schritte auf der anderen Seite. »Wie ist der Plan?«

»Du bleibst hier«, erwiderte er leise. »Ich gehe rein und versuche, den Phönix zu befreien, und dann –«

»Warum bleibe ich hier?«, unterbrach sie ihn. »Wenn wir das wirklich machen wollen, dann zusammen. Wir sind ein Team, schon vergessen?«

»Ich weiß«, keuchte er und sah sie genervt an. »Lass mich doch mal ausreden. Wenn Oliver versuchen sollte, mit dem Phönix zu fliehen, kann ich ihn nicht aufhalten. Du schon.«

Lus Miene blieb finster, doch nach einem Augenblick nickte sie. »Wenn er dir irgendetwas tut, komme ich rein!«

»Etwas anderes habe ich auch nicht erwartet«, erwiderte Zac mit einem schwachen Grinsen. Dann öffnete er behutsam die Tür und trat hindurch.

Er wusste selbst nicht, was er sich vorgestellt hatte. Vielleicht eine Art Labor mit einem blubbernden Kessel über einer Feuerstelle oder eine dunkle Kammer mit allen möglichen scharfen und spitzen Gegenständen. Mit einem riesenhaften Drachenskelett hatte er allerdings nicht gerechnet, ganz zu schweigen von den anderen grauenvollen Jagdtrophäen.

Er schluckte die aufsteigende Übelkeit hinunter und machte sich auf den Weg in den hinteren Teil des Raums, wo mehrere altmodische Waffen und Werkzeuge an der Wand hingen. Da entdeckte er Oliver. Er stand neben einem großen Bücherregal und blätterte hastig durch die Seiten eines Buchs. Neben ihm stand auf einem Sockel der eiserne Käfig. Der Phönix plusterte sein Gefieder, als wäre er nur in einer etwas unbequemen Lage und nicht kurz davor, geschlachtet zu werden.

»Wo ist es?«, murmelte Oliver vor sich hin. Die Anleitung, wurde Zac klar – er suchte nach der Anleitung, wie man einen Phönix tötete. Doch das Buch steckte in Lus Rucksack. Sofern Oliver sich nicht jeden einzelnen Schritt eingeprägt hatte, konnte er nichts tun.

Aber davon würde er sich nicht aufhalten lassen. Zac konnte sich nichts Schlimmeres vorstellen, als dass am Ende Penelope *und* der Phönix sterben mussten.

Da Oliver ganz in die Bücher vertieft war, wagte Zac sich,

von Säule zu Säule huschend, näher heran. Irgendwann würde sein Cousin ihn zwangsläufig bemerken, und dann? Oliver war zwar nicht bewaffnet, doch Pfeil und Bogen lagen nur eine Armlänge von ihm entfernt auf dem Boden.

Hinter das Podest geduckt, auf dem das Drachenskelett stand, kroch Zac so nahe wie möglich heran. Er behielt Oliver genau im Auge und durchdachte seine Möglichkeiten. Wie konnte er ihn lange genug ablenken, um unbemerkt mit dem Käfig zu verschwinden?

In diesem Moment flog die Tür, durch die er gekommen war, mit einem lauten Knall an die Wand. Zac zuckte zusammen und machte sich hinter seinem Podest noch kleiner. Lu stand in der Tür, rang die Arme und – schluchzte.

»Was machst du hier?«, fragte Oliver überrumpelt und griff nach seinem Bogen.

»Du hattest recht«, sagte sie heiser und wischte sich die Augen. »Mit allem. Mit den Wildlands, mit dem Phönix, mit Penelope … Sie darf nicht sterben wegen dieses … dieses selbstsüchtigen *Monsters*! Ich will dir helfen.«

Oliver drehte sich langsam zu ihr um – und wandte dem Phönix den Rücken zu. »Warum sollte ich dir glauben?«, fragte er und richtete einen Pfeil auf sie. »Woher weiß ich, dass das keine Falle ist?«

»Der Phönix hat meine Mum getötet«, sagte Lu mit vor Zorn zitternder Stimme. »Er hat mein Leben zerstört. Wegen ihm kann ich nie wieder zurück nach Hause und zu meinen Freunden. Wir können nie wieder bei unserem Vater leben.«

Zac nutzte die Gelegenheit. Lautlos schlich er sich zum Käfig. Oliver war jetzt mehrere Meter weit entfernt, sodass er etwas Raum hatte. Er lächelte dem Phönix zu und legte den Finger auf die Lippen. Ob der Phönix verstand oder auch nicht, er gab keinen Laut von sich.

»Wie willst du mir helfen?«, fragte Oliver. »Ich muss nur noch das Blut extrahieren. Wenn das geschehen ist –«

»Wirst du Penelope retten«, schloss Lu. »Aber du hast das Blut noch nicht extrahiert, oder? Du kannst dich nämlich nicht erinnern, wie es geht.«

Vorsichtig hob Zac den Käfig hoch, wobei er darauf achtete, nicht mit der Kante gegen die Wand zu stoßen. Er war viel schwerer, als er erwartet hatte. Ein stechender Schmerz zuckte durch seinen verletzten Arm, und er biss die Zähne zusammen und fragte sich, wie Oliver es geschafft hatte, den Käfig durch die gesamten Wildlands zu tragen.

Muskeln, dachte er verärgert. Und eine gute Lunge. Und seit Jahren mehrere Stunden Wandern am Tag.

»Natürlich kann ich mich erinnern«, sagte Oliver verächtlich, während Zac hinter seinem Rücken lautlos den Raum durchquerte. »So kompliziert ist das nicht.«

»Doch, ist es«, widersprach Lu. »Interessiert dich, woher ich das weiß?«

Sie zog das fehlende Tagebuch hinterm Rücken hervor, und Oliver ließ seine Waffe sinken. »*Du* hast es?«, japste er. »Aber … warum?«

»Lange Geschichte. Spielt im Augenblick keine Rolle«,

sagte Lu und ging langsam auf Oliver zu. Oliver hielt den Blick auf sie gerichtet – und wandte Zac weiter den Rücken zu. »Es kommt nur darauf an, dass ich dir helfen kann. Aber ich verlange eine Gegenleistung.«

»Alles, was du willst«, sagte Oliver, ohne zu zögern. Dann fügte er hinzu: »*Fast* alles.«

»Ich will etwas von dem Blut für meinen Bruder«, sagte sie. »Um ihn zu heilen.«

Zac, nun kurz vor der Tür, hätte beinahe den Käfig fallen gelassen. Machte sie Witze?

»Heilen?«, wiederholte Oliver spöttisch. »So krank kommt er mir gar nicht vor.«

»Du hast ja keine Ahnung«, sagte sie leise. »Als wir klein waren, habe ich oft die halbe Nacht wach gelegen und zugehört, wie er geröchelt hat. Er musste so oft ins Krankenhaus, dass alle Krankenschwestern seinen Namen kannten. Unsere ganze Kindheit bestand aus Arztterminen, Medikamenten und Asthmaanfällen. Er kann nicht in die Schule gehen. Er kann nicht einkaufen oder ins Kino. Und wann immer er das Haus verlässt, muss er eine Atemmaske tragen.«

»In den Wildlands schien es ihm ganz gut zu gehen«, sagte Oliver, doch er klang etwas verunsichert. »Immerhin hat er den ganzen Weg bis zum Nordausgang geschafft.«

»Aber nur, weil der Phönix ihm geholfen hat«, sagte Lu. »Verstehst du nicht? Die Magie, die Penelope retten wird – sie hat auch ihm geholfen. Er hat in den letzten Tagen mehr geschafft als vorher in seinem ganzen Leben, und wenn es die Wildlands nicht mehr gibt und der Fluch aufgehoben ist, will ich, dass diese Magie ihm trotzdem noch helfen kann. Ich will, dass mein Dad und ich nicht mehr jede Sekunde auf ihn aufpassen müssen, weil wir wissen, wenn wir es ein einziges Mal nicht tun und sei es nur für einen Moment, könnte dieser Moment sein letzter sein.«

Zacs Kehle war wie zugeschnürt. Er hatte die Tür erreicht und wusste, dass er gehen musste. Lu spielte Oliver etwas vor, doch alles, was sie sagte, war wahr. So gut wie hier hatte er sich noch nie im Leben gefühlt, trotz des hartnäckigen Asthmas. Seit seiner frühesten Kindheit hatte er nie mehr als ein paar Minuten draußen verbringen können. In den Wildlands dagegen hatte er sich beinahe gesund gefühlt.

Das Blut des Phönix konnte ihn heilen, so wie es Penelope heilen konnte. Keine lebensgefährlichen Allergien mehr. Keine Anfälle, die ihm den Atem nahmen. Es war ein Traum, den er nie zu träumen gewagt hatte, nicht einmal während der schlimmsten und längsten Krankenhausaufenthalte.

Aber es spielte keine Rolle, was er zu gewinnen hatte. Er würde nicht zulassen, dass Oliver den Phönix tötete, komme, was wolle.

Mit glühendem Gesicht wandte er sich ab und schlüpfte durch die Tür. Doch als er den Arm hob, um die Nase wieder mit dem T-Shirt zu bedecken, stieß er mit dem Käfig an den Türrahmen, und ein lautes Scheppern hallte durch den Raum.

Mist.

»He!«, schrie Oliver, doch Zac rannte bereits den Gang entlang. Er flitzte durch die Flügeltür und bemühte sich, nicht daran zu denken, was Lu jetzt drohte. Oliver würde Lu nichts tun, versuchte er sich zu beruhigen. Er würde keine Zeit verlieren, er würde sofort dem Phönix hinterherlaufen.

Als er in die Eingangshalle kam, wäre er beinahe mit Rowena zusammengestoßen. »Zacharias?«, japste sie und schlug die Hände vor der Brust zusammen. »Was hast du … Ist das …«

Doch er rannte an ihr vorbei. Sein einziges Ziel war, nach draußen zu kommen, so nah an die Wildlands heran wie möglich.

»Zacharias!«, schrie sie. »Komm sofort zurück!«

Aber er war schon durch die Hintertür entwischt. Während er durch den Garten stolperte, spürte er, dass sich seine Lunge verkrampfte, und sein Keuchen wurde stärker, bis er kaum noch einatmen konnte.

Er musste es bis zum Wald schaffen. Wenn er erst im Wald war, konnte er sich verstecken und den Käfig öffnen, und der Phönix könnte allein weiterfliegen.

Die Welt begann sich zu drehen, und Zacs Kopf wurde ganz leicht, während er über das weiche Gras rannte. Nur noch ein bisschen weiter. Seine Schritte waren wacklig, doch er wurde erst langsamer, als er endlich die Bäume erreichte. Da – seine Sicht war vernebelt, dennoch war er sicher, dass dies der Weg zum Baumbogen sein musste.

Bevor er es dorthin schaffte, verfing sich sein Fuß in einer

Wurzel. Er stolperte und stürzte zu Boden, und der Käfig landete neben ihm.

»Tut mir leid«, keuchte er. Er versuchte sich aufzurappeln, doch seine Knie gaben unter ihm nach. Er konnte nicht mehr aufstehen. Weiter würde er nicht kommen.

Es kostete ihn eine unglaubliche Kraft, den Käfig aufzustellen. Mit steifen Fingern fummelte er an dem Schloss herum, aber der Mechanismus schien komplizierter zu sein als bei einem normalen Vogelkäfig, und noch dazu hatte er weiße Punkte vor den Augen. Er bekam keine Luft mehr. *Er bekam keine Luft.*

»Hast du wirklich gedacht, du könntest vor mir wegrennen?«

Olivers Stimme hallte durch die Bäume, und Zac zuckte zusammen. Es musste einen Weg geben, den Phönix zu befreien. So schwierig konnte das doch nicht sein – er konnte nur nicht *denken*.

Die Schritte kamen näher. »Gib's auf. Ich habe selbst Stunden gebraucht, um den Mechanismus zu verstehen. Es ist eine Phönixfalle – vermutlich die letzte ihrer Art. Phönixe sind schlau, weißt du. Normale Schlösser können sie öffnen.« Oliver schnalzte mit der Zunge. »Thomas Wilde war ein Monster, aber auch ein Genie.«

Zac hörte kaum zu. Wenn es ihm gelang, den Käfig zu öffnen, konnte der Phönix wegfliegen, und dann …

»Lass den Käfig los«, sagte Oliver scharf. »Ich sage es nicht noch einmal. Meine Schwester braucht das Blut.«

»Aber die Tiere«, stieß Zac hervor. Der Schmerz in seiner Brust war unerträglich. »Sie … sie werden alle …«

»Zum letzten Mal, die verdammten Tiere sind mir egal!«

Zac hörte das Knarren des Bogens, als sein Cousin einen Pfeil einspannte, und er kniff die Augen zu, wobei er weiter an dem Schloss herumfummelte. Sollte Oliver ihn ruhig abschießen. Er würde den Phönix nicht kampflos aufgeben.

Er hörte das Schwirren des Pfeils und warf sich über den Käfig, um den Phönix zu schützen. Was auch immer geschah, er hoffte, sein Vater und Lu wussten, dass er sie liebte. Und er hoffte, sie wussten, dass er versucht hatte, das Richtige zu tun.

Eine Sekunde verging, und noch eine. Hinter sich hörte er ein ersticktes Röcheln. Er öffnete die Augen und versuchte zu verstehen, was passiert war, obwohl alles vor seinen Augen verschwamm.

Einige Meter vor ihm stand Oliver mit bleichem Gesicht, den Bogen starr in der Hand. Hinter ihm hinkte Rowena übers Gras, so schnell ihre Verletzung es zuließ.

Und zwischen Zac und Oliver am Boden, mit einem Pfeil durch den Körper, lag Lu.

DREISSIGSTES KAPITEL

Zac

Zac starrte den Pfeil im Bauch seiner Schwester an, und es war, als würde sich die Welt um ihn herum zusammenziehen.

Auch Lu betrachtete verblüfft den gefiederten Schaft. »Zac?«, murmelte sie. Sie drehte den Kopf zu ihm um und sah ihn fragend an, dann sank ihr Oberkörper zu Boden.

»Lu!« Halb stolpernd, halb kriechend eilte Zac zu ihr hin, den Phönixkäfig hinter sich herschleifend. »Lu ... Bitte nicht ... Alles wird gut. Alles wird gut.«

Er beugte sich über sie, seine eigenen Schmerzen waren vergessen. Lu hatte die Augen geschlossen, und aus ihrer Wunde sprudelte Blut in erschreckenden Mengen. »Hilfe!«, schluchzte er und blickte zu Rowena und Oliver hinüber. »Bitte – helft ihr!«

Conrad und Tante Merle kamen über das Gras gerannt, und Conrad kniete sich neben Lu. »Nicht den Pfeil berühren«, sagte Conrad mit seiner beruhigenden Arztstimme. »Erst muss ich untersuchen, wie tief er eingedrungen ist.«

»Was hast du getan?«, herrschte Rowena Oliver an. Er war leichenblass und zitterte, doch Zac hatte kein Mitleid mit ihm.

»Ich musste es tun«, krächzte Oliver. »Das Phönixblut kann sie retten. Das Buch ist im Trophäenraum. Ich muss es nur – «

Er trat auf den Käfig zu, doch Rowena packte seinen Arm. »Du bleibst hier«, knurrte sie. »Siehst du denn nicht, was du angerichtet hast?«

»Ich musste es tun«, wiederholte Oliver mit wachsender Verzweiflung, während er sich in ihrer festen Umklammerung wand. »Penelope stirbt! Ich kann sie retten. Ich weiß, wie man das Blut extrahiert. Bitte lasst mich – «

»Nein!«, röchelte Lu und öffnete die Augen einen Spalt. »Ihr … dürft den Phönix nicht töten.«

Zacs Gesicht war tränenüberströmt. Er nahm ihre Hand, sie zu umarmen wagte er nicht. »Ich werde es nicht zulassen«, versprach er schluchzend. »Conrad hilft dir. Er wird dich retten.«

Lus unsteter Blick traf seinen, und obwohl er ihre Angst und ihre Schmerzen sah, war da auch der unverkennbare Funke, der sie zu Lu machte. Diese Stärke und Entschlossenheit, die er nie gehabt hatte. »Sag Dad … dass ich ihn lieb habe«, sagte sie. »Und dich auch …«

»Ich weiß«, sagte Zac erstickt. »Aber du wirst wieder gesund, Lu. Versprochen, es wird alles wieder gut.«

Aber natürlich war das kein Versprechen, das er geben konnte, und sie wussten es. Lu brachte ein kleines Lächeln zustande, bevor sich ihre Lider flatternd schlossen. Conrad fluchte leise. »Wir haben keine Zeit, um sie ins Krankenhaus zu bringen. Ich brauche –«

»Aber der Phönix«, sagte Oliver erschöpft. »Sein Blut –«

»Kommt nicht infrage«, fauchte Conrad, der langsam die Fassung verlor. »Ich brauche meine Arzttasche. Sie ist in Penelopes Zimmer.«

Zac versuchte aufzustehen, doch es fühlte sich an, als ob ein eiserner Griff seine Lunge zusammenpresste, und er fiel wieder zu Boden. Oliver wollte loslaufen, aber Rowena hielt ihn fest.

»Du nicht«, knurrte sie. »Merle, mach schnell!«

In diesem Moment hörte Zac hinter sich ein Klirren, und er drehte sich um. Tante Merle kauerte neben dem Käfig. Irgendwie hatte sie mit ihren geschickten Fingern das Schloss aufbekommen. »Der Phönix ist frei«, sagte sie und öffnete die Tür. »Niemand wird ihm etwas tun.«

Der Phönix bewegte sich schwerfällig aus seinem eisernen Gefängnis und plusterte sein Gefieder. Tante Merle betrachtete ihn voller Ehrfurcht, und irgendwo im Hinterkopf wurde Zac klar, dass sie zum ersten Mal ein mythisches Wesen sah.

Anders als Zac instinktiv erwartete, flog der Phönix nicht weg, sondern hüpfte zu ihm herüber. Er stupste mit dem Kopf sanft Lus Wange an, und als sie nicht reagierte, versuchte er es noch einmal.

»Wir können nichts für sie tun«, flüsterte Zac. »Conrad wird ihr helfen.«

Doch die Miene seines Onkels war sorgenvoll, und trotz seiner Versuche, den Blutfluss zu stoppen, kam immer noch mehr Blut. Zac drückte die Hand seiner Schwester.

»Bitte«, flüsterte er. »Bitte, halt durch. Bitte. Es tut mir leid – es tut mir so leid! *Bitte.*«

Der Phönix stupste seinen verletzten Arm an. Widerstrebend wandte Zac den Blick von seiner Schwester ab und sah, dass der Phönix mit dem Schnabel an seinem Gefieder rupfte.

»Was machst du?«, fragte er verwirrt. Der Phönix reagierte nicht. Einen Augenblick später hatte er es geschafft, sich eine einzelne Feder auszureißen. Er blickte Zac mit seinen dunklen Augen an und reckte ihm, die Feder im Schnabel, den Kopf entgegen.

Zac nahm die leuchtend orangefarbene, goldgesprenkelte Feder, unschlüssig, was er damit tun sollte. Sie war wunderschön, aber was half das, wenn Lu im Sterben lag?

Doch während er sie anstarrte und zu begreifen versuchte, was sie bedeutete, verschwand die Welt um ihn herum, und einige kostbare Sekunden lang war er wieder in den Wildlands. Seine Mutter – etwa vierzehn oder fünfzehn – lehnte an einem Baum und hielt sich den Arm. An ihrem Oberarm war eine tiefe Wunde, die blutete, wenn auch nicht so stark wie Lus Verletzung.

In der Erinnerung hüpfte der Phönix auf sie zu und riss sich auch hier eine Feder aus. Zacs Mutter sah ihn mit schmerzverzerrtem Gesicht an.

»Das kann ich nicht annehmen«, sagte sie fest. »Es kommt schon wieder in Ordnung.«

Doch der Phönix stupste beharrlich den Kopf an ihr Bein und stieß einen erstickten Schrei aus. Seine Mutter seufzte und nahm die Feder widerstrebend an.

»Du bist fast so stur wie ich«, grummelte sie, bevor sie den Schaft der Feder in den Mund steckte. Unter Zacs verwunderten Blicken begann die Wunde an ihrem Arm zu heilen, bis nicht einmal mehr der kleinste Kratzer zu sehen war.

Zac kam so unvermittelt in die Realität zurück, dass es ihm fast den Atem verschlug. Hektisch untersuchte er die Feder und entdeckte einen winzigen Blutstropfen im Schaft.

Phönixblut.

Er schnappte nach Luft. »Du willst, dass ich …?«, brachte er hervor, und der Phönix ließ den Kopf auf und ab wippen.

Zac verlor keine Zeit. Er beugte sich über Lu und presste den Blutstropfen aus der Feder in ihren Mund.

Schreckliche Sekunden vergingen. Was, wenn es zu spät war? Was, wenn Lu schon zu viel Blut verloren hatte?

Doch schließlich konnte Zac fassungslos mit ansehen, wie der Pfeil sich langsam aus ihrem Körper schob. Conrad atmete scharf ein und zog die Hände zurück. »Was hast du getan?«, fragte er verblüfft.

»Die … die Feder«, stammelte Zac. »Es war ein Tropfen Phönixblut daran.«

Conrad sagte nichts. Gemeinsam sahen Zac und er zu, wie der Pfeil zu Boden fiel und die Wunde sich schloss. Langsam, aber sicher kehrte die Farbe in Lus Wangen zurück, und endlich – endlich, endlich – schlug sie die Augen auf und holte tief Luft.

»Was ist passiert?« Sie wollte sich aufsetzen, doch Conrad drückte sie sanft auf den Boden zurück.

»Bleib noch einen Moment liegen«, bat er. »Ich weiß nicht, ob du schon wieder ganz hergestellt bist.«

»Das war der Phönix!«, erklärte Zac aufgeregt und strich dem Vogel liebevoll über das Gefieder. »Er hat mir diese Feder gegeben – es war ein Tropfen Blut daran.«

Lus Augen weiteten sich. »Du hast mich gerettet?«, fragte sie den Phönix.

Der Phönix ließ sein eigentümliches Gurren verlauten und schmiegte den Kopf an ihre Wange. Lu grinste und hob die Hand, um ihm den Kopf zu streicheln.

»Danke«, sagte sie. »Vielen Dank.«

Zac konnte nicht einmal das sagen, er hatte plötzlich einen Kloß im Hals und Tränen in den Augen. Der Phönix hatte sie gerettet. Oliver hätte ihn beinahe getötet, und trotzdem hatte der Phönix Lu gerettet.

Der Vogel drehte wieder den Kopf und zupfte an seinem Gefieder. Diesmal richtete er seinen dunklen Blick auf Zacs keuchende Brust und seinen verletzten Arm, als er ihm die Feder reichte.

Zac nahm sie mit zitternden Fingern. Sosehr er sich eine

gesunde Lunge wünschte und so weh die Verletzung an seinem Arm auch tat, es gab jemanden, der die Feder dringender brauchte. »Darf ich sie Penelope geben?«, fragte er leise. »Sonst stirbt sie.«

»Es tut mir leid«, sagte Oliver schluchzend an den Phönix gerichtet. »Es tut mir so leid. Du kannst mit mir machen, was du willst, aber bitte … bitte rette Penelope. *Bitte!*«

Zac musterte ihn kurz, bevor er sich wieder dem Phönix zuwandte. »Oliver hat deine Hilfe nicht verdient, aber Penelope liebt die Wildlands. Sie hätte nie gewollt, dass das alles wegen ihr passiert.«

Der Phönix sah ihn mehrere Sekunden nachdenklich an, doch schließlich nickte er. Conrad atmete erleichtert auf. Auch er hatte Tränen in den Augen, als er die Feder mit dem kostbaren Blutstropfen in Empfang nahm. »Danke«, sagte er mit rauer Stimme und stand leicht wankend auf. »Es tut mir unglaublich leid, was mein Sohn dir angetan hat. Ich möchte gerne glauben, dass seine Absichten gut waren. So oder so, es wird nie wieder vorkommen.«

Damit drehte er sich um und rannte über die Wiese zum Haus. Während Oliver sich am Boden zusammenkauerte und das Gesicht in den Händen vergrub, half Zac seiner Schwester, sich aufzusetzen.

»Wie geht es dir?«, fragte Lu und musterte ihn prüfend. »Du pfeifst ja richtig. Wo ist dein Asthmaspray?«

Zac musste lachen. Lu war es doch, die gerade noch mit einem Pfeil im Bauch bewusstlos dagelegen hatte, nicht er.

»Ich werd's überleben«, sagte er. »Was ist mit dir? Ist wirklich alles in Ordnung?«

»Ich fühle mich, als wäre überhaupt nichts passiert«, sagte sie. »Schau mal, sogar die Kratzer aus der Höhle sind weg.«

»Höhle?«, fragte Tante Merle, die sie von Kopf bis Fuß musterte. »Da habt ihr ja ein richtiges Abenteuer hinter euch, was? Wir waren ganz krank vor Sorge. Rowena wollte sofort hinter euch her, aber mit ihren Verletzungen war das völlig unmöglich. Und dann war auch noch der Eingang zerstört –«

Sie hielt inne, und ein eigenartiger Ausdruck huschte über ihr Gesicht. Als Zac ihrem Blick folgte, sah er, dass der Phönix davonstolzierte und sich Oliver näherte, der leise schluchzend im Gras saß. Zu Zacs Überraschung blieb er vor ihm stehen und stupste sanft seinen Arm an.

Oliver blickte mit roten, geschwollenen Augen auf. Er schrak zurück, als fürchtete er, der Phönix könnte ihm etwas antun, doch der Vogel legte nur den Kopf schief und stupste ihn noch einmal an.

»Wem das Geschenk der Vergebung gereicht wird«, raunte Tante Merle, »der sollte es annehmen. Sogar wenn er noch nicht bereit ist, sich selbst zu vergeben.«

Olivers Kinn zitterte, und er starrte den Phönix an, als wüsste er nicht, was er tun sollte. Kein Wunder – schließlich hatte er noch vor kaum einer Stunde vorgehabt, das Blut aus ihm herauszupumpen. Der Phönix blickte ihn weiter schweigend an, ohne dass sein neugieriger Blick schwankte, und schließlich streckte Oliver zögernd die Hand nach ihm aus und strich ihm über die Federn. »Es tut mir wirklich leid«, sagte er mit krächzender Stimme. »Ich wollte nur meiner Schwester helfen.«

»Aber … das war nicht der einzige Grund«, meldete Zac sich zu Wort. Er wollte Oliver nicht anschuldigen, aber die Sache war zu wichtig, um darüber hinwegzugehen. »Du musst ihm die Wahrheit sagen – wahrscheinlich kennt er sie sowieso. Du verabscheust diesen Ort und willst zurück zu deiner Mum und deinen Freunden. Es ist nicht fair, dass du dein Leben aufgeben musstest wegen etwas, das jemand vor Hunderten von Jahren getan hat. Es ist nicht fair, dass seine Nachkommen verflucht sind, obwohl sie unschuldig sind. Manche von uns lieben die Wildlands«, fügte er mit einem Blick auf seine Schwester hinzu. »Aber es wird niemandem helfen, uns gegen unseren Willen hier festzuhalten.«

Oliver räusperte sich. »Es stimmt, ich wollte mein altes Leben zurück«, gestand er so leise, das Zac ihn kaum hören konnte. »Ich habe es schon vermisst, noch bevor ich es verloren habe, ab dem Moment, als ich herausfand, was mit uns passiert, wenn wir dreizehn werden. Ich liebe mein Leben in London. Ich liebe meine Freunde und meine Mum, aber …« Seine Stimme erstickte, und er blinzelte. »Aber meine Schwester liebe ich mehr. Solange es ihr gut geht, werde ich mit dem Rest schon fertig.«

Eine ganze Zeit verging, ohne dass jemand sich rührte. Schließlich schien es, als würde der Phönix seufzen. Er legte den Kopf in Olivers Hand und blickte ihm lange in die

Augen, bevor er sich abwandte und zu Zac und den anderen zurückkehrte. Zac wusste nicht, was das zu bedeuten hatte, doch Oliver holte tief Luft und ließ den Kopf zwischen die Knie sinken.

»Was für ein erstaunliches Geschöpf«, murmelte Tante Merle und hockte sich auf den Boden, um den Phönix zu streicheln. »Es ist mir die größte Ehre meines Lebens, dich kennenzulernen.«

Der Phönix ließ einen Triller hören und hob das Kinn, damit sie ihm den Hals kraulen konnte. Tante Merle lachte entzückt, dann beugte sie sich vor und gab ihm einen Kuss auf den Kopf.

Während Zac tief Luft holte, weil sein Atem noch immer unregelmäßig ging, stieß Lu ihm mit dem Ellbogen in die Seite. »Schau mal«, sagte sie und deutete mit dem Kinn Richtung Haus. Conrad kam langsam über die Wiese, und an seiner Seite war …

»Penny!« Oliver rappelte sich auf und rannte los, so schnell sein verletztes Knie es zuließ. Kurz bevor er sie erreicht hatte, kam er jedoch stolpernd zum Stehen und schien plötzlich zu zögern.

Zac konnte nicht hören, was Penelope zu ihm sagte, doch nach wenigen Worten schlang sie die Arme um ihren Bruder und vergrub das Gesicht an seiner Schulter. Oliver brach erneut in Tränen aus und erwiderte ihre Umarmung.

Mit knirschenden Schritten kam Rowena über den Kiesweg. Schwer auf ihren Stock gestützt, ließ sie sich neben

Tante Merle auf dem Boden nieder und hielt dem Phönix ebenfalls ihre Hand hin. Er beäugte sie etwas misstrauisch, doch das schien Rowena nicht im Geringsten zu stören.

»Du bist schon ein Wunderding«, murmelte sie. »Du hättest die Mädchen nicht retten müssen, und doch hast du es getan. Dafür bin ich dir ewig dankbar.«

»Das sind wir alle«, sagte Tante Merle und kraulte dem Phönix das Kinn, woraufhin dieser sich wieder etwas zu entspannen schien und mit leisem Gurren nun auch Rowenas Arm anstupste. Tante Merle strahlte, nahm Rowenas Hand und gab ihr einen Kuss.

»Wartet mal«, sagte Lu plötzlich. »Die Geschöpfe der Wildlands – was wird jetzt aus ihnen?«

»Wie meinst du das?«, fragte Rowena verwundert.

»Der zweite Eingang – er ist eingestürzt, als Oliver den Phönix in unsere Welt gebracht hat.« Lu sah den Vogel an. »Kannst du ihn reparieren? Und den Baumbogen auch?«

Der Phönix legte den Kopf schief, als wäre er beleidigt, dass sie überhaupt fragte. Er schüttelte die Hände der Tanten ab, breitete die Flügel aus und erhob sich in die Lüfte, ein flammender oranger Strahl, der durch den Wald in Richtung des Baumbogens flog. Lu half Zac auf die Beine – was dank ihres blutgetränkten T-Shirts höchst seltsam anmutete –, und gemeinsam liefen sie ihm nach.

Auch auf dieser Seite war von den verschlungenen Bäumen nur ein verkohlter Rest übrig. Als Zac und Lu dort ankamen, hockte der Phönix auf einem der Stümpfe und begutachtete den Schaden, den der Blitzschlag hinterlassen hatte.

»Als wir den Bogen so vorgefunden haben, waren wir sicher, dass ihr alle drei verloren wärt«, sagte Rowena, die ihnen mit Tante Merle gefolgt war, mit belegter Stimme. »Unsere einzige Hoffnung war, dass Oliver euch finden und auf die andere Seite bringen würde, aber wie ihr durch den Schwarzen Wald gekommen seid, ist mir ein Rätsel.«

»Devon hat uns geholfen«, sagte Zac. »Er hat uns zum Steinbogen geflogen.«

»Devon? *Unser* Devon?«, fragte Rowena entgeistert. »Na, wenn ich ihn das nächste Mal sehe, hat er sich wohl ein paar Leckerli verdient.«

»Vielleicht könntet ihr ihn und Surrey gelegentlich mit ihrem Baby spielen lassen«, schlug Lu vor und grinste Zac an. »Darüber würde er sich bestimmt freuen.«

»Gute Idee«, sagte Rowena, noch immer kopfschüttelnd.

Plötzlich erstrahlte um den Phönix eine Art Glorienschein. Er stieß einen tiefen, kehligen Schrei aus und stand plötzlich inmitten eines blendend goldenen Lichts. Zac hielt schützend eine Hand vor die Augen, und seine Haut wurde warm wie von Sonnenstrahlen. Erst als das Licht verblasste, ließ er die Hand sinken.

Der Baumbogen war wieder ganz.

Tante Merle klatschte begeistert in die Hände. »Fabelhaft!« Doch dann weiteten sich ihre Augen, und sie riss den Mund auf. »Ist das etwa … ein *Einhorn*?«

Zac reckte den Hals. In der Tat stand hinter dem Bogen ein braunes Einhorn mit einem diamantenen Horn und spähte zu ihnen hinüber.

Rowena schnappte nach Luft und griff nach Tante Merles Hand. »Hat er dich gezeichnet?«, fragte sie und untersuchte ihre Handfläche. Sie war leer, genau wie die andere. Rowena runzelte die Stirn. »Aber wie …«

Zac blickte auf seine eigenen Hände, und zu seinem Erstaunen sah er nichts als Erde und ein bisschen Blut. Dort, wo das W gewesen war, war nur noch glatte Haut.

»Lu«, sagte er und griff nach ihrer Hand. Sie inspizierte sie bereits selbst – genau wie bei ihm war das Zeichen verschwunden.

»Was um alles in der Welt …?« Rowena verstummte. Auch auf ihrer Hand war kein Zeichen mehr zu sehen. Doch sie schien alles andere als erleichtert zu sein. Hastig humpelte sie über den unebenen Boden auf den Baumbogen zu. »Sind wir jetzt verbannt? Ist das eine Strafe?«

»Eine Strafe?«, fragte Zac verblüfft. »Ich dachte, du hasst die Wildlands.«

»Ach was«, sagte sie und machte eine wegwerfende Bewegung. »Ich habe den Fluch gehasst – den Zwang, und dass er unsere Familie zerrissen hat. Die Wildlands habe ich nie gehasst, auch nicht die Geschöpfe, die unsere Hilfe brauchen.« Vor dem Baumbogen blieb sie stehen, als hätte sie Angst, dass sie nicht mehr hindurchkonnte.

Der Phönix landete trillernd neben ihr. Er blickte zu ihr

auf, stolzierte durch den Bogen und blieb abwartend dahinter stehen.

Rowena holte tief Luft und hinkte weiter. Nichts hielt sie zurück. Es gab keine unsichtbare Barriere. Die Luft flimmerte, und mit einem breiten Lächeln im Gesicht betrat sie die Wildlands.

Zac nahm Lus Hand, und gemeinsam schritten sie durch den Bogen. »Es ist ja wieder alles ruhig hier«, stellte Zac verblüfft fest. »Glaubst du, den Tieren geht es gut?«

»Der Phönix hätte nicht zugelassen, dass ihnen etwas passiert«, sagte Lu überzeugt und streckte die Hand aus, um dem Einhorn die Nase zu streicheln. »Er hat alles getan, um sie zu beschützen.«

Rowena stützte sich an einem Baum ab und runzelte die Stirn. »Warum jetzt? Nach allem, was Oliver schon versucht hat – warum hat der Phönix ausgerechnet diesen Moment gewählt, um unsere Familie von dem Fluch zu erlösen?«

»Ist das nicht offensichtlich?« Tante Merle trat langsam durch den Baumbogen und stellte sich neben sie. In ihren Augen glänzten Freudentränen. »Zac und Lu waren bereit, ihr Leben zu opfern, um den Phönix zu retten – und dabei wären sie wirklich fast gestorben. Die Schuld ist beglichen.«

Zac kniete sich neben den Vogel und strich ihm über das Gefieder. »Danke«, flüsterte er. »Für alles.« Der Phönix trillerte und schmiegte den Kopf in Zacs Hand. Zac lächelte.

Die Schuld war beglichen. Der Fluch war endlich aufgehoben.

EPILOG

Lu

In den letzten drei Monaten hatte Lu festgestellt, dass sie nicht ganz so begeistert auf Einhörnern ritt, wie sie erwartet hatte.

Vielleicht waren Pferde doch etwas anderes, dachte sie, während Hermes ungestüm durch den Wald preschte und sie im Sattel auf und ab hüpfte. Tags zuvor hatte es geregnet, und nach einem Tag auf der Weide strotzte er nur so vor Energie.

»Du kannst ihm beibringen, dich nicht so durchzuschütteln«, sagte Penelope, die auf Athene hinter ihr ritt. »Eigentlich müsste er es längst wissen.«

»Wenn Zac ihn weiter machen lässt, was er will, wird er es nie lernen«, erwiderte Lu mit zusammengebissenen Zähnen.

Penelope lachte. »Vielleicht kann ich bis zum nächsten Sommer ein anderes Einhorn für dich zureiten«, sagte sie. »Ich habe schon seit einer Weile eine Fuchsstute im Auge –

die mit dem Saphirhorn. Ich glaube, ihr zwei würdet euch gut verstehen.«

Lu lächelte, doch gleichzeitig wurde ihr Herz schwer. Dieser Sommer war der aufregendste ihres Lebens gewesen, und heute würde ihr Vater kommen und sie zurück nach Chicago holen. Als sie Ende Mai hier angekommen waren, hätte sie alles darum gegeben, wieder nach Hause zu dürfen. Jetzt dagegen, am Ende des Sommers, hätte sie alles darum gegeben, noch bleiben zu können.

Als sie sich dem knorrigen Baum näherten, sah Lu ihren Bruder darunter sitzen und konzentriert zeichnen, während der Phönix still neben ihm saß. Er befand sich in seiner eigenen Welt, und Lu störte ihn nur ungern. Doch es war Zeit.

Penelope wendete Athene. »Ich lasse euch drei jetzt mal allein«, sagte sie, und Lu nickte. Während Athene davontrabte, lenkte sie Hermes mit sanftem Schenkeldruck weiter.

Den ganzen Sommer lang hatte Lu sich wieder und wieder vorgenommen, mehr Zeit mit dem Phönix zu verbringen. Doch wann immer sie in seine Nähe gekommen war, hatte sie daran denken müssen, was der Fluch ihrer Familie angetan hatte, und sie … hatte es einfach nicht über sich gebracht. Sie wusste, dass es nicht fair war. Schließlich hatte der Phönix ihr das Leben gerettet, und sie war ihm zu Dank verpflichtet. Doch der Fluch hatte ihre Mutter getötet, und aus diesem Grund hielt sich ihre Dankbarkeit in Grenzen.

Aber jetzt konnte sie dem Phönix nicht mehr aus dem Weg gehen. Es wäre unhöflich gewesen, ohne ein Wort des

Abschieds abzureisen. Hermes trug sie bis zum Baum, und sie räusperte sich.

»Bist du mit deiner Graphic Novel fertig geworden?«, fragte sie. Zac blickte kaum auf.

»Ja, heute Morgen. Ich habe schon was Neues angefangen.«

Lu schwang ein Bein über den Sattel und sprang auf den Boden. »Dad wird bald hier sein. Wir müssen gehen.«

Zac verzog das Gesicht und zeichnete weiter. Seufzend setzte sie sich neben ihn.

Er zeichnete wieder ihre Mutter – er hatte während der langen Sommertage in den Wildlands unzählige Bilder von ihr gezeichnet. Es war schön, auch wenn Lu einen Anflug von Eifersucht spürte. Es war dieselbe Eifersucht, die sie empfunden hatte, als sie erfuhr, dass der Phönix Zac Erinnerungen an ihre Mutter zeigte. Nachdem der Fluch aufgehoben war, hatte sie insgeheim gehofft, dass er sie auch ihr zeigen würde. Doch wie konnte er, wenn sie ihm so sorgsam aus dem Weg ging?

»Rowena wird stinksauer, wenn wir nicht bald zurück sind«, mahnte sie nach einer Minute. »Außerdem soll Dad doch nicht denken, dass wir ihn vergessen haben, oder?«

Zac seufzte, setzte zögernd den Bleistift ab und begann, seine Sachen zusammenzupacken. »Ich glaube eher, er hat *uns* vergessen«, murrte er. Das war natürlich übertrieben – aber auch nicht ganz falsch.

Ihr Vater hatte während der ganzen Zeit nur etwa fünf oder sechs Mal angerufen, und bei jedem Gespräch hatte er zerstreut gewirkt und nur wenige Minuten für sie Zeit gehabt. Wieder und wieder hatte Lu sich den Kopf darüber zerbrochen. Wollte er lieber allein sein? Liebte er sie nicht mehr? Wollte er überhaupt noch ihr Vater sein?

Natürlich liebte er sie, dennoch hatte diese Frage sie abends lange wach gehalten. Was, wenn er nicht kam? Was, wenn er seine Pläne änderte?

Jetzt hätte sie nichts mehr dagegen gehabt, in England zu bleiben. Sie liebte die Wildlands, und sie verabscheute den Gedanken, sie verlassen zu müssen. Aber nach allem, was sie durchgemacht hatten, konnte sie den Gedanken nicht ertragen, auch noch ihren Vater zu verlieren.

Lu spürte eine sanfte Berührung am Knie und hob überrascht den Blick. Die Augen des Phönix waren sanft und wohlwollend, und da war ein goldener Schimmer in der kohlschwarzen Iris, der ihr vorher nicht aufgefallen war.

»Na, du«, sagte sie leise und strich ihm sanft über den geschwungenen Hals. Der Phönix blickte sie an, und sie schaute nicht weg. Sie bekam einen Kloß im Hals und schluckte mühsam. Was sollte sie zu dem Wesen sagen, das versehentlich ihre Mutter getötet hatte?

Ganz plötzlich verwandelte sich der Wald um sie herum. Er verschwand nicht wirklich, denn sie war immer noch am selben Ort unter dem knorrigen Baum – doch irgendetwas war anders. Zac riss den Mund auf und starrte über ihre Schulter, und Lu drehte sich um.

Dort, wenige Meter vor ihnen, stand ihre Mutter.

Sie war jünger – vielleicht Anfang zwanzig –, und sie kniete neben dem Phönix und umarmte ihn. »Du wirst mir fehlen«, flüsterte sie mit tränenerstickter Stimme. »Ich werde jeden Tag an dich denken, und ich besuche dich, wann immer ich kann, in Ordnung? Versprochen.«

Der Phönix stieß einen klagenden Schrei aus und stupste ihre Hand an. Ihre Mutter runzelte die Stirn und öffnete die Hand, und Lu konnte deutlich das weiße W auf ihrer Handfläche erkennen.

»Ich liebe Cal«, flüsterte ihre Mutter. »Ich möchte mit ihm zusammenleben. Ich möchte eine Familie mit ihm haben, aber das geht nur auf der anderen Seite des Ozeans. Es tut mir leid. Wenn ich hier mit ihm leben könnte … Wenn es so einfach wäre …«

Der Phönix senkte den Kopf, und ein Zittern überlief seinen Körper. Plötzlich erschien ein warmer goldener Glanz um ihn herum, und das Zeichen auf der Hand ihrer Mutter verblasste, bis nichts mehr davon übrig war.

Sie schnappte überrascht nach Luft. »Aber … willst du das wirklich?«, fragte sie, und ihre Stimme klang verunsichert. Der Phönix wackelte mit dem Kopf auf und ab, und mit einem leisen Schluchzen umarmte ihre Mutter ihn wieder.

»Das ist kein Lebewohl«, sagte sie entschlossen. »Wir werden uns niemals Lebewohl sagen. Nur *Bis bald*.«

Die Erinnerung verblasste, und eine weitere folgte. Ihre Mutter war diesmal ein bisschen älter, und sie sah müde aus. Ihre Haare waren kurz, wie damals, als Zac und Lu Babys gewesen waren, und sie beugte sich vor, um den Phönix zu begrüßen.

»Ich habe dich vermisst«, sagte sie und vergrub das Gesicht in seinem Gefieder. »Die Babys sind im Oktober geboren. Zwillinge. Ein Junge und ein Mädchen – Zacharias und Tallulah. Sie sind wunderschön«, flüsterte sie mit leuchtenden Augen. »Ich kann es kaum erwarten, bis du sie kennenlernst.«

»Der Phönix wusste von uns?«, fragte Lu verblüfft. »Mum hat ihm von uns erzählt?«

Zac nickte, und Lu umklammerte seinen Ärmel, als könnte sie so die Erinnerung festhalten. Doch genau wie die vorherige verblasste auch sie, und eine neue erschien.

Diesmal saß ihre Mutter unter dem knorrigen Baum auf dem Boden und zeigte dem Phönix Fotos. Es war ein sonniger Tag, und Lu erhaschte in dem gesprenkelten Licht einen Blick auf ihr eigenes Kindergesicht.

»Es sind die klügsten Kinder, die ich kenne«, sagte ihre Mutter strahlend vor Stolz. »Ich möchte sie dir so gerne vorstellen. Ich möchte sie der ganzen Familie vorstellen. Die ganze Zeit erzähle ich ihnen Geschichten über die Wildlands. Ich kann es kaum erwarten, ihre Gesichter zu sehen, wenn sie merken, dass alle Geschichten wahr sind.«

Der Phönix schnurrte und betrachtete die Fotos so aufmerksam, als wollte er sich ihre Gesichter einprägen. Ihre Mum lächelte und strich ihm übers Gefieder. Dann öffnete sie die Hand und betrachtete die Stelle, an der Jahre zuvor das geschwungene *W* gewesen war.

»Ich vermisse es«, gestand sie leise. »Ich vermisse die Erinnerung an dich. Da, wo du einmal warst, als du noch so ein großer Teil meines Lebens warst, ist jetzt nur noch ein leerer Fleck …« Ein Augenblick verging, und sie zögerte, sichtlich nervös. »Ich weiß, dass ich nicht das Recht habe, das Zeichen ohne die Verantwortung zu tragen. Ich weiß, dass ich dieses Privileg aufgegeben habe, als ich Cal geheiratet habe. Aber es fühlt sich nicht richtig an. Immer, wenn ich meine Hand sehe, vermisse ich dich mehr, und in letzter Zeit … ist es beinahe unerträglich geworden.«

Der Phönix sah sie an, und bevor sie noch etwas sagen konnte, erschien wieder das sanfte goldene Licht. Als der Schein erlosch, blickte ihre Mum voll Staunen auf ihre Hand.

»Wirklich?«, flüsterte sie. Der Phönix stupste ihren Ellbogen an, und sie schlang vorsichtig die Arme um ihn. »Danke. Vielen Dank!«

Lus Gedanken überschlugen sich fast bei dem Versuch, das Gesehene zu verstehen. Doch bevor sie sich einen Reim darauf machen konnte, verblasste auch dieses Bild, und als ihre Mutter ein weiteres Mal erschien, sah sie so aus, wie Lu sie in Erinnerung hatte.

Es musste das letzte Mal gewesen sein, dass der Phönix sie gesehen hatte. Es war seine letzte Erinnerung an sie.

»Ich muss zurück«, sagte ihre Mutter. »Zac und Lu brauchen mich. Aber nächsten Sommer komme ich wieder, versprochen. Dann wirst du sie endlich kennenlernen. Und sie dich.«

Der Phönix trippelte vor ihr auf und ab und plusterte sein Gefieder. Er war sichtlich betrübt, dass sie ihn verließ. Lu brach es fast das Herz. Hatte er zu dem Zeitpunkt schon gewusst, was passieren würde? Hatte er gewusst, dass er sie zum letzten Mal sah?

»Du weißt doch, dass ich dich nicht verlassen will. Das ist mein Zuhause, und du bist ein Teil meiner Familie. *Unserer* Familie.« Ihre Mutter gab ihm einen Kuss auf den Kopf. »Ich habe dich sehr lieb. Das weißt du, oder?«

Der Phönix stieß einen klagenden Laut aus, und ihre Mutter streichelte seinen Flügel.

»Jetzt mach nicht so ein Gesicht«, sagte sie. »Wenn du sie kennenlernst, wirst du sehen, dass es das wert war. Mehr als wert. Sie sind das Beste in meinem Leben, und ich bin mir ganz sicher, dass sie dich genauso lieben werden wie ich.«

Die Erinnerung verblasste, langsamer als die vorherigen, und Lu starrte das Bild ihrer Mutter an, als könnte sie es so festhalten. Doch schließlich wurde die Vergangenheit zur Gegenwart, und sie konnte nur noch ihre Stimme hören.

»Bis bald.«

Lu blinzelte fest und bemerkte wenig überrascht, dass ihre Wangen feucht waren. Zac liefen ebenfalls Tränen über das Gesicht, und sie tastete nach seiner Hand.

»Der Fluch hat Mum nicht getötet«, flüsterte sie. »Der Phönix hat sie wirklich erlöst.«

Zac schüttelte benommen den Kopf. »Es war einfach nur … ein Aneurysma. Ein blödes Aneurysma.«

Der Phönix gab einen fragenden Laut von sich, und Lu rieb sich die Augen. »Danke«, murmelte sie und drückte ihn sanft. »Danke. Danke, dass du uns die Erinnerungen an unsere Mum gezeigt hast.«

Der Phönix legte den Kopf auf ihre Schulter, und Lu wäre am liebsten für immer so sitzen geblieben. Schließlich war es Zac, der sanft ihre Hand nahm.

»Komm, Lu«, sagte er leise. »Gehen wir nach Hause.«

Die Reifen des Taxis knirschten auf dem Kiesweg, und Lus Nervosität wuchs. Was sollte sie sagen? Wie sollte sie ihrem Vater nach drei Monaten gegenübertreten – nachdem er sie einfach so weggegeben hatte?

»Wir müssen ihm nicht verzeihen«, murmelte Lu, als das Taxi vor ihnen zum Stehen kam.

»Doch, müssen wir«, sagte Zac, der neben ihr stand, leise. »Und das weißt du auch. Er ist unser Dad, und er hat eine Menge Fehler gemacht, aber ich glaube, das hier war keiner.«

Während sich die Beifahrertür öffnete und Zac darauf zustürmte, stand Lu wie angewurzelt da und überlegte, ob er recht hatte. Wenn ihr Vater sie nicht hierhergebracht hätte, hätten sie nie die Wildlands entdeckt. Sie hätten Penelope und Tante Merle und Conrad nicht kennengelernt. Und sie hätten nie die Erinnerungen an ihre Mutter gesehen. Sie hätten nie die Antworten auf Fragen bekommen, die sie nicht einmal zu stellen gewusst hätten, und die Wunden, die sie mit sich herumtrugen, wären noch lange Zeit nicht verheilt.

Als Zac die Arme um ihren Vater schlang, wurde ihr klar, dass sie auch einander nicht wiedergefunden hätten. Zac und sie hätten sich immer weiter voneinander entfernt. Vielleicht hatte ihr Vater das tief in seinem Inneren gewusst – vielleicht hatte er geahnt, dass er ihnen, indem er sie dazu zwang, den Sommer allein unter Fremden zu verbringen, die Chance gab, das Band zwischen ihnen zu flicken, das sonst vielleicht für immer zerrissen wäre.

Vielleicht traute sie ihrem Vater da aber auch zu viel zu. So oder so, auf das Ergebnis kam es an, und nach allem, was ihre Familie durchgemacht hatte, konnte sie so großmütig sein, ihm zu vergeben und reinen Tisch zu machen. Wenn nicht für ihn, dann für Zac. Und für ihre Mutter.

Während ihr Vater Zacs Umarmung erwiderte, näherte Lu sich zögernd und hasste sich selbst für ihre Schüchternheit. Doch als ihr Vater den Blick hob und ihr in die Augen sah, schmolz das Eis.

»Lu«, sagte er und streckte den Arm nach ihr aus. Lus Füße trugen sie zu ihm, ohne dass sie ihnen den Befehl dazu geben musste, und schon vergrub sie das Gesicht an seiner Brust und schlang die Arme um ihn und Zac, als ginge es um ihr Leben.

»Ich habe dich vermisst«, murmelte sie und stellte überrascht fest, dass es stimmte.

»Ich habe euch auch vermisst«, erwiderte er. »So sehr, dass ich es kaum ausgehalten habe. Es tut mir so leid, dass ich euch allein gelassen habe.«

Lu schüttelte den Kopf, wobei sie eine kleine Schnodderspur auf dem Hemd ihres Vaters hinterließ. »Schon gut.«

»Nein, das ist es nicht.« Er trat einen Schritt zurück, um sie anzusehen, und ein schmerzlicher Ausdruck glitt über sein Gesicht. »Es ging mir nicht gut. Ich ... ich habe völlig die Kontrolle über mich verloren, als eure Mutter gestorben ist, aber das hat nichts ... wirklich *nichts* mit meiner Liebe zu euch zu tun. Versteht ihr das?«

»Du vermisst sie«, sagte Zac leise. Ihr Vater nickte, und seine Augen röteten sich.

»Das tun wir alle. Aber ich wusste nicht, wie ich ohne sie euer Dad sein kann. Und als eure Tante angeboten hat, euch über den Sommer aufzunehmen ... Ich hätte nicht zusagen dürfen. Es tut mir leid. Aber ich werde euch nie wieder allein lassen. Versprochen.«

Lu umarmte ihren Vater noch einmal, und Zac stellte sich dazu und legte die Arme um beide. So standen sie, bis Rowena sich hinter ihnen räusperte.

Ihr Vater richtete sich auf und rieb sich hastig das Gesicht. »Du musst Rowena sein«, sagte er. »Ich freue mich sehr, dich kennenzulernen. Und ich danke dir, dass du dich um meine Kinder gekümmert hast, als ich es nicht konnte.«

»Sie haben uns ganz schön auf Trab gehalten«, brummte Rowena. »Aber wir haben jeden Moment genossen. Na ja, *fast* jeden.«

Ihr Vater brachte ein Lächeln zustande. Neben Rowena streckte Penelope die Hand aus. »Ich bin Penelope«, stellte sie sich vor. »Danke, dass wir die Zwillinge den Sommer über ausleihen durften. Sie haben mir mehr als einmal das Leben gerettet.«

Ihr Vater lachte nervös, erkennbar unsicher, wie er die Bemerkung verstehen sollte. »Euer Vater lebt doch auch hier, oder? Und euer Bruder? Ich möchte mich auch bei ihnen bedanken.«

»Dad ist draußen bei den Tieren«, sagte Penelope mit einem entschuldigenden Schulterzucken. »Und Oliver ist vor ein paar Wochen zu unserer Mum nach London gezogen.«

»Oh. Na, dann richtet ihnen bitte meinen Dank aus. Vielen Dank auch dir, Merle, für alles, was du getan hast«, fügte er hinzu und wollte ihr die Hand reichen, doch Tante Merle streckte die Arme aus und umarmte ihn mütterlich.

»Wann immer ihr zu Besuch kommen wollt, ihr seid uns willkommen«, sagte sie warm. »Ich hoffe, es wird noch oft der Fall sein.«

»Wir werden darüber sprechen«, sagte ihr Vater und warf Zac und Lu einen prüfenden Blick zu.

»Nächsten Sommer kommen wir wieder«, sagte Lu entschieden. »Wir wollen von jetzt an jeden Sommer hierherkommen.«

»Und an Weihnachten und Ostern auch«, bekräftigte Zac. »Wann immer es geht.«

Die Augen ihres Vaters weiteten sich, und er hüstelte. »Also … ich bin sicher, das lässt sich einrichten«, sagte er langsam. »Euch gefällt es hier wirklich gut, was?«

»Es ist unser absoluter Lieblingsort auf der ganzen Welt«, verkündete Lu ernst.

Rowena räusperte sich wieder. »Das Mittagessen ist bald fertig, kommt doch rein.«

»Oh, bitte, keine Umstände«, wehrte ihr Vater ab. »Wir können auch am Flughafen etwas essen.«

»Euer Flug geht doch erst heute Abend. Ich bestehe darauf«, sagte Rowena. »Kinder, während Merle und ich das Essen vorbereiten, könnt ihr euren Vater doch ein wenig herumführen.«

Lu sah Rowena an, die ihr zuzwinkerte. »Aber klar«, erwiderte sie und grinste Zac an. »Ich glaube, der Wald wird ihm gefallen.«

»Der Wald?«, wiederholte ihr Vater verblüfft. »Aber dein Bruder ...«

»Ach, solange wir nicht zu schnell gehen, ist alles okay«, sagte Zac. Dann, als wäre ihm etwas Wichtiges eingefallen, schnappte er sich seinen Rucksack und wühlte darin herum. »Warte«, sagte er zu Rowena, und zu Lus grenzenlosem Erstaunen zog er eins seiner Skizzenbücher hervor und reichte es ihr.

Ihre Tante nahm es, und die Falten auf ihrer Stirn wurden tiefer. »Deine Zeichnungen?«

»Meine Graphic Novel«, korrigierte Zac sie. »Ich bin heute Morgen damit fertig geworden, und ich will, dass du sie bekommst.«

Rowena schlug das Buch ehrfürchtig auf und blätterte

langsam durch die Seiten. »Das ist ja zauberhaft«, murmelte sie. »Bist du sicher, dass du dich davon trennen willst?«

»Ich will, dass sie hierbleibt«, sagte er. »Hier gehört sie hin. Außerdem, was bringt es, wenn ich sie für mich behalte?«

Tante Merle umarmte Zac herzlich. »Danke schön, mein Lieber. Wir werden sie in Ehren halten.«

»Ja, danke«, wiederholte Rowena schroff, und obgleich Lu sich nicht ganz sicher war, meinte sie doch zu sehen, dass sie eine Träne wegblinzelte.

Als Tante Merle ihn wieder losgelassen hatte, griff Zac nach der Hand seines Vaters. »Komm«, sagte er. »Der Wald ist nicht weit.«

Ihr Vater hatte die Szene mit wachsender Verwirrung verfolgt, doch er ließ sich ohne Protest von Zac und Lu nach draußen führen, über die Wiese und den Weg bis in den Wald. »Hat es euch hier wirklich so gut gefallen?«, fragte er.

»Ja«, erwiderte Lu wahrheitsgemäß. »Alle hier kannten Mum. Es war schön, mehr über sie zu erfahren. Sie hat diesen Ort sehr geliebt.«

»Ich weiß«, sagte ihr Dad, und seine dunklen Augenbrauen zogen sich zusammen. »Sie hat immerzu davon erzählt, als wir zusammen in Manchester studiert haben. Ich wollte sie besuchen, aber sie hat behauptet, ihre Familie möge keine Fremden. Es ist wirklich ein außergewöhnlicher Ort, was?«

»Und wie«, sagte Lu. In diesem Augenblick kam der Baumbogen in Sicht, und sie schüttelte die Hand ihres Vaters ab. »Willst du das Beste sehen?«

»Ähm … warum nicht«, antwortete ihr Vater zögernd. »Es ist doch nicht gefährlich?«

»Solange du in unserer Nähe bleibst, bist du in Sicherheit«, sagte Zac. »Hauptsache, du verhältst dich ruhig, klar?«

»Ich werde mich bemühen«, sagte ihr Vater. »Aber versprechen kann ich nichts.«

Die Zwillinge grinsten sich an. Sie nahmen ihren Vater in ihre Mitte, und dann traten sie gemeinsam durch den Baumbogen in die Wildlands.

Lust auf weitere spannende Abenteuer?

ANIMOX

Auf den folgenden Seiten findet ihr eine
Leseprobe aus Band 1 »Das Heulen der Wölfe«

Pock, pock. Pock, pock, pock.

Simon Thorn schlug die Augen auf. Er lag in seinem Bett, atmete schwer und blinzelte ins erste Morgenlicht. Gerade noch war er mitten im Traum gewesen, und je mehr er sich bemühte, ihn zurückzuholen, desto schneller entglitt er ihm. Dabei schien der Traum wichtig gewesen zu sein. Obwohl er sich nicht daran erinnern konnte, ihr Gesicht gesehen zu haben, wusste er, dass seine Mutter darin vorgekommen war.

Pock. Pock, pock, pock.

Er rollte sich auf die andere Seite, noch ganz benommen, weil er so wenig geschlafen hatte. Durch die kleine New Yorker Wohnung, in der er mit seinem Onkel wohnte, zog Pfannkuchenduft, und Simon wurde schlecht. Nicht einmal Pfannkuchen mit Schokostückchen machten es erträglich, dass heute sein erster Tag in der siebten Klasse war.

Pock. Pock, pock. Pock, pock, pock.

Auf dem Fensterbrett saß eine Taube und klopfte mit dem Schnabel gegen die Scheibe. Simon stöhnte. »Du bist zu früh. Komm später wieder.«

Die Taube klopfte unbeirrt weiter. Typisch. Simon hatte festgestellt, dass Tauben im Allgemeinen ziemlich unhöfliche und eingebildete Geschöpfe waren. Was kümmerte es die Taube, dass Simon erst kurz vor Mitternacht eingeschlafen war, weil seine Gedanken nicht zur Ruhe gekommen waren und ihm flau im Magen gewesen war? Für sie zählte nur eins, und das war …

»Futter!«, gurrte sie, als Simon das Fenster öffnete. Ein Dutzend weitere Tauben landete auf der Feuertreppe. »Futter! Futter! Futter!«

»Ich habe noch nichts«, sagte Simon.

»Hast du wohl. Riech ich«, sagte die erste Taube. Sie flatterte ins Zimmer und landete auf dem Nachttisch. Die anderen drängten sich zusammen und stritten um den frei gewordenen Platz auf der Fensterbank. »Futter! Futter!«

»Lasst mich in Ruhe.«

Simon versuchte, sie zu verscheuchen, aber es wurden immer mehr. An einem anderen Tag hätte ihn das nicht gestört. Simon mochte Tiere. Ihnen war es egal, dass er kleiner und schmächtiger war als die anderen Zwölfjährigen in seiner Schule, und sie waren immer da, wenn er jemanden zum Reden brauchte. Aber an diesem Morgen wurde es ihm zu viel. Er hatte schon genug Sorgen, auch ohne hungrige Tauben.

»Wenn ihr nicht sofort verschwindet, kommt mein Onkel, und ihr wisst ja, was er mit Tauben macht«, drohte er.

Das verschlug ihnen die Sprache, und sie wechselten ängstliche Blicke. »Wir … Futter?«, fragte die erste.

»Genau. Mein Onkel liebt Taubenpfannkuchen«, sagte Simon. »Könnt ihr den Teig riechen?«

Die erste Taube plusterte sich auf und spähte Richtung Fenster. Soweit Simon wusste, hatte Darryl es noch nie gewagt, einem Lebewesen etwas zuleide zu tun (abgesehen von den Spinnen im Treppenhaus, die Simon gewarnt hatte, bevor Darryl sie überhaupt entdeckt hatte). Aber was Simon betraf, hatte sein Onkel nur einen Grundsatz, und der lautete:

Halte dich von Tieren fern.

Jahrelang war Simon das nicht schwergefallen. Er mochte Tiere, aber er hatte sich nie ein Haustier gewünscht, und sein Onkel achtete genau darauf, dass sich keine Wanzen oder Ratten bei ihnen einnisteten.

Doch vor einem Jahr hatte sich alles geändert. Simon war von einer lautstarken Unterhaltung geweckt worden. Er hatte geglaubt, sein Nachbar habe den Fernseher auf volle Lautstärkte gedreht. Zu seinem Entsetzen musste er feststellen, dass es nicht der Fernseher war – es waren die Tauben auf der Feuertreppe vor seinem Fenster. Er konnte nicht nur alles verstehen, was sie sagten, sie verstanden auch alles, was er sagte.

Und nicht nur die Tauben. Simon konnte mit den Katern reden, die durch die engen Seitenstraßen strolchten, mit den Ratten, die in den Mülltonnen nach Futter suchten, und sogar mit den Mücken, die er im Sommer wegwedelte. Er hatte geglaubt, er sei verrückt geworden – er war immer noch nicht ganz sicher, ob das nicht der Fall war –, jedenfalls wurde Simon seitdem von Tieren umschwärmt, und es wurde immer schwieriger, sein Geheimnis vor Onkel Darryl geheim zu halten.

Glücklicherweise war sein großer, breitschultriger Onkel sehr viel stärker und imposanter, als er selbst wohl je sein würde, und die meisten Tiere fürchteten sich vor ihm, ohne dass Simon leere Drohungen aussprechen musste. Er verstand nicht ganz, warum Darryl Tiere so sehr hasste, aber er war ziemlich sicher, dass es etwas mit den Narben zu tun haben musste, die sein Onkel am ganzen Körper hatte, darunter auch eine zornige rote Narbe auf der linken Wange. Simon hatte seinen Onkel schon unzählige Male gefragt, was passiert war, doch er hatte nie eine Antwort bekommen.

»Ihr kriegt euer Futter später«, sagte Simon zu den Tauben. »Aber nur …«

Plötzlich drang ein starker Windstoß durchs Fenster, und einige der Tauben flatterten erschrocken auf. Bevor Simon sich darüber freuen konnte, landete ein großer Adler genau dort, wo gerade noch die Tauben gesessen hatten.

Simon erstarrte. Er hatte noch nie einen Adler getroffen. Einige der Federn standen seltsam ab, als hätte er gerade einen Kampf hinter sich, und Simon sah, dass er nur ein Auge hatte.

Die übrigen Tauben rutschten nervös hin und her, und Simon runzelte die Stirn. »Hör mal, ich habe noch kein Futter. Wenn du in einer halben Stunde wiederkommst …«

»Futter interessiert mich nicht«, erklärte der Adler hochnäsig.

»Was willst du dann?«

Der Adler drehte den Kopf, um Simon mit seinem gesunden Auge anzusehen. »Du schwebst in großer Gefahr, Simon Thorn. Wenn du nicht sofort mit mir kommst …«

»Simon?«, ertönte eine raue Stimme vor der Tür. »Mit wem sprichst du?«

Darryl.

Simon schlug hastig das Fenster zu, ohne den Adler ausreden zu lassen. Unglücklicherweise sperrte er so die erste Taube im Zimmer ein. Simon schoss zur Tür und stemmte einen Fuß davor, damit Darryl sie nicht ganz öffnen konnte. Für eine Taube in seinem Zimmer konnte er sich eine Ausrede einfallen lassen, bei einem Adler auf seiner Feuertreppe sah es schon anders aus.

»Was ist hier los?«, fragte sein Onkel, strich sich die langen dunklen Haare aus den Augen und versuchte, ins Zimmer zu spähen. Die Taube trippelte eilig Richtung Fenster.

»Nichts«, sagte Simon mit klopfendem Herzen. »Ich mach mich nur für die Schule fertig.«

Vor seinem Fenster begannen gleich mehrere Tauben zu gurren, und Simon zuckte zusammen. Darryl schob den Unterkiefer vor und ließ die Muskeln seiner gewaltigen Arme spielen. »Hast du sie wieder gefüttert?«

»Ich habe am Samstag aus Versehen das Fenster offen gelassen«, flunkerte Simon. »Sie haben mir mein halbes Käsebrot geklaut.« Er konnte Darryl nicht die Wahrheit sagen – dass er sein Käsebrot einer kranken Taube geschenkt hatte, die selbst nicht die Kraft gehabt hatte, nach Futter zu suchen.

Sein Onkel grummelte. »Wie oft muss ich es dir noch sagen? Wenn du sie einmal fütterst …«

»Kommen sie immer wieder, bis ihre dummen Taubenhirne verrotten«, leierte Simon herunter. »Ich weiß. Es tut mir leid.«

Darryl warf einen weiteren Blick auf den Teil des

Zimmers, den er von der Tür aus sehen konnte, und Simon hätte schwören können, dass er knurrte. »Lass das Fenster zu. In zehn Minuten gibt es Frühstück. Heute wirst du eine anständige Portion Proteine gebrauchen können.«

Simon würde mehr als Proteine brauchen, um den Tag zu überstehen. Eher ein mittleres Wunder. »Ich komme gleich.«

Sobald die Schritte seines Onkels leiser wurden, lief Simon wieder zum Fenster, doch der Adler war verschwunden. Er biss sich auf die Lippe. Warum hatte der Adler gesagt, Simon sei in großer Gefahr? Und woher kannte er seinen Namen?

Er öffnete das Fenster weit genug, um die Taube hinauszulassen. »An deiner Stelle würde ich zusehen, dass ich wegkomme, bevor mein Onkel dich wirklich zum Frühstück verspeist.«

»Schon unterwegs«, gurrte die Taube, breitete die Flügel aus und flog los. Trotz des Ärgers, für den sie gesorgt hatte, ließ Simon sie beinahe ungern ziehen. Tauben waren vielleicht unhöflich, aber es war fast immer eine zur Stelle, wenn er Gesellschaft brauchte.

»Du solltest Darryl von dem Adler erzählen«, fiepte ein Stimmchen unter ihm.

Simon stöhnte. »Der Tag wird auch so schon schlimm genug. Wenn Darryl herausfindet, dass ich ihn angelogen habe, bekomme ich noch dazu einen Monat Hausarrest.«

Eine kleine braune Maus kletterte an Simons Schlafanzughose hoch. »Immer noch besser, als in großer Gefahr zu schweben – was auch immer das heißen mag.«

»Und wie soll ich das meinem Onkel erklären? Soll ich vielleicht sagen, dass ein Vogel mich gewarnt hat?« Simon nahm die Maus auf die flache Hand. »Ich pass schon auf, Felix. Mach dir keine Sorgen.«

Felix stellte sich auf die Hinterbeinchen und rieb die Pfoten aneinander. »Ich sollte dich heute begleiten. Irgendwer muss auf dich aufpassen.«

»Ich bin tausendmal größer als du. Wenn überhaupt, dann passe *ich* auf, dass der Adler dich nicht zum Mittagessen verputzt.«

»Aber …«

»Kein Aber. Wenn etwas passiert, komme ich sofort nach Hause.« Simon setzte Felix auf sein Kissen. »Und versuch nicht wieder, fernzusehen, während ich weg bin. Irgendwann kommt Darryl früher nach Hause als sonst und erwischt dich, und du weißt genau, was dich dann erwartet.«

Felix verzog sich beleidigt, und Simon ging ins Badezimmer, um sich die Zähne zu putzen. Er hatte Felix vor einigen Monaten halb verhungert in seinem Schrank gefunden, und nachdem Simon ihn wieder aufgepäppelt hatte, war Felix dauerhaft bei ihm eingezogen. Sie hatten eine Abmachung: Simon fütterte ihn, vorausgesetzt, dass Felix sich nicht von Darryl erwischen ließ. Bislang hatte es funktioniert, obwohl Simon sich die ganze Zeit Sorgen machte, dass sein Onkel die Maus entdecken könnte.

Als Simon mit seinen Zähnen fertig war, versuchte er, seine struppigen braunen Haare zu bändigen. Es war bald wieder Zeit für einen Haarschnitt, worauf Simon sich ungefähr so freute wie auf seine Mathehausaufgaben. Sein Onkel gab sich wirklich Mühe, aber seine Hände waren einfach zu groß für eine Schere, und das Ergebnis war immer krumm und schief. Simon war es ziemlich egal, wie seine Haare aussahen, nur seinen Mitschülern leider nicht, und es wurde ihnen nicht langweilig, sich über ihn lustig zu machen.

Abgesehen von seiner seltsamen Frisur, fand Simon sich eigentlich ziemlich normal, mit seinen blauen Augen und den Sommersprossen. Er war ein bisschen zu dünn, und sein Kopf war ein bisschen zu groß für seinen Körper, aber er war kein Freak. Er wusste nicht, warum seine Klassenkameraden so gerne auf ihm herumhackten. Letztes Jahr hatte ihm sein bester und einziger Freund, Colin Hartwood, erklärt, es liege daran, dass Simon manchmal mit Tieren redete, als könnten sie ihn verstehen. Daraufhin hatte er damit aufgehört, jedenfalls in der Öffentlichkeit. Doch egal, was er tat, die Hänseleien wurden immer schlimmer. Selbst Colin war ihm in letzter Zeit aus dem Weg gegangen – deshalb war der heutige Tag umso wichtiger.

»Bitte sehr«, sagte Darryl, als Simon in die Küche kam. Er reichte ihm einen Teller mit einem riesigen Stapel Schokopfannkuchen und gebratenem Speck. »Ich habe dir auch ein Schulbrot gemacht. Erdnussbutter mit Gelee ist doch hoffentlich nicht plötzlich uncool geworden, oder?«

»Nicht, dass ich wüsste«, sagte Simon und setzte sich an den Holztisch, der den Großteil der Küche einnahm. Sein Magen protestierte beim ersten Bissen, und er musste sich zusammenreißen, um ihn nicht gleich wieder auszuspucken.